出版说明

胡立根、谢晨先生主编的"经典阅读课"丛书,致力于传承中华优秀文化基因,提升青少年核心素养,帮助中小学生在阅读经典中建构并丰富自己的精神图式。在编辑过程中,我们按照现代出版规范对选文进行了统一处理,对部分选文做了删减,力求提供一套符合现代文字规范的青少年读物,以建立对纯洁汉语的认知和体悟。敬请作者、译者见谅。

另外,我们已经联系到大部分选文的作者和译者,他们同意将作品列入"经典阅读课"丛书,但由于作者面广,仍有部分作者和译者无法取得联系。请作者和译者看到本丛书后,尽快与我们联系,以便奉寄样书和稿酬。

诚致谢意!

联系人:蒋鸿雁
电话:0755-83460371
Email:984213171@qq.com

深圳市海天出版社有限责任公司
2018年7月

青少年核心素养
经典阅读课

文学顾问 / 曹文轩

主编 / 胡立根 谢晨

诗词的韵味

本册主编 / 陈爱民

编者 / 陈爱民 时培富 李剑

·深圳·

图书在版编目(CIP)数据

诗词的韵味 / 胡立根, 谢晨主编. — 深圳 : 海天出版社, 2018.7（2020.7重印）

（青少年核心素养经典阅读课）

ISBN 978-7-5507-1558-5

Ⅰ.①诗… Ⅱ.①胡… ②谢… Ⅲ.①阅读课—中学—课外读物 Ⅳ.①G634.333

中国版本图书馆CIP数据核字(2017)第325454号

诗词的韵味
SHICI DE YUNWEI

出 品 人	聂雄前
项目负责人	蒋鸿雁
责 任 编 辑	何志红
责 任 技 编	梁立新
责 任 校 对	张　敏
封 面 设 计	深圳市张达利设计有限公司

出 版 发 行	海天出版社
地　　　址	深圳市彩田南路海天综合大厦（518033）
网　　　址	www.htph.com.cn
订 购 电 话	0755-83460239（邮购、团购）
排 版 制 作	深圳市龙瀚文化传播有限公司 0755-33133493
印　　　刷	深圳市华信图文印务有限公司
开　　　本	787mm×1092mm　1/16
印　　　张	19.75
字　　　数	320千
版　　　次	2018年7月第1版
印　　　次	2020年7月第2次
定　　　价	32.00元

海天版图书版权所有，侵权必究。

海天版图书凡有印装质量问题，请随时向承印厂调换。

总序

阅读需要仰视

阅读，是对世界和生命的凝视。未经凝视的世界是毫无意义的。苏格拉底说："认识你自己。"经由阅读，我们的心沉静下来，开始细心聆听远方的声音，聆听与自己相隔千里万里、相距千年万年的高贵的生命回响，从而更好地认识世界，认识自己。

阅读，让灵魂高贵，让生命丰盈。人的精神高度与阅读高度紧密相联，人因读书而高贵。经由阅读，你会获得一种让灵魂生香的高贵气质。阅读，让我们领略另一种不可能经历的时代和生命，让我们用一种新的眼光反思生活，面对人生。

阅读与写作相辅相成。阅读是张弓，写作是支箭。要想写作这支箭射得更远，就要让阅读这张弓更强。阅读就像采摘葡萄，在心土的深处发酵久了就变成了葡萄酒，这就是阅读给再创作带来的灵感。

阅读，要与高贵的文字结缘。书是有血统的。我们要读有高贵血统的书，这些书能照亮生命的旅程。对于成长中的孩子而言，要让他们在有限的生命长度里读有价值的书，多读能够打精神底子的书，读"有根的书"，读经典。经典至高无上，阅读需要仰视。

深圳是一座有着自己的人文梦想的城市，深圳读书月已经开展了

18年，深圳青少年阅读也一直是一面迎风招展的旗帜。这些年来，我每年都要到深圳，和深圳的校长、老师、学生，也和更多的市民朋友讲阅读，我一直强调读书要有选择，青少年人生经历有限，学业压力大，读什么书是一个很重大的问题。我在很多情况下讲过，现在的很多孩子读的是没有用的书，没有"根"的书。这个根，就是要有"文脉"，能够传承下去。近年来，深圳市学生文联和胡立根工作室一直在做一件事情，那就是帮助、引导学生阅读经典。基于青少年核心素养的"经典阅读课"丛书，立足人生中必然面对的关于传统、关于生命、关于自然、关于亲情、关于家园、关于哲学、关于历史、关于审美等12大命题，精选古今中外经典名篇，加以导读，汇成12个主题读本。这套"经典阅读课"是知名特级教师胡立根、知名阅读推广人谢晨和他们的团队多年阅读教育和阅读推广实践的集大成，已经数年试用，效果良好。我乐于见到一个青少年经典阅读推广的阳光地带。

"经典阅读课"是一套有"根"的书。愿每一个青少年读者都能懂得仰望经典、凝视生命，在阅读经典的过程中建构精神家园，打好人生底色。

曹文轩
2017年12月于北京大学蓝旗营住宅

序 言

传承文化基因，提升核心素养

"春江潮水连海平，海上明月共潮生。滟滟随波千万里，何处春江无月明……"

浩瀚的大海，蕴藏无数珍奇，充满神奇魅力。但是，沧海茫茫，却又令我们无所适从。于是，许多人一个猛子扎进去，纵然喝了满肚子的海水，但最终被淹没在大海之中。有的人跳进去，捞了几只鱼虾，上得岸来，也不管有没有毒，适不适合，便整条整条地吃下去，吃得津津有味，这样，虽是品尝了海味，但终是囫囵吞枣，难免中毒，更不知大海中还有许多更神奇的美味。于是有一些潜水高手，一些渔民，从大海中打捞出各种珍品，一股脑堆在那里，或者胡吃海吃，最终可能导致消化不良，难以有效吸收。

同样，当我们来到人类文化的大海之滨，渺小的我们，会不会像当年张若虚那样，被人类文化的浩渺所震撼，所吸引？面对人类浩如烟海的文化典籍，我们有这样几种做法，一种是一头扎进去，找到几本书，也不知适不适合自己，读了再说。这种阅读，当然有价值，但正如老子所言："吾生也有涯，而知也无涯。以有涯随无涯，殆已！"在信息化的当今时代，各种信息纷至沓来，新的知识层出不穷，令人应接不暇，尤其是学生，课业负担繁重，而大部分学生今后所从事的又并非狭义的文化类工作，哪有那么多时间一本一本地将文化典籍读完呢？这样我们所读的典籍终究有限。

于是我们有许多文人、学者、老师，从大量的文化典籍中遴选出优秀的篇章，编辑了各种各样的读本。这些读本因为经过了认真挑选，剔除了糟粕，浓缩了精华，应该是为读者提供了一定的精神食粮。这些读本虽然也形成了自己的所谓体例，也多是分单元阅读，但基本上是，或按作者，或按朝代，或按国别，或者取一个华美的单元标题，选文之间多缺乏内在的逻辑联系，选本没有形成独立的思维结构，因而仍然脱不了碎片化的嫌疑。大多只是将许多好东西送到了读者的面前，读者读完之后，虽不说是一地鸡毛，但很可能是一锅乱炖。

这就涉及我们今天为什么要阅读经典的问题。其中的一个目的，可能是了解，通过阅读经典，知道往圣先贤的生活、思想状况。但是，了解不应该是主要目的，读经典主要不是为了发思古之幽情。经典的阅读，不是让读者回到过去，更不是让孩子们穿着唐装汉服，摇头晃脑地之乎者也，经典阅读的目的应是指向未来；我们要将往圣先贤请到当下，让他们来指导我们当下的行为。因此经典阅读的目的，固然有丰富知识的因素，但是，知识不是我们的终极目的，经典阅读最终应该指向我们的行为，指向实践。

人类文化经典的形成，并不是一朝一夕之功，而是千千万万的先辈们，面对生命，面对人生，面对世界的诸多问题、诸多困扰，进行探索，从而形成他们的思考，形成他们应对的态度和精神。因此，所谓经典，本质上就是往圣先贤人生实践的精彩总结与记录。其中，最有价值的就是往圣先贤思考问题的方式、他们的精神态度、他们的人生趣味，这一切，我们不妨称之为思维图式、精神图式和审美图式。

早在19世纪，威廉·冯·洪堡特就说："在语言中，个别化和普遍性协调得如此美妙，以至我们可以以为下面两种说法同样正确：一方面，整个人类只有一种语言；另一方面，每个人都有一种特殊的语言。"①世界的语言无疑是多种多样的，但洪堡特为什么说整个人类只有一种语言？因为，每一种语言的背后，实际上隐藏着民族共同的认知与思维的方式和情感、价值观、世界观的共同趋向，甚至隐藏着整个人类相近的思维与认知方式，人类相近的情感价值观方向，也就是说，形形色色的语言背后，有民族的、人类的共有的思维图式、精神图式和审美图式在，正因为这样，不同语言的人群之间才能进行沟通和理解。而这些共有的图式，就是洪堡特所谓共有的语言，这些共有的思维图式，实际上就是民族和人类的文化基因。而经典，之所以能成为经典，就是因为承载了民族的、人类的共同的思维与情感的成果，隐含了一个民族甚至整个人类的共有图式。因此，民族的、人类的共有的思维图式、精神图式、审美图式应该是经典的内核。

经典之所以成为经典，固然与经典语言的规范与生动有关，但经典往往并不代表当时语言的最高法则，即使经典的语言代表当时语言的最高法则，这些法则对于当今时代，其价值也是极其有限的。经典的最高价值，是人类和民族某一阶段、某一方面的思维图式、精神图式乃至审美图式的精致的凝固，是民族和人类的思维图式、精神图式、审美图式的瑰宝，是人类文化的优秀基因。这才是我们阅读经典最应关注的东西！对于读者来说，人生也许没有非读不可的书，就像苏轼没有读过《红楼梦》，奥巴马不一定读过《论语》，但是，人生一定有必须面对和思考的问题，所以，《红楼梦》中涉及的许多话题，苏轼都有过深邃的思考，《论语》中涉及的许多问题，奥巴马也应该做过探索。所以，今天读经典，可能并非必须读某一本书，但是，我们应该从经典中吸取往圣先贤应对人生问题的优秀的思维图式、精神图式和审美图式，从而优化我们自己的思维结构、精神世界和审美趣味，进而提升我们的核心素养。

---

① 威廉·冯·洪堡特.论人类语言结构的差异及其对人类精神发展的影响[M].姚小平，译.北京：商务印书馆，1999.

这样，经典阅读，实际上有三个层面，第一个层面是语音、文字、词汇和语法，这是最表层的东西，也是入门的东西；第二个层面是语言的技巧，包括修辞、章法、为文技巧等；第三个层面是思维图式、精神图式和审美图式。而第三个层面，实际上又包括两个层次：一是民族的思维图式和精神图式；二是人类的思维图式和精神图式。第三个层面才是经典阅读的关键所在。

但是，我们怎样从经典中获取这些高贵的文化基因？我们怎样才能掌握人类几千年来传承的思维图式、精神图式和审美图式？按照前文所述的第一种方式，一头扎进去，找几本书读一读，固然可能获取某一个作家的某种文化基因，但，一则可能将不良基因也一并收取，二则所获有限。如果按上述第二种方式，阅读各种优秀文章堆砌的读本，可能避免了不良基因的吸收，但是，这些选本多是文章的碎片化堆砌，并没有从思维图式、精神图式和审美图式的角度进行整合，在阅读中，我们可能只能形成碎片化的记忆，难以形成我们自己的优秀的思维、精神、审美的图式。

基于这样的思考，我们尝试着从人生必须思考的问题出发，精选人生问题的12个主题，研究往圣先贤对这些问题的思考、态度与趣味，从浩如烟海的经典中，抽取我们认为承载了优秀的思维图式、精神图式、审美图式的经典文本，按相关主题，从这三个图式的角度加以梳理，编辑了这一套"青少年核心素养经典阅读课"主题阅读丛书，以求有助于构建我们的思维图式、精神图式和审美图式。

本丛书共分12个主题。包括人生首先必须面对的生命问题、人生发展问题、情感问题，从这个层面，我们编辑了《生命的长河》《人生的智慧》和《情感的咏叹》三个主题读本；然后是人与自然的关系、人与家国的关系和人与历史的关系，从这个层面我们编辑了《自然的密码》《家园的守望》和《历史的声音》三个主题读本；再上升一层是本民族的文化传承、科学的问题和哲学思考，在这个层面，我们编辑了《传统的精髓》《科学的边界》和《智者的哲思》三个主题读本；作为经典的语文读本，我们还从审美的角度选取了三个主题，包括审美与艺术、经典美文、古典诗词，由此编辑了《审美的盛宴》《美文的品鉴》和《诗词的韵味》三个主题读本。

为了引导读者从思维图式、精神图式和审美图式的角度思考相关主题，在编辑中，我们力图体现以下编创原则：

一是经典性。在选文上，力求将人类关于相关主题的思想精华和最具艺术化的作品呈现给读者，尽量让读者占领相关主题的人类思维制高点。

二是建构性。该丛书与其他读本类丛书最大的区别在于，编者以人生必须面对的问题为切入口，以问题的思辨和解决为逻辑主线，选取相关经典，力图以此引导读者建立起相关的精神图式、思维图式。

三是可读性。考虑到本丛书的主要读者对象为青少年，在选文上尽量做到经典性的同时，适当降低了选文难度，难度稍大的选文，在"导读"和"交流之窗"中对阅读做一些梳理性的提示。在导读的用语上也尽量考虑以青少年为读者对象，尽量增强导读的活泼性和可读性。

四是思辨性。在选文上，将思辨性放在优选地位，以期给读者思想启迪，不少章节有意识地选取了一些持不同观点的文章，目的在于形成思想的冲击波。编者还为读者提供了相关主题的研究范本，试图引导读者对相关主题结合当下进行深入思考与研究，帮助读者形成相关主题的健全的意识与感悟、思考。

五是原创性。在编辑中尽量做到体例的原创，导读的原创，注释的部分原创。在体例上，根据相关主题的思维结构设计相关章节，试图以此形成相关主题的完整的思维结构和精神样式。每个主题的每一章设计有相关的导读，每篇选文设计有编者与读者的"交流之窗"，以引导读者深入思考。

六是大视野。选材范围力争广阔，力争站在一定的学术高度，所以除了国学主题之外，其他主题所选文章都涉及古今中外。而国学主题的选文则尽量从整个国学史的大视野，提取中华文化的优秀基因，选取国学经典，并从源流上对中华民族的优秀的思维图式、精神图式进行梳理。

本丛书能够顺利出版，非常感谢胡立根工作室的所有成员及编写工作的所有参与者的辛勤劳动。当然更要感谢促成本丛书出版的谢晨先生，感谢海天出版社的领导和编辑的大力支持。尤其要感谢安徒生文学奖得主曹文轩先生欣然担任本丛书的文学顾问并为本丛书作序，曹先生对本丛书的编辑给予了多方面的指导，提出了许多宝贵的具体建议，才能使本丛书有今天的高度。

当然，由于编者视野和水平所限，选文、体例、导读等等，难免有不尽如人意的地方，我们期待读者的宝贵意见。

胡立根
2017年12月于深圳羊台山

前 言

谈到诗词，特别是中国古代诗词，你一定不会陌生。"锄禾日当午，汗滴禾下土""床前明月光，疑是地上霜"……这些脍炙人口的诗篇，你一定能随口背出很多。

中国是一个诗的国度，诗经楚辞，渊源深厚；唐诗宋词，异彩纷呈。多读多背优秀诗词作品，既可以增长见识，发展智力，还可以陶冶性情，提升素养；既可以汲取祖国传统文化的精华，感受汉语言文字的魅力，又可以塑造高尚的灵魂和健全完善的人格。所以，诗词教育历来受到重视，古代诗词一直是蒙学教育的重要内容。从小学到高中的各类语文教材中，都有大量的诗词，社会上也有《唐诗三百首》《宋词鉴赏》等各种类型的诗词选本。可以毫不夸张地说，中国古典诗词在很早便进入了我们每一个人的生活中。

可是我们对中国古代诗词真的了解了吗？真的会阅读鉴赏古典诗词吗？尽管我们从识字开始就学了很多诗词，可是我们古代诗词的知识却大多是零散的，支离破碎的。如要我们比较系统地谈一下中国古代诗词的发展历程、风格流派、艺术手法等，有时却不知如何开口。拿一首陌生的诗词要我们鉴赏，有时候竟不知如何读懂。我们对诗词的理解竟然是朦胧的。

为了帮助读者比较系统全面地了解中国古代诗词，学会鉴赏古代诗词，我们编写了这一读本。

本书分为四个章节，分别从诗词的流脉、类别、手法、赏析四个角度入手，针对当下中学生诗词学习存在的具体问题，对中国古典诗词加以梳理编排。选取一些不同历史阶段、不同作家、不同风格流派的公认比较经典的适合中学生阅读的诗词，对其语言、技巧等予以解读点拨，以求让读者能够明其源流，知其雅俗，通其内外，品其真醇，真正做到从背诵到理解，从理解到思考，从思考到感悟，从感悟到陶醉于其中，最终能够理解诗词，感悟诗词，爱上诗词。

本书第一章主要介绍诗词发展的历程，对中国古代诗词发展的各个阶段、重要作家、不同的风格流派进行纵向的梳理，从先秦的诗经楚辞、两汉的乐府到唐宋诗词；从屈原、建安七子、陶谢到李杜苏轼，让青少年对古代诗词的发展有一个比较系统的全面的了解。第二、三章则从横的方面对诗词的题材体裁、艺术手法进行梳理，通过学习，使青少年能比较系统地了解近体诗和古体诗的区别，豪放词和婉约词的特点，边塞诗、送别诗、怀古诗等不同题材诗词的风格特点，以及借景抒情、托物言志、虚实相生等不同的艺术手法。第四章则从青少年的角度进行编排，通过解读文辞，分析意象，联想想象，再现意境等方式解读诗词内容，知人论世，体悟诗词感情，吟咏诵读，品味诗词意蕴，进而推陈出新，对诗词产生自己独到的理解。每一个小节按照"导读""正文""交流之窗"三个部分编排，"导读"部分有比较系统的知识介绍，"交流之窗"部分除对诗词给予必要的注释外，还对艺术手法、赏析方法等予以适当的解说点拨，让学生能比较快速全面地读懂诗词。

我们希望，通过研读本书，读者能对中国古代诗词有比较系统全面的了解，进而掌握必要的阅读方法和技巧，提升阅读能力。而读者在了解中国古代诗词、读得懂中国古代诗词的基础上，爱上中国古代诗词，弘扬中华优秀文化，提升人文素养。

编　者

目录 contents

001　第一章　物换星移几度秋　——诗歌的发展历程

005　第一节　山有木兮木有枝，心悦君兮君不知（先秦：文学发轫）
006　　弹歌　　　　　　　　　　　　　　《吴越春秋》
007　　关雎　　　　　　　　　　　　　　《诗经·国风·周南》
008　　君子于役　　　　　　　　　　　　《诗经·国风·王风》
009　　硕鼠　　　　　　　　　　　　　　《诗经·国风·魏风》
010　　无衣　　　　　　　　　　　　　　《诗经·国风·秦风》
011　　黍苗　　　　　　　　　　　　　　《诗经·小雅·鱼藻之什》
012　　维天之命　　　　　　　　　　　　《诗经·周颂·清庙之什》
012　　越人歌　　　　　　　　　　　　　《楚辞》
013　　湘夫人　　　　　　　　　　　　　屈　原
015　　离骚（节选）　　　　　　　　　　屈　原
016　第二节　迢迢牵牛星，皎皎河汉女（两汉：多元形成）
017　　垓下歌　　　　　　　　　　　　　项　籍
018　　悲愁歌　　　　　　　　　　　　　刘细君
019　　上邪　　　　　　　　　　　　　　无名氏
019　　梁甫吟　　　　　　　　　　　　　无名氏
020　　怨歌行　　　　　　　　　　　　　无名氏
021　　行行重行行　　　　　　　　　　　无名氏
022　　涉江采芙蓉　　　　　　　　　　　无名氏
022　　上山采蘼芜　　　　　　　　　　　无名氏
023　　十五从军征　　　　　　　　　　　无名氏
025　第三节　陶谢不枝梧，风骚共推激（魏晋南北朝：文体自觉）

026	蒿里行	曹　操
027	燕歌行	曹　丕
028	白马篇	曹　植
029	饮马长城窟行	陈　琳
030	咏怀	阮　籍
031	咏史（其二）	左　思
032	归园田居	陶渊明
033	登池上楼	谢灵运
034	拟行路难（其五）	鲍　照
035	晚登三山还望京邑	谢　朓
036	第四节　王杨卢骆当时体，轻薄为文哂未休（初唐：五律定型）	
037	野望	王　绩
038	在狱咏蝉	骆宾王
039	送杜少府之任蜀州	王　勃
040	代悲白头翁	刘希夷
041	登幽州台歌	陈子昂
042	第五节　会当凌绝顶，一览众山小（盛唐：诗歌顶峰）	
044	望洞庭湖赠张丞相	孟浩然
045	渭城曲	王　维
046	芙蓉楼送辛渐	王昌龄
047	宣州谢朓楼饯别校书叔云	李　白
048	闻官军收河南河北	杜　甫
049	春日忆李白	杜　甫
050	别董大	高　适
051	走马川行奉送出师西征	岑　参
052	第六节　东边日出西边雨，道是无晴却有晴（中唐：大历元和）	
053	滁州西涧	韦应物
053	登科后	孟　郊
054	听颖师弹琴	韩　愈
055	问刘十九	白居易
056	酬乐天扬州初逢席上见赠	刘禹锡

057	登柳州城楼寄漳汀封连四州	柳宗元
058	离思	元　稹
059	李凭箜篌引	李　贺
061	**第七节　停车坐爱枫林晚，霜叶红于二月花**	
	（晚唐五代：缘情绮丽）	
062	将赴吴兴登乐游原	杜　牧
063	锦瑟	李商隐
064	望江南·梳洗罢	温庭筠
065	菩萨蛮·人人尽说江南好	韦　庄
066	破阵子·四十年来家国	李　煜
067	浪淘沙·帘外雨潺潺	李　煜
068	**第八节　不识庐山真面目，只缘身在此山中（北宋：万象更新）**	
069	渔家傲·秋思	范仲淹
070	浣溪沙·一曲新词酒一杯	晏　殊
071	浪淘沙·把酒祝东风	欧阳修
072	江城子·十年生死两茫茫	苏　轼
073	鹧鸪天·彩袖殷勤捧玉钟	晏幾道
074	牧童诗	黄庭坚
075	踏莎行·郴州旅舍	秦　观
076	苏幕遮·燎沉香	周邦彦
077	**第九节　二十四桥仍在，波心荡，冷月无声（南宋：黍离之悲）**	
078	青玉案·元夕	辛弃疾
079	书愤五首（其一）	陆　游
080	初入淮河	杨万里
081	扬州慢·淮左名都	姜　夔
083	风入松·听风听雨过清明	吴文英
084	过零丁洋	文天祥
085	一剪梅·舟过吴江	蒋　捷
086	**第十节　中州万古英雄气，也到阴山敕勒川（辽金元：深裘大马）**	
087	海上诗	耶律倍
088	伏虎林应制	萧观音

089	人月圆·宴北人张侍御家有感	吴激
090	念奴娇·离骚痛饮	蔡松年
091	岐阳三首（其二）	元好问
092	论诗（其七）	元好问
092	[越调]天净沙·秋	白朴
093	[越调]天净沙·秋思	马致远
094	山坡羊·潼关怀古	张养浩
095	满江红·金陵怀古	萨都剌
096	第十一节　粉骨碎身全不怕，要留清白在人间（明代：复归风雅）	
097	古戍	刘基
098	白燕	袁凯
099	石灰吟	于谦
100	桃花庵歌	唐寅
101	秋望	李梦阳
102	渡黄河	谢榛
103	山阴道	袁宏道
104	点绛唇·春日风雨有感	陈子龙
105	第十二节　三百六级登其巅，一城烟水来眼前（清代：诗词中兴）	
106	贺新郎·病中有感	吴伟业
107	南乡子·邢州道上作	陈维崧
108	桂殿秋·思往事	朱彝尊
109	采桑子·塞上咏雪花	纳兰性德
110	杂感	黄景仁
111	减字木兰花·春夜闻隔墙歌吹声	项鸿祚
112	己亥杂诗	龚自珍
113	虞美人·水晶帘卷澄浓雾	蒋春霖
114	临江仙·和子珍	谭献

115	**第二章　千树万树梨花开——诗歌的体裁题材**	
118	第一节　路漫漫其修远兮，吾将上下而求索（古体诗）	

119	击壤歌	《论衡·感虚篇》
119	祝某夫人	曾　熙
120	北风	《诗经·国风·邶风》
121	九歌·东皇太一	屈　原
122	气出唱（其一）	曹　操
123	古风五十九首（其一）	李　白
125	第二节　庄生晓梦迷蝴蝶，望帝春心托杜鹃（近体诗）	
126	度大庾岭	宋之问
127	遥同杜员外审言过岭	沈佺期
128	独坐敬亭山	李　白
128	早寒有怀	孟浩然
129	阁夜	杜　甫
130	泊秦淮	杜　牧
131	十一月四日风雨大作	陆　游
132	第三节　今宵酒醒何处，杨柳岸晓风残月（婉约词）	
133	鹊踏枝·谁道闲情抛弃久	冯延巳
134	菩萨蛮·小山重叠金明灭	温庭筠
135	雨霖铃·寒蝉凄切	柳　永
136	相见欢·无言独上西楼	李　煜
136	鹧鸪天·半死桐	贺　铸
137	临江仙·梦后楼台高锁	晏幾道
138	第四节　大江东去，浪淘尽千古风流人物（豪放词）	
140	念奴娇·赤壁怀古	苏　轼
141	江城子·密州出猎	苏　轼
142	满江红·怒发冲冠凭栏处	岳　飞
143	南乡子·登京口北固亭有怀	辛弃疾
144	六州歌头·长淮望断	张孝祥
145	贺新郎·寄辛幼安，和见怀韵	陈　亮
147	第五节　枯藤老树昏鸦，小桥流水人家（元曲）	
149	[中吕]卖花声·怀古	张可久
150	[双调]蟾宫曲·春情	徐再思

150	得胜乐·夏	白　朴
151	[双调]夜行船·秋思	马致远
153	西厢记·长亭送别	王实甫
155	我侬词	管道昇
157	第六节　采菊东篱下,悠然见南山(山水田园诗)	
158	终南山	王　维
158	过故人庄	孟浩然
159	溪居	柳宗元
160	观田家	韦应物
161	渔翁	柳宗元
161	钱塘湖春行	白居易
163	第七节　黄沙百战穿金甲,不破楼兰终不还(边塞征战诗)	
165	击鼓	《诗经·国风·邶风》
166	九歌·国殇	屈　原
167	从军行	王昌龄
167	凉州词	王　翰
168	从军北征	李　益
169	示儿	陆　游
170	第八节　折戟沉沙铁未销,自将磨洗认前朝(咏史怀古诗)	
172	咏史	班　固
173	咏史(其一)	左　思
174	燕昭王	陈子昂
174	八阵图	杜　甫
175	金铜仙人辞汉歌	李　贺
176	桂枝香·登临送目	王安石
177	咏史	龚自珍
178	第九节　多情自古伤离别,更那堪冷落清秋节(离情送别诗)	
179	送魏二	王昌龄
179	送别	王　维
180	送别	王之涣
181	长相思·吴山青	林　逋

182	踏莎行·候馆梅残	欧阳修
183	卜算子·送鲍浩然之浙东	王　观
184	第十节　夕阳西下，断肠人在天涯（羁旅思乡诗）	
185	月夜	杜　甫
185	闻雁	韦应物
186	回乡偶书	贺知章
187	新年作	刘长卿
187	少年游	柳　永
188	旅夜书怀	杜　甫
189	水调歌头·明月几时有	苏　轼
191	第十一节　妆罢低声问夫婿，画眉深浅入时无（托物言志诗）	
193	秋夜望单飞雁	庾　信
193	不第后赋菊	黄　巢
194	梅花	王安石
194	画菊	郑思肖
195	墨梅	王　冕
196	精卫	顾炎武

197	**第三章　说破源流万法通——诗歌的艺术手法**	
200	第一节　晴空一鹤排云上，便引诗情到碧霄（抒情手法）	
201	春望	杜　甫
202	南园十三首（其一）	李　贺
202	郊行即事	程　颢
203	浣溪沙·漠漠轻寒上小楼	秦　观
204	节妇吟·寄东平李司空师道	张　籍
205	登金陵凤凰台	李　白
206	[双调]沉醉东风	关汉卿
206	鹧鸪天·送人	辛弃疾
207	示长安君	王安石
208	第二节　自在飞花轻似梦，无边丝雨细如愁（描写手法）	

209	夜雨寄北	李商隐
209	青玉案·凌波不过横塘路	贺　铸
210	约客	赵师秀
211	山居秋暝	王　维
212	闻乐天授江州司马	元　稹
213	白雪歌送武判官归京	岑　参
214	逢雪宿芙蓉山主人	刘长卿
215	第三节　绿杨烟外晓寒轻，红杏枝头春意闹（结构手法）	
217	秋思	张　籍
217	和晋陵陆丞早春游望	杜审言
218	舟中晓望	孟浩然
219	赋得暮雨送李胄	韦应物
220	茅屋为秋风所破歌	杜　甫
221	行路难	李　白
222	闺怨	王昌龄
222	玉楼春·春景	宋　祁
223	丑奴儿·书博山道中壁	辛弃疾
224	题柳亭送别图	徐　渭
224	临洞庭湖赠张丞相	孟浩然
226	第四节　只恐夜深花睡去，故烧高烛照红妆（修辞手法）	
229	兰溪棹歌	戴叔伦
229	出塞	王昌龄
230	赠汪伦	李　白
230	春思	李　白
231	暮热游荷池上（其三）	杨万里
232	海棠	苏　轼
233	竹枝词	刘禹锡
234	如梦令·昨夜雨疏风骤	李清照

235	第四章　横看成岭侧成峰——诗歌的鉴赏方法	
238	第一节　折取一枝入城去，使人知道已春深 （解读文辞，感知诗意）	
241	郊兴	王　勃
242	江畔独步寻花	杜　甫
242	孤桐	王安石
243	粤秀峰晚望同黄香石诸子	谭敬昭
244	卜算子·黄州定慧院寓居作	苏　轼
244	诉衷情·当年万里觅封侯	陆　游
245	鹧鸪天·代人赋	辛弃疾
246	[正宫]鹦鹉曲·侬家鹦鹉洲边住	白　贲
247	第二节　羌笛何须怨杨柳，春风不度玉门关 （解析意象，品味意境）	
250	暮过山村	贾　岛
251	春行即兴	李　华
251	谒荆公不遇	方惟深
252	东坡	苏　轼
253	渔歌子	张志和
254	忆秦娥·箫声咽	李　白
255	临安春雨初霁	陆　游
256	鹊桥仙·夜闻杜鹃	陆　游
257	第三节　又是江南好风景，落花时节又逢君 （知人论世，了解背景）	
260	少年行四首	王　维
261	陇西行四首（其二）	陈　陶
262	客至	杜　甫
263	如梦令·常记溪亭日暮	李清照
263	一剪梅·红藕香残玉簟秋	李清照
264	渔家傲·天接云涛连晓雾	李清照
265	水龙吟·次韵章质夫杨花词	苏　轼

266	[双调·蟾宫曲] 问人间谁是英雄	阿鲁威
267	第四节　千岩万转路不定，迷花倚石忽已暝	
	（联想想象，置身诗境）	
269	雨晴	王驾
269	寻隐者不遇	贾岛
270	闺意献张水部	朱庆馀
271	梦游天姥吟留别	李白
272	新晴	刘攽
272	鹧鸪天·家住苍烟落照间	陆游
273	望江南·多少恨	李煜
274	鹧鸪天·室人降日，以此奉寄	魏初
275	第五节　风急天高猿啸哀，渚清沙白鸟飞回	
	（吟咏诵读，品味诗韵）	
277	桃夭	《诗经·国风·周南》
278	敕勒歌	民歌
278	次北固山下	王湾
279	早春呈水部张十八员外	韩愈
280	蜀相	杜甫
281	泊船瓜洲	王安石
281	声声慢·寻寻觅觅	李清照
283	第六节　沉舟侧畔千帆过，病树前头万木春	
	（超越意愿，推陈出新）	
286	登鹳雀楼	王之涣
286	金缕衣	无名氏
287	放言五首（其三）	白居易
288	望江南·超然台作	苏轼
289	鹊桥仙·纤云弄巧	秦观
290	蝶恋花·伫倚危楼风细细	柳永
291	定风波·莫听穿林打叶声	苏轼
292	木兰花令·拟古决绝词	纳兰性德

第一章
物换星移几度秋
——诗歌的发展历程

⊙ 诗情画意　邹华桢书

诗歌是我国最古老的文学样式，它起源于早期人们劳动时的号子和民歌，最初诗和音乐、舞蹈结合在一起，统称为诗歌。我国的诗歌历史源远流长，其发展演变主要是从二言到四言，到五言七言以及杂言，再到格律诗，到最终形成的近体格律诗（包括词、曲）的主要形式。古诗词经历了数千年的发展历程。

诗歌在西周至春秋时代就已产生了大批辉煌篇章，我国第一部诗歌总集《诗经》的出现便是其重要的标志。《诗经》由孔子删减整理共收诗305篇，分"风""雅""颂"三部分。在其之后，楚辞产生于南方的楚地。其句式以六言、七言为主，又喜用"兮"字。

汉代乐府成就很高。"乐府"原指国家音乐机构，后指配乐演唱的歌辞。其间以《古诗十九首》为代表的下层文人创作，颇具艺术水准。

汉魏晋时期，进入了文学自觉时代。建安时期，以"三曹"父子和"建安七子"为中心的文人集团，抒情真挚，心系苍生。南北朝时期，南方的谢灵运开创了山水诗，后谢朓受其影响，两人被称为"大小谢"。

唐代是中国诗歌史上的黄金时期，流派各异，诗体完备，成就斐然。"初唐四杰"和陈子昂，承汉魏风骨，为唐诗的发展铺平了道路，李白、杜甫是盛唐的两座高峰，经过其后的新乐府运动的推动，诗歌的社会功用得以发挥，晚唐"小李杜"的成就也很高。

宋词起源于民间，敦煌曲子词是现存最早的民间词。中唐以后文人填词才逐渐增多，白居易、刘禹锡等人有词的创作。词在两宋逐渐发展，柳永、苏轼、李清照等在词的体式、内容、地位上都有所发挥。宋诗成就虽不如唐诗，但别有特色。宋诗主理致，以意胜。

明代前期"台阁体"诗派盛行，但其内容过于空泛。明中叶以后，以李梦阳为首的"前七子"和以李攀龙为首的"后七子"，先后发起复古运动，提出"文必秦汉，诗必盛唐"的创作主张，但他们一味模拟，过于死板。

词至元明走向衰落，在清代呈中兴气象。清代前期，明朝遗民文人的创作为清代诗词奠定了很高的基调，诗歌方面如吴伟业、钱谦益等人的创作以及词方面纳兰性德、朱彝尊、陈维崧等人的创作皆具特色。清中叶后，以张惠言为代表的"常州词派"，强调词的比兴寄托，重其社会功用，并影响到近代。

  诗歌是一种阐述内心情感的文学体裁，诗人往往要用凝练的语言、充沛的情感以及丰富的意象来高度集中地表现社会生活和人类精神世界。并需要掌握其艺术技巧，并严格遵守她的音节、韵律的要求，被称作"戴着铐镣跳舞"，然这正是诗歌的艺术魅力所在，高度的凝练性、节奏性和艺术张力，了解诗歌，要从诗歌的发展历史做起，本章旨在从诗词发展的历史予以梳理，让大家更好地了解诗歌的发展历程。

第一节　山有木兮木有枝，心悦君兮君不知
（先秦：文学发轫）

● 本节导读

上古时期生产力较为落后，体力劳动与脑力劳动的分工并不明确，因而还没有出现后世所谓的"纯文学"。上古歌谣只是口耳相传，因此用文字记录下来的很少，《弹歌》反映了早期先民的劳动与生活，不仅有着文学价值，同时对人们了解那段时间的历史也有着重要的意义。

先秦是中国古典诗歌的发源期，这一时期的诗歌主要是指我国第一部诗歌总集、现实主义诗歌源头的《诗经》，以及战国后期流行于楚地的浪漫主义诗歌源头的《楚辞》。

《诗经》采集于民间，产生的地域很广，其内容主要是民间歌谣、士大夫作品以及郊庙祭祀的颂辞，其代表了我国先秦时期的文学成就，意义非凡。《诗经》经孔子的删定，共305首，分为风雅颂三个部分，诗歌以四言为主，兼有杂言。

《诗经》中的"赋、比、兴"作为表现手法，是《诗经》最大的突破，开后世诗歌艺术手法的先河。从具体手法上来看，正如朱熹解释的："赋者，敷陈其事而直言之者也；比者，以彼物比此物也；兴者，先言他物，以引起所咏之词也"。《诗经》的出现，代表着中国的诗歌文化进入了第一个繁盛期。

《楚辞》是在战国后期，流行于南方的新诗歌，代表诗人是屈原。《楚辞》最大的特点是借助于楚地的方言，具有浓郁的地域特色，另外以屈原为代表的作品中的"香草美人"之喻，更开我国浪漫主义诗歌的先河。《楚辞》把先秦文学推向了又一个新的高峰。西汉刘向把屈原等人的作品汇编成《楚辞》，是继《诗经》之后的第二部诗歌总集。与《诗经》相比，《楚辞》词藻华丽，想象力更为丰富。

《诗经》和《楚辞》是中国文学史上的诗歌源头，更是中华文明的根基，二者作为先秦诗歌的双璧，泽被后世！

弹歌①

《吴越春秋》

《吴越春秋》,东汉赵晔撰,是一部以记述春秋时期吴、越两国史事的史学著作。

断竹续竹。
飞土逐宍②。

【注释】①弹歌(dàn gē):古歌谣名。②宍(ròu):"肉"的古字。

[选自《先秦汉魏南北朝诗(上)》,中华书局,1988年版]

【交流之窗】

该篇是上古时期的歌谣。产生于原始社会和奴隶社会早期。年代久远,又因为口头创作,因此,流传到后世并被记录的寥寥无几。上古时期生产力较为落后,体力劳动与脑力劳动的分工并不明确,因而还没有出现后世所谓的"纯文学"。这首诗歌从内容来看,可以知晓早期社会人们的劳动方式,砍伐竹子,制作弹弓,用以狩猎,一幅狩猎图如在眼前。诗歌节奏明快,四个韵脚均以入声收尾,颇为凝重,韵味无穷。

关雎

《诗经·国风·周南》

关关雎鸠①,在河之洲②。窈窕③淑女,君子好逑④。
参差荇菜⑤,左右流之。窈窕淑女,寤寐求之。
求之不得,寤寐思服。悠哉悠哉,辗转反侧。
参差荇菜,左右采之。窈窕淑女,琴瑟友之。
参差荇菜,左右芼之。窈窕淑女,钟鼓乐之。

【注释】①关关:形容水鸟雌雄和鸣的拟声词。雎(jū)鸠:水鸟,一名王雎,状类凫鹥,生有定偶,而不相乱;偶常并游,而不相狎。②洲:河中沙洲。③窈窕(yǎo tiǎo):美心为窈,美状为窕。淑:善,好。④好逑(qiú):理想的配偶。逑:配偶。⑤荇(xìng)菜:亦作莕菜,水生多年生草本植物,夏天开黄色花,嫩叶可食。

(选自《诗经注析》,中华书局,1991年版)

【交流之窗】

《诗经》中爱情的主题诗情感真挚,画面唯美,男女之间的互动往往大胆热烈。想必是因当时社会较为自由,还未完全受到礼教的束缚的风气所致吧!翩翩少年钟情于妙龄少女,这种相思之情应该算作人间永恒的主题吧!这首诗歌贵在其情感真挚,正如汤显祖《牡丹亭》所描述的"情不知所起,一往而深"般,可谓千古绝唱。

君子于役①

《诗经·国风·王风》

君子于役,不知其期,曷至哉②?鸡栖于埘③,日之夕矣,羊牛下来。君子于役,如之何勿思④!

君子于役,不日不月⑤,曷其有佸⑥?鸡栖于桀,日之夕矣,羊牛下括。君子于役,苟⑦无饥渴?

【注释】①役:服役。②曷:何时。至:归家。③埘(shí):鸡舍。在墙壁上挖洞做成。④如之何勿思:如何不思。⑤不日不月:没法用日月来计算时间。⑥佸(huó):相会。⑦苟:副词,表示希望的意思。

(选自《诗经注析》,中华书局,1991年版)

【交流之窗】

《诗经》中有很多反映先秦百姓生活画面的诗作,长期的战争、服役制度的普及,对普通家庭带来了深远的影响。这首诗富有诗情画意,通过眼前时景的转换,抒发了留守家中的妇女对丈夫的思念真情,诗歌是长期聚积在妇人心底的话语,它是当时百姓生活、思想的真实反映。

硕鼠①

《诗经·国风·魏风》

硕鼠硕鼠，无食我黍②！三岁贯女③，莫我肯顾。逝将去女④，适彼乐土。乐土乐土，爰得我所⑤！

硕鼠硕鼠，无食我麦！三岁贯女，莫我肯德。逝将去女，适彼乐国。乐国乐国，爰得我直⑥！

硕鼠硕鼠，无食我苗！三岁贯女，莫我肯劳⑦。逝将去女，适彼乐郊。乐郊乐郊，谁之永号！

【注释】①硕鼠：大老鼠。一说田鼠。②无：毋，不要。黍：黍子，也叫黄米，谷类，是重要粮食作物之一。③三岁：多年。三：非实数。贯：借作"宦"，侍奉。④逝：通"誓"。去：离开。女：同"汝"。⑤爰：于是，在此。所：处所。⑥直：王引之《经义述闻》说："当读为职，职亦所也。"一说同值。⑦劳：慰劳。

（选自《诗经注析》，中华书局，1991年版）

【交流之窗】

提到奴隶社会，自然是由奴隶主和奴隶阶层构成的。正是"哪里有压迫，哪里便有反抗"，面对奴隶主的残酷剥削，奴隶们不仅大胆揭露，甚至反抗意识强烈。奴隶们因无法忍受沉重的负担，发出了对统治阶级残酷剥削本质的控拆，以"大老鼠"为喻，形象而贴切，揭露了他们贪得无厌的丑恶嘴脸，诗歌鼓舞大家追求平等，勇于斗争，颇具感染力。

无衣

《诗经·国风·秦风》

岂曰无衣？与子同袍①。王②于兴师，修我戈矛，与子同仇③！
岂曰无衣？与子同泽④。王于兴师，修我矛戟，与子偕作！
岂曰无衣？与子同裳。王于兴师，修我甲兵，与子偕行。

【注释】①袍：长袍，即今之斗篷。②王：指周王，秦国出兵以周天子之命为号召。一说指秦君。③同仇：共同对敌。④泽：通"襗"，内衣，如今之汗衫。

（选自《诗经注析》，中华书局，1991年版）

【交流之窗】

春秋时期，战争频繁，人民苦不堪言，反映战争之苦的作品在《诗经》中也很多见，然而作为战争的参与者，士兵们却有着别样的风采。战争中必然流血牺牲，兵戎相见，然护家卫国，当是男子汉义不容辞之举。本诗向我们呈现了男子汉们在战场上奋然杀敌，团结协作，所向披靡的场景。战争，从一个角度看是强者的游戏，我想，秦最终能够实现统一六国，在本诗中可见端倪，在腥风血雨的战场上，建功立业、保家卫国、同仇敌忾、斗志昂扬的士兵们，正是秦人尚武精神的体现。

黍苗

《诗经·小雅·鱼藻之什》

芃芃①黍苗,阴雨膏之。悠悠南行,召伯劳之。
我任我辇②,我车我牛。我行既集③,盖④云归哉。
我徒我御,我师我旅。我行既集,盖云归处。
肃肃⑤谢功,召伯营之。烈烈⑥征师,召伯成之。
原隰⑦既平,泉流既清。召伯有成,王心则宁。

【注释】①芃(péng)芃:草木繁盛的样子。②辇:人力拉的车。③集:完成。④盖(hé):同"盍",何不。⑤肃肃:严正的样子。功:工程。⑥烈烈:威武的样子。⑦原:高平之地。隰(xí):低湿之地。

(选自《诗经注析》,中华书局,1991年版)

【交流之窗】

《黍苗》是周宣王时徒役赞美召穆公(召虎)营治谢邑之功的作品,诗意自明。宣王在国家内忧外患时,挺身而出,内修政事,外抗夷狄,成为一代贤君。他手下的召穆公带领徒役前往营地,在营地建设中出色地完成了任务,随从者欢呼雀跃,唱了这首歌颂的歌曲。从内容上可以看出,徒役们虽然经过长时间的服役,却丝毫没有表现出怨恨之情,可见百姓对于国家安定的渴望。从韵律的角度看,节奏舒缓和谐,正反映了"雅"的特点。

维①天之命

《诗经·周颂·清庙之什》

维天之命,於穆不②已。於乎不显,文王之德之纯!假③以溢我,我其收之。骏惠④我文王,曾孙笃之。

【注释】①维:语助词。②不(pī):借为"丕",大。③假:通"嘉",美好。④骏惠:郑笺训为"大顺"。马瑞辰《毛诗传笺通释》:"惠,顺也;骏当为驯之假借,驯亦顺也。"

(选自《诗经注析》,中华书局,1991年版)

【交流之窗】

"颂"主要是郊庙祭祀的祝辞,反映了先秦时期敬天畏地的特点,先民们面对着神秘莫测的大千世界,自然心存敬畏,将其与人的德行相关联,强调它们的因果关系,我想应该是一件好事,不忘先祖,应该是人区别于动物的美德之一。该诗内容大致可分为两个部分,前一部分是说文王上应天命,品德纯美;后一部分是说文王德业恩泽后代,强调后代当遵其遗教,并发扬光大。

越人歌

《楚辞》

今夕何夕兮。搴洲中流①。今日何日兮。得与王子同舟。
蒙羞被好兮不訾诟耻②。心几烦而不绝兮得知王子③。
山有木兮木有枝。心说君兮君不知④。

【注释】①搴(qiān)洲:犹言荡舟。搴:拔。洲:当从《北堂书钞》卷一〇六所引作"舟"。②被(pī)：同"披"，覆盖。訾(zǐ)：说坏话。诟(gòu)耻：耻辱。③几(jī)：几乎。王子：此处指公子黑肱(？—前529)，字子皙，春秋时期楚国的王子，父亲楚共王。④说(yuè)：同"悦"，喜欢。

（选自《先秦汉魏南北朝诗选》，中华书局，1988年版）

【交流之窗】

鄂君子皙泛舟河中，划桨的越女爱慕他，用越语唱了一首歌，鄂君请人用楚语译出，就是这一首美丽的情诗。楚国王子鄂君子皙被歌声打动，微笑着与越女一同泛舟远行。多么唯美的画面，正如沈从文写给妻子的情书所说的那样，"我行过许多地方的桥，看过许多次数的云，喝过许多种类的酒，却只爱过一个正当好年龄的人"，爱情有时就是一次擦肩而过的瞬间，只是，这时在冥冥之中你我都在找寻，谁说不是呢？

湘夫人

屈 原

屈原（约前340—约前278），芈姓，屈氏，名平，字原；又自云名正则，字灵均。战国时期楚国诗人、政治家。

帝子①降兮北渚，目眇眇②兮愁予。嫋嫋③兮秋风，洞庭波兮木叶下。
白薠兮骋望，与佳期兮夕张。鸟何萃兮蘋中，罾④何为兮木上。
沅有芷兮澧⑤有兰，思公子⑥兮未敢言。荒忽兮远望，观流水兮潺湲。
麋何食兮庭中？蛟何为兮水裔？朝驰余马兮江皋，夕济兮西澨。闻佳人兮召予，将腾驾兮偕逝。
筑室兮水中，葺之兮荷盖；荪壁⑦兮紫坛，匊⑧芳椒兮成⑨堂；桂栋兮兰橑，辛夷楣兮药房。罔薜荔兮为帷⑩，擗蕙櫋⑪兮既张；白玉兮为镇，疏石兰兮为芳。芷葺兮荷屋，缭之兮杜衡。合百草兮实庭，建芳馨兮庑门。九嶷⑫缤兮并迎，灵之来兮如云。

　　捐余袂兮江中，遗余褋兮醴浦。搴汀洲兮杜若，将以遗兮远者。时不可兮骤得，聊逍遥兮容与！

　　【注释】①帝子：指湘夫人。舜妃为帝尧之女，故称帝子。②眇眇（miǎo）：望而不见的样子。愁予：忧愁。③嫋嫋：又作"袅袅"，本义柔弱曼长貌，这里指微风徐徐吹拂的样子。④罾（zēng）：鱼网。罾原当在水中，反说在木上，比喻所愿不得，失其应处之所。⑤沅：即沅水，在今湖南省。醴：同"澧"（lǐ），即澧水，在今湖南省，流入洞庭湖。茝：白芷，一种香草。⑥公子：指湘夫人。古代贵族称公族，贵族子女不分性别，都可称"公子"。⑦荪（sūn）壁：用荪草饰壁。荪：一种香草。紫：紫贝。坛：中庭。⑧匼："播"的古字，当为"匊"字形误，即后世的"掬"字。⑨成：据洪兴祖《考异》，应为"盈"。⑩罔：通"网"，作"结"解。薜荔：一种香草，缘木而生。帷：帷帐。⑪擗：析开。蕙：一种香草。櫋（mián）：作"幔"讲，帐顶。⑫九嶷（yí）：山名，传说中舜的葬地，在湘水南。这里指九嶷山神。缤：盛多的样子。

（选自《楚辞》，中华书局，2009年版）

【交流之窗】

　　湘夫人和湘君是湘水之神，湘夫人也是早期人们原始崇拜的一种构想，这反映了早期楚地的祭祀文化。祭拜湘夫人时，以男子的口吻来唱，表达自己对她的思念。这首诗歌的歌唱者是湘君，他期待湘夫人的到来，可是痴情的等待却没能换来二人的会面，内心不觉怅惘怨恨，但因为爱着对方，依然执着不悔。楚辞是我国浪漫主义诗歌的源头，诗歌中为我们塑造的人物形象，丰富了中国文学的内涵，其艺术感染力经久不息，影响后世。

离骚(节选)

屈 原

　　长太息以掩涕兮,哀民生之多艰。余虽好修姱①以鞿羁兮,謇朝谇②而夕替。既替余以蕙纕③兮,又申之以揽茝。亦余心之所善兮,虽九死其犹未悔。怨灵修之浩荡兮,终不察夫民心。众女嫉余之蛾眉兮,谣诼谓余以善淫。固时俗之工巧兮,偭④规矩而改错⑤。背绳墨以追曲兮,竞周容⑥以为度。忳郁邑余侘傺兮,吾独穷困乎此时也。宁溘死以流亡兮,余不忍为此态也。鸷鸟之不群兮,自前世而固然。何方圜之能周兮,夫孰异道而相安?屈心而抑志兮,忍尤而攘诟。伏清白以死直兮,固前圣之所厚。

　　悔相道之不察兮,延伫乎吾将反。回朕车以复路兮,及行迷之未远。

　　步余马于兰皋兮,驰椒丘且焉止息。进不入以离尤兮,退将复修吾初服。制芰荷以为衣兮,集芙蓉以为裳。不吾知其亦已兮,苟余情其信芳。高余冠之岌岌兮,长余佩之陆离⑦。芳与泽其杂糅兮,唯昭质其犹未亏。忽反顾以游目⑧兮,将往观乎四荒。佩缤纷其繁饰兮,芳菲菲其弥章。民生各有所乐兮,余独好修以为常。虽体解吾犹未变兮,岂余心之可惩。

　　【注释】①修姱(kuā):洁净而美好。②谇(suì):谏。一释为"诟""让",意即指责,责备。③纕(xiāng):佩带。④偭(miǎn):违背。⑤错:通"措",措施,指先圣之法。⑥周容:苟合取容,指以求容媚为常法。⑦陆离:修长而美好的样子。⑧游目:纵目瞭望。

（选自《楚辞》,中华书局,2009年版）

【交流之窗】

　　这是《离骚》中节选的一个章节,诗人上下求索,却求索不得,但不改己志,九死不悔。《楚辞》中的香草美人之喻,对后世文学影响深远。美的花草,代表人高尚的品德,而丑恶的花草,又代表着小人的恶俗。屈原塑造的那个带着高高的帽子,佩戴长长带子,穿着荷花裙子的人物,也成了千百年来士大夫的精神象征,屈原也成了爱国志士的精神寄托。他砥砺前行,特立独行的节操,对中国文学产生了深远的影响。

第二节　迢迢牵牛星，皎皎河汉女
（两汉：多元形成）

● 本节导读

两汉诗歌的主要形式是乐府诗和楚辞体诗歌。乐府本是采集民谣的官方机构，后指代诗歌。其风格继承了先秦诗歌样式，但有所突破，出现了最早的五言诗。楚辞体诗歌主要模拟屈原的作品，后期渐渐衰落。

汉乐府民歌题材广泛。有揭露官僚贵族的讽刺诗，有反映民生疾苦的时事诗，有表达被压迫人民怒火的反抗诗，有反映战争和徭役带给人民的痛苦诗。此外，还有反映了青年男女的爱情和弃妇的痛苦的哀怨诗，如《上山采蘼芜》《白头吟》等，还有反映了社会动乱给人们带来的不幸的抒情诗。总之，内容非常广泛，主题鲜明。在艺术形象上，汉乐府民歌以叙事为主，有较强的故事性，塑造了许多鲜明生动的人物形象，如《陌上桑》上里机智聪明的秦罗敷。汉乐府语言朴实直白，不事雕琢，句式上灵活多样，有四言、杂言，而其最大的贡献是开创并完成了五言诗的形式。

汉代文人以文赋为主，很少写诗。西汉文人诗主要有以刘邦《大风歌》为代表的楚辞体。东汉时期，在汉乐府民歌的影响下，文人开始逐渐尝试五言诗的创作。班固的《咏史》是第一首文人五言诗。而代表汉代文人五言诗最高成就的是《古诗十九首》。《古诗十九首》的作者大都是下层的失意文人，作者们应该是一批流落长安的下层文人，诗中主要抒发了他们的失志伤时、离愁别怨及咏叹人生无常的情感，在艺术上达到了相当成熟的高度，因此在民间广为流传，成为中国文学史上早期文人五言诗的典范。刘勰在《文心雕龙·明诗》中称誉它为"五言之冠冕"，给予了极高的评价。

不得不说，如果没有两汉文人的创作推动，建安文学的繁荣一定不会在汉末出现，可以说，两汉诗歌为建安文学奠定了坚实的基础。

垓下歌

项 籍

项籍（前232—前202），项氏，芈姓，名籍，字羽，楚国下相人，楚国名将项燕之孙，他是中国军事思想"兵形势"的代表人物，也是以个人武力出众而闻名的武将。

力拔山兮①气盖世。时不利兮骓（zhuī）不逝。
骓不逝兮可奈何②！虞兮虞兮奈若何！

【注释】①兮：文言助词，相当于现今的"啊"或"呀"。②奈何：怎么办。

（选自《汉魏六朝诗选》，人民文学出版社，1978年版）

【交流之窗】

楚汉之争是这一时期的主题，留下了许多英雄事迹，也留下了后人的一声叹息！这首诗歌的背景是汉军将项羽军队团团包围，也是项羽兵败之前的绝命之作。词歌豪气干云，表现了项羽被围困时的无奈与悲愤。诗歌为我们呈现了一位力拔山兮又时运不济的英雄形象，霸王别姬，也成经典！

悲愁歌

刘细君

刘细君（？—前101），西汉宗室，汉武帝刘彻侄子刘建之女。

吾家嫁我兮天一方，远托异国兮乌孙①王。
穹庐②为室兮毡为墙，以肉为食兮酪为浆。
居常土思兮心内伤，愿为黄鹄③兮归故乡。

【注释】①乌孙：汉代时西域国名，在今新疆温宿以北、伊宁以南一带。②穹庐：游牧民族居住的帐篷。③黄鹄：即天鹅。

（选自《汉魏六朝诗选》，人民文学出版社，1978年版）

【交流之窗】

刘细君是汉武帝的侄孙女，汉武帝为与乌孙国和亲，将她远嫁异域，而细君内心的痛苦和悲愁是难以想象的。更为不幸的是，当时的刘细君年少貌美，而乌孙王却已经垂垂老矣，二人习俗不同，语言不通，刘细君的处境可想而知。通婚睦邻是两汉缓和民族关系的一种手段，刘细君明大义，离故土，思乡盼归的心情在诗中淋漓尽致地表现出来。从另一个侧面来看，和亲实现了边境和平，却也牺牲了一些女子的幸福。

上邪①

无名氏

上邪！我欲与君相知②，长命③无绝衰。山无陵④，江水为竭，冬雷震震⑤，夏雨⑥雪，天地合⑦，乃敢⑧与君绝！

【注释】①上邪（yé）：天啊！上：指天。邪：语气助词，表示感叹。②相知：相亲。③命：古与"令"字通，使。衰：衰减、断绝。④陵（líng）：山峰、山头。⑤震震：形容雷声。⑥雨（yù）雪：降雪。雨：名词活用作动词。⑦天地合：天与地合二为一。⑧乃敢：才敢，"敢"字是委婉的用语。

（选自《汉魏六朝诗选》，人民文学出版社，1978年版）

【交流之窗】

一位心直口快的姑娘向她心爱的男子表述衷情。其誓言直指上苍，纵然沧海桑田，我心忠贞不渝，现在读来，颇为可爱，姑娘的神情口吻活脱脱地从纸上传达出来。诗歌讲究无理而妙，其味道便在于此，明知不可却如痴人呓语，更显其真性情。

梁甫吟

无名氏

步出齐东门，遥望荡阴里①。里中有三坟，累累正相似。问是谁家墓，田疆古冶氏②。力能排南山，又③能绝地纪。一朝被谗言，二桃杀三士。谁能为此谋？相国齐晏子④。

【注释】①荡阴里：又名"阴阳里"，在齐国都城临淄东南。②田疆古冶氏：

据《晏子春秋·谏下篇》载，公孙接、田开疆和古冶子三人事齐景公，以勇力闻名于世。晏婴因他们三人，"上无君臣之义，下无长率之伦，内不以禁暴，外不可威敌，此危国之器也"。这里只举了后二人。③又：一作"文"。④晏子：齐国大夫晏婴，历事灵公、庄公、景公三朝，乃齐国名相。

（选自《汉魏六朝诗选》，人民文学出版社，1978年版）

【交流之窗】

春秋时齐国勇士田开疆、古冶子、公孙接同事齐景公，各有殊功。然三人过于自傲，国相晏婴以二桃子相诱，三人皆以功高自居，又因羞辱了对方而悔恨不已，陆续自杀。历史上臣子因功高震主而被杀的事例极多，二桃杀三士之事太具戏剧性，令人震惊，值得深思！

怨歌行①

无名氏

新裂齐纨素，鲜洁如霜雪，裁为合欢扇，团团似明月。出入君怀袖，动摇微风发。常恐秋节至，凉飙②夺炎热，弃捐③箧笥④中，恩情中道绝。

【注释】①这一篇旧以为班婕妤诗，或以为颜延年作，都是错误的。今据《文选》李善注引《歌录》作无名氏乐府《古辞》。属《相和歌·楚调曲》。②飙（biāo）：急风。③捐：抛弃。④箧笥（qiè sì）：箱子。

（选自《汉魏六朝诗选》，人民文学出版社，1978年版）

【交流之窗】

本诗是一首咏物言情之作。作者以扇自比，借秋扇喻嫔妃被帝王遗弃的不幸遭遇。后宫女子的悲剧，是时代的产物，虽然皇帝已经不存在了，但"画扇悲秋"的悲剧却依然存在，长久的爱情需要什么来维系？值得思考！

行行重行行

无名氏

《古诗十九首》，组诗名，是乐府古诗文人化的显著标志。因南朝萧统从传世无名氏《古诗》中选录十九首编入《昭明文选》而得名。

　　行行重行行①，与君生别离。相去万余里，各在天一涯。道路阻且长，会面安可知？胡马依北风，越鸟巢南枝。相去日已远，衣带日已缓。浮云蔽白日，游子不顾反②。思君令人老，岁月忽已晚。弃捐勿复道，努力加餐饭。

　　【注释】①重行行：行了又行，走个不停。②不顾反：不想着回家。顾：念。反通"返"。

（选自《汉魏六朝诗选》，人民文学出版社，1978年版）

【交流之窗】
　　东汉末年，社会动乱，男子远役他乡，妇女思念离家的丈夫。反复咏叹相思之苦，丈夫一去不返，而自己年华易逝，何日能够再相见？是丈夫不愿归来，还是流离难归？诸多矛盾、诸多怀疑，无法排解，最终只能自我宽解，希望远行之人保重身体，早日归来。该诗颇具东方女性情感表达的特点。

涉江采芙蓉

无名氏

涉江采芙蓉，兰泽①多芳草。采之欲遗谁？所思在远道。还顾②望旧乡，长路漫浩浩③。同心④而离居，忧伤以终老。

【注释】①兰泽：生有兰草的低湿之地。②还顾：回顾，回头看。③漫浩浩：犹"漫漫浩浩"，形容路途的遥远无尽头。④同心：古代习用的成语，多用于男女之间的爱情或指夫妇感情融洽深厚。

（选自《汉魏六朝诗选》，人民文学出版社，1978年版）

【交流之窗】

东汉时期，一批江南游子求仕于长安、洛阳一代，远离故乡，思念之情便成为诗歌中的主题。这首诗歌，采用对写法，诗中游子别离心爱之人，内心苦闷、忧伤，却想象在家的妻子在采芙蓉时对自己默默地思念，通过如此悬想，把自己对爱人的思念之情含蓄地表达出来，虚拟成了全篇的"思妇"之辞。

上山采蘼芜①

无名氏

上山采蘼芜，下山逢故夫。长跪问故夫："新人复何如？""新人虽言好，未若故人姝②。颜色类相似，手爪③不相如。""新人从门入，故人从阁④去。""新人工织缣⑤，故人工织素。织缣日一匹，织素五丈余，将缣来比素，新人不如故。"

【注释】①蘼芜（mí wú）：一种香草，叶子风干可以做香料。古人相信蘼芜可使妇人多子。②姝：好。不仅指容貌。③手爪：指纺织等技巧。④阁（gé）：旁门，小门。⑤缣（jiān）、素：两种都是绢。素色洁白，缣色带黄，素贵而缣贱。

（选自《汉魏六朝诗选》，人民文学出版社，1978年版）

【交流之窗】

这是一首写弃妇的诗，描写的并不似《氓》中女子大胆批判负心男，并与之决裂的故事。而是长跪于故夫面前，以故夫的念旧，侧面表现了自己的美丽勤劳，并无辜被弃，安于"夫权"的悲惨命运。汉朝"夫权"思想已经深入人心，此诗正好体现了这一特点。

十五从军征

无名氏

十五从军征，八十始得归。道逢①乡里人："家中有阿②谁？""遥望是君家，"松柏冢累累③。兔从狗窦④入，雉从梁上飞。中庭生旅谷，井上生旅葵⑤。烹谷持作饭，采葵持作羹。羹饭一时熟，不知贻阿谁。出门东向望，泪落沾我衣。

【注释】①道逢：在路上遇到。道：路途上。②阿（ā）：发语词，没有实在意义。③冢（zhǒng）累累：坟墓一个连着一个。冢：坟墓、高坟。累累（léi léi）：与"垒垒"通，连续不断的样子。④狗窦（dòu）：给狗出入的墙洞。窦：洞穴。⑤旅谷、旅葵（kuí）：植物未经播种而生叫"旅生"。旅生的谷与葵叫"旅谷""旅葵"。葵：葵菜，嫩叶可以吃。

（选自《汉魏六朝诗选》，人民文学出版社，1978年版）

【交流之窗】

　　反映战争残酷的作品,这首诗歌最为出色。全诗并未见到沙场的兵戈相交,也未见到战后的尸横遍野,而是将大的战争浓缩于一个普通士兵身上。诗歌以时间的变化开始,十五从军,八十方归,表现了战事之久和战争之苦。通过作者的行动、情感变化,表现了战争归来家破人亡的悲惨结局,揭露了战争多而造成的残酷现实。

第三节　陶谢不枝梧，风骚共推激
（魏晋南北朝：文体自觉）

● 本节导读

魏晋南北朝时期文学总体特征是乱世文学，这一时期开始出现"文体自觉"。这一时期文学的自觉有三个重要标志：一、文学从广义的学术中分化出来，成为一个独立的门类；二、文学的各种体裁有了较细致的区分；三、对文学的审美特性有了自觉的追求。

这一时期的文人，有许多被卷入政治斗争的旋涡，受到排挤、压制，甚至受到迫害，有的在战乱中颠沛流离，这些遭遇使他们感觉到自己对社会、对自我的无能为力，表现在这些人身上，有的是悲观绝望，而有的则是放浪形骸，文学形成了悲观与放达的感情基调。另一类诗人选择归隐田园，于是出现了大量隐逸主题的诗歌，内容主要是向往和歌咏隐逸的生活。陶渊明是隐逸题材的代表诗人，他的大量描写隐逸生活和表现隐逸思想的作品，把这一主题的创作推到了高峰。因为战乱的缘故，这一时期人们的思想得到了空前的解放，玄学、儒学、佛学并行，不可避免地渗透到文学创作中来，如在东晋出现了玄言诗。

这一时期，出现了许多文学家族，如"三曹"（曹操、曹丕、曹植）父子、"三张"（张载、张协、张亢）兄弟、"二陆"（陆机、陆云）兄弟等。在这些文人的推动下，文人的五言诗取得了卓越的成就，七言诗也开始出现，南北朝的民歌，也有了很大的突破。除此之外，文学理论和文学批评也得到了进展，出现了许多文学理论和文学批评的著作，如曹丕的《典论·论文》、刘勰的《文心雕龙》、钟嵘的《诗品》等。

蒿里行

曹 操

曹操（155—220），字孟德，沛国谯县人。东汉末年杰出的政治家、军事家、文学家，曹魏政权的奠基人。

关东有义士，兴兵讨群凶。初期会盟津①，乃心在咸阳②。
军合力不齐，踌躇而雁行③。势利使人争，嗣还④自相戕。
淮南弟称号，刻玺于北方。铠甲生虮虱，万姓以死亡。
白骨露于野，千里无鸡鸣。生民百遗一，念之断人肠。

【注释】①盟津：也称孟津，在今河南省孟县南。相传周武王起兵伐纣时，中途曾和联盟反纣的八百诸侯会合于此地。这里用"会盟津"代指各路讨董卓的军队结成联盟。②咸阳：秦代的国都，这里代指长安，当时汉献帝已被董卓挟持由洛阳迁到了长安。③雁行（háng）：鸿雁的行列，比喻诸军列阵后观望不前的样子。④嗣还（xuán）：随即。还，同"旋"。

（选自《曹操曹丕曹植集》，凤凰出版社，2014年版）

【交流之窗】

汉末，董卓进入长安，把持朝政，放由兵士烧杀抢掠，在此之时，以袁绍为首的一批义军从东入西，讨伐董卓。而各路诸侯各怀鬼胎，矛盾重重，力量涣散。曹操作为一个政治家、军事家，其豪迈气魄和忧患意识，在诗中得以集中体现。他对战争有着很清醒的认识，充满对军阀混乱的愤慨，怀着对百姓疾苦的关心忧念，这是曹操比较成功的早期作品。

燕歌行

曹 丕

曹丕(187—226),字子桓。沛国谯县人。三国时期著名的政治家、文学家,曹魏开国皇帝。

秋风萧瑟天气凉,草木摇落露为霜。群燕辞归鹄南翔,念君客游思断肠。慊慊思归恋故乡,君何淹留寄他方?贱妾茕茕①守空房,忧来思君不敢忘。不觉泪下沾衣裳,援琴鸣弦发清商②,短歌微吟不能长。明月皎皎照我床,星汉西流夜未央③。牵牛织女遥相望,尔独何辜限河梁④。

【注释】①茕茕(qióng qióng):孤独无依的样子。②清商:乐名。清商音节短促细微,所以下句说"短歌微吟不能长"。③夜未央:夜已深而未尽的时候。④河梁:河上的桥。

(选自《曹操曹丕曹植集》,凤凰出版社,2014年版)

【交流之窗】

曹丕的诗作,有别于建安诗歌的典型特征,其复杂的情感很难直接抒发,借妇女口吻,委婉地表现自己的愁苦哀怨。这首诗是当前能见的中国诗歌史上早期最为成熟的七言诗,诗歌仿照柏梁体,可见曹丕受当时诗风影响,本诗对后来的七言诗创作有重要的借鉴意义。另外,曹丕的《典论·论文》是中国文学批评史上的第一部专著。关于历史上的魏文帝,我们还知道些什么呢?

白马篇

曹 植

曹植（192—232），字子建，沛国谯县人，是曹操与武宣卞皇后所生第三子，又称陈思王。

白马饰金羁，连翩西北驰。借问谁家子，幽并①游侠儿。
少小去乡邑，扬声沙漠垂。宿昔秉良弓，楛矢何参差②。
控弦破左的，右发摧月支③。仰手接飞猱，俯身散马蹄。
狡捷过猴猿，勇剽若豹螭。边城多警急，胡虏数迁移。
羽檄④从北来，厉马登高堤。长驱蹈匈奴，左顾陵鲜卑。
弃身锋刃端，性命安可怀？父母且不顾，何言子与妻？
名编壮士籍，不得中顾私。捐躯赴国难，视死忽如归。

【注释】①幽并：幽州和并州，即今河北、山西和陕西诸省的一部分地区。②宿昔：昔时，往日。秉：持。楛（hù）矢：用楛木做箭杆的箭。何：多么。③控：引，拉开。左的：左方的射击目标。摧：毁坏。月支：与"马蹄"都是箭靶的名称。猱（náo）：猿类，善攀缘，上下如飞。④羽檄：檄是军事方面用于征召的文书，插上羽毛表示军情紧急，所以叫羽檄。

（选自《曹操曹丕曹植集》，凤凰出版社，2014年版）

【交流之窗】

该诗体现了曹植积极上进、想要报效国家的豪迈之情。诗歌塑造了一个性格鲜明的爱国青年形象。青年驰马西北，扬名边陲，视死如归。此诗应该是曹植的早期作品，而曹植诗歌风格的转折点应该是曹丕登基，由于受到曹丕的压制，曹植后期的作品多托思妇之口吻，抒发政治失意之情。

饮马长城窟行

陈 琳

陈琳（？—217），字孔璋，广陵射阳人。东汉末年著名文学家，建安七子之一。

饮马长城窟①，水寒伤马骨。往谓长城吏："慎莫稽留太原卒②！""官作自有程，举筑谐汝声！""男儿宁当格斗死③，何能怫郁筑长城？"长城何连连，连连三千里。边城多健少，内舍多寡妇。作书与内舍："便嫁莫留住！善待新姑嫜，时时念我故夫子！"报书往边地："君今出语一何鄙？""身在祸难中，何为稽留他家子？生男慎莫举，生女哺用脯。君独不见长城下，死人骸骨相撑拄。""结发行事君，慊慊④心意关，明知边地苦，贱妾何能久自全⑤？"

【注释】①长城窟：长城附近的泉眼。②太原：秦郡名，约在今山西省中部地区。慎莫：恳请语气，千万不要。稽留：滞留，指延长服役期限。③宁当：宁愿，情愿。格斗：作战。"格"：通"挌"，击。④慊（qiàn）慊：怨恨的样子，这里指两地思念。⑤久自全：长久地保全自己。

（选自《汉魏六朝诗选》，人民文学出版社，1978年版）

【交流之窗】

这首诗歌，陈琳采用对写的方式，通过修筑长城的夫妻之间的对话，揭露了统治阶级无休止的奴役导致人民苦不堪言的事实。男女之间真挚的情爱和深深的思念，也打动着无数读者。

咏怀

阮 籍

阮籍（210—263），三国时期魏诗人。字嗣宗。陈留尉氏人。竹林七贤之一，建安七子中阮瑀之子。

夜中不能寐，起坐弹鸣琴①。薄帷鉴明月②，清风吹我襟。
孤鸿号外野，翔鸟③鸣北林④。徘徊将何见？忧思独伤心。

【注释】①夜中两句：意思是因为忧伤，到了半夜还不能入睡，就起来弹琴。②鉴，照。薄帷，薄薄的帐幔。③翔鸟：飞翔盘旋着的鸟。④北林：后人常用"北林"一词表示忧伤。

（选自《阮籍集校注》，中华书局，2015年版）

【交流之窗】

提到阮籍，我们会想到一位嗜酒如命、狂傲不羁的隐者形象。然而若读此诗，我们会进入一个孤冷凄清的世界。作者长夜难眠，披衣起坐，弹琴抒啸。如果"夜"是那个时代，在此漫长的黑夜里，阮籍的孤独便不难理解。司马氏对当时的文人很残酷，使得很多人无端被杀，嵇康便是其中之一，阮籍整日装疯卖傻，虽然当时很多大臣对他颇有微词，但因为有皇帝的袒护，他得以保全，而他内心的挣扎又岂是外在的放浪形骸所能掩饰得住的？

咏史（其二）

左 思

左思（约250—约305），字太冲，齐国临淄人。西晋著名文学家，其《三都赋》颇被当时称颂，以致造成"洛阳纸贵"。

郁郁涧底松①，离离②山上苗。以彼径寸茎，荫此百尺条。世胄蹑高位，英俊沉下僚③。地势使之然，由来非一朝。金④张借旧业，七叶珥汉貂。冯公岂不伟，白首不见招。

【注释】①郁郁：严密浓绿的样子。涧底松：比喻才高位卑的寒士。②离离：下垂的样子。③下僚：下级官员，即属员。④金：指汉代的金日磾，他家自汉武帝到汉平帝，七代为内侍。

（选自《汉魏六朝诗选》，人民文学出版社，1978年版）

【交流之窗】

魏晋时期，门阀制度成为贵族子弟晋升的保护伞，他们可以不学无术，亦可以声色犬马，而作为庶族的下层的有才之士却因出身卑微而受到压制，难以仕进。而世家子弟，有无才能皆可占据要职。此诗以"涧底松"与"山上苗"为喻，批判当时那种"上品无寒门，下品无世族"的不平现象。左思"洛阳纸贵"的故事，大家应该听过吧？

归园田居

陶渊明

陶渊明（365或372或376—427），字元亮，名潜，世称靖节先生，浔阳柴桑（今江西九江市西南）人。东晋末至南朝宋初期伟大的诗人、辞赋家。他是中国第一位田园诗人，被称为"古今隐逸诗人之宗"。

少无适俗韵①，性本爱丘山。误落尘网中，一去三十年②。
羁鸟恋旧林，池鱼思故渊③。开荒南野际，守拙④归园田。
方宅十余亩，草屋八九间。榆柳荫后檐，桃李罗堂前。
暧暧⑤远人村，依依⑥墟里烟，狗吠深巷中，鸡鸣桑树巅⑦。
户庭无尘杂⑧，虚室⑨有余闲，久在樊笼⑩里，复得返自然。

【注释】①适俗韵：适应世俗的气质性格。韵：气质、性格。②三十年：吴仁杰认为当作"十三年"。③羁鸟：笼中之鸟。池鱼：池塘之鱼。借喻自己怀恋旧居。④守拙：守正不阿。⑤暧（ài）暧：暗淡的样子。⑥依依：形容炊烟轻柔而缓慢地向上飘升。⑦"狗吠""鸡鸣"两句全是化用汉乐府《鸡鸣》篇的"鸡鸣高树巅，狗吠深宫中"之意。⑧户庭：门庭。尘杂：尘俗杂事。⑨虚室：娴静的屋子。⑩樊：栅栏。樊笼：蓄鸟工具，这里比喻仕途、官场。

（选自《陶渊明集》，中华书局，1979年版）

【交流之窗】

陶渊明的归去，成了几千年来士大夫们的精神追求。他深知周身环境的物欲横流，而他怀揣着不与世俗同流合污的心态，选择归隐山林，重回乡村。面对着田园山水，方晓尘网之羁绊、自由之可贵。什么是魏晋风度，有一个很重要的特征便是追求自由，这种自由也可能是形式上的，也可能是精神上的，将形式和精神的自由完美统一的当然要数陶渊明。

登池上楼

谢灵运

谢灵运(385—433),原名公义,字灵运,以字行于世。南朝宋时期杰出的诗人、文学家、旅行家。

潜虬①媚幽姿,飞鸿响远音。薄霄愧云浮②,栖川怍渊沉。
进德智所拙③,退耕力不任。徇禄反穷海,卧疴对空林④。
衾枕昧节候,褰开暂窥临⑤。倾耳聆波澜,举目眺岖嵚。
初景革绪风,新阳改故阴。池塘生春草,园柳变鸣禽。
祁祁伤豳歌,萋萋感楚吟。索居易永久,离群难处心。
持操岂独古,无闷征在今。

【注释】①潜虬(qiú):潜龙。这里喻隐士。②薄霄:迫近云霄。薄:迫近。③进德:增进德业。拙:指不善逢迎。④卧疴(ē):卧病。空林:因秋冬季节树叶落尽,故称空林。⑤褰(qiān)开:拉开,指拉开窗帘。窥临:临窗眺望。

(选自《谢灵运集校注》,中州古籍出版社,1987年版)

【交流之窗】

谢灵运出身东晋望族,是东晋名将谢玄之孙。世袭康乐公,曾任大司马行军参军、太尉参军等职。刘宋代晋后,降封康乐侯,任永嘉太守,后来被宋文帝刘义隆所杀。这首诗歌是诗人被贬永嘉时所作,此时的谢灵运无疑是失落的,他内心的忧郁、苦闷使其长久卧病,为了将内心的郁闷表达出来,他直抒胸臆,诉说独居异乡的孤苦。然失落中作者又不是一味地悲天悯人,而是以坚守节操来自勉。

拟行路难(其五)

鲍 照

鲍照(约414—466),字明远,东海人,南朝宋杰出的文学家、诗人。

对案①不能食,拔剑击柱长叹息。
丈夫生世会②几时?安能蹀躞③垂羽翼!
弃置罢官去,还家自休息。
朝出与亲辞,暮还在亲侧。
弄儿④床前戏,看妇机中织。
自古圣贤尽贫贱,何况我辈孤且直⑤!

【注释】①案:一种放食器的小几。又,案即古"椀"字。②会:能。这句是说一个人生在世上能有多久呢?③安能:怎能。蹀躞(dié xiè):小步行走的样子。这句是说怎么能裹足不前,垂翼不飞呢?④弄儿:逗小孩。⑤孤且直:孤高且耿直。

(选自《鲍照集校注》,中华书局,2012年版)

【交流之窗】

南朝诗人鲍照,出身寒门,与谢灵运、颜延之合称"元嘉三大家"。鲍照的乐府诗内容广泛,语言遒劲有力。这首诗反映他的失意与坎坷,在门阀制度的限制下,诗人内心的愤懑无处诉说,唯能拔剑击柱,以示不满。鲍照性格直爽,愤世嫉俗。

晚登三山还望京邑①

谢 朓

谢朓(tiǎo)（464—499），字玄晖，陈郡阳夏（今河南太康）人。南朝齐杰出的山水诗人，与"大谢"谢灵运同族，世称"小谢"。

灞涘望长安，河阳视京县②。
白日丽飞甍③，参差皆可见。
余霞散成绮，澄江静如练④。
喧鸟覆春洲，杂英满芳甸⑤。
去矣方滞淫，怀哉罢欢宴⑥。
佳期怅何许，泪下如流霰⑦。
有情知望乡，谁能鬒不变⑧？

【注释】①三山：山名，在今南京市西南。还望：回头眺望。京邑：指南齐都城建康，即今南京市。②灞：水名，源出陕西蓝田，流经长安城东。河阳：故城在今河南梦县西。京县：指西晋都城洛阳。③丽：使动用法，这里有"照射使……色彩绚丽"的意思。飞甍：上翘如飞翼的屋脊。④绮：有花纹的丝织品，锦缎。澄江：清澈的江水。练：洁白的绸子。⑤甸：郊野。⑥方：将。滞淫：久留。⑦佳期：指归来的日期。怅：惆怅。霰：雪珠。⑧鬒：黑发。变：这里指变白。

（选自《谢宣城集校注》，上海古籍出版社，1991年版）

【交流之窗】

谢朓与谢灵运并称，又被称为"小谢"。谢朓年少成名，是随王萧子隆的文学侍从。他的诗风清丽，与谢灵运相似，也重模山范水。"余霞散成绮，澄江静如练"是千古名句，诗人将夕阳中江水、红霞相互映衬之景完美地呈现出来，景色的绚烂，清婉柔和，通过写黄昏的美好抒发对故乡的热爱之情，毫无苍凉之感。李白曾经在《金陵城西楼月下吟》提到过"解道澄江静如练，令人长忆谢玄晖"，可见这首诗对后世的影响。

第四节　王杨卢骆当时体，轻薄为文哂未休
（初唐：五律定型）

● 本节导读

初唐以前，诗歌已有近两千年的历史，在体裁、题材、风格、语言等方面已经取得了巨大成绩，魏晋南北朝留下来的重情怀抒发和重辞采声律及南朝齐、梁以来的内容单薄、感情纤弱等特点，同时影响着初唐诗坛。初唐时，人们在诗歌创作中，寻找着新的道路，即如何用南朝优美的声律辞藻、北朝刚健的情感气质来表现新的时代、新的气象，来表现广阔的社会生活。初唐诗人的探索，取得了诸多成就，主要表现在三个方面：一是表现领域的扩大，二是诗歌格律的定型，三是玲珑意境的出现。

初唐前期，一批宫廷文人受到齐梁诗歌的影响，多写风格萎靡的宫体诗，诗歌多是一些奉和、应制之作。其中最有影响的代表诗人是上官仪。"初唐四杰"的出现，突破了宫廷诗狭窄的表现范围，把视野放开，他们歌咏的内容也涉及各个方面。在他们的诗歌中，开始出现了积极进取的精神、抑郁不平的感慨，出现了一种昂扬壮大的感情基调。"初唐四杰"虽然未能完全摆脱六朝绮靡之风，但他们的创作却充当了诗歌改革的先锋。

稍后的沈佺期、宋之问，他们在律诗最后定型方面的贡献深为后人称道。

此时，陈子昂复归风雅，他批判齐、梁诗歌逶迤颓靡的诗风，赞美了风雅、兴寄的诗歌传统，提出了"骨气端翔，音情顿挫，光英朗练，有金石声"的诗美要求，一扫齐、梁以来的绮靡诗风，开创有唐一代新的诗风。诗人张若虚，以一首《春江花月夜》在文学史上留芳千载。《春江花月夜》融诗情、画意、哲理为一体，创造出情景交融玲珑剔透的诗境，表现出明丽纯美的风格，对后来盛唐诗歌形象的玲珑之美有很大的影响。

野望

王　绩

王绩(约589—644),字无功,号东皋子,古绛州龙门人。贞观初,以疾罢归河渚间,躬耕东皋,自号"东皋子"。

东皋薄暮望①,徙倚欲何依②。
树树皆秋色,山山唯落晖。
牧人驱犊返,猎马带禽归。
相顾无相识,长歌怀采薇③。

【注释】①东皋(gāo):诗人隐居的地方。薄暮:傍晚。薄:迫近。②徙倚(xǐ yǐ):徘徊,来回地走。依:归依。③采薇:相传周武王灭商后,伯夷、叔齐不愿做周的臣子,在首阳山上采薇而食,最后饿死。"采薇"代指隐居生活。

(选自《唐诗大辞典》,凤凰出版社,2003年版)

【交流之窗】

作者描绘了一幅山野秋景图。山中景物静谧而安详,似牧歌式的田园氛围,让人流连。在这样萧瑟怡静的环境里诗人却流露出自己的痛苦之情。作者虽是辞官还乡,却未能如陶渊明般找到心灵的慰藉,依旧不能摆脱现实的孤独和无奈。

在狱咏蝉

骆宾王

骆宾王（约638—？），字观光，汉族，婺州义乌（今属浙江）人，唐代诗人，与王勃、杨炯、卢照邻合称"初唐四杰"。

西陆蝉声唱，南冠客思侵①。
那堪玄鬓②影，来对白头吟。
露重飞难进，风多响易沉。
无人信高洁③，谁为表予心？

【注释】①西陆：指秋天。南冠（guān）：指囚犯。②玄鬓：即蝉鬓。古代妇女的鬓发梳得薄如蝉翼，看上去像蝉翼的影子，故玄鬓即指蝉。③高洁：清高洁白。古人认为蝉栖高饮露，是高洁之物。作者因以自喻。

（选自《骆宾王文集》，浙江古籍出版社，2015年版）

【交流之窗】
骆宾王是"初唐四杰"之一，八岁咏鹅，年少成名。此诗作于唐高宗仪凤三年（678），骆宾王因上疏惹恼了武则天，被人诬陷贪赃枉法而下狱。在狱中的骆宾王以蝉自比，从蝉的形态、习性写起，歌颂蝉能够适应变化，洁身自好的德行。可以说这首诗是以物喻己、情以物迁的佳作。诗歌中哪句以蝉的困境来自喻呢？

送杜少府之任蜀州

王 勃

王勃（约650—约676），字子安，汉族，唐代诗人。古绛州龙门人，出身儒学世家，与杨炯、卢照邻、骆宾王并称为"初唐四杰"，王勃为四杰之首。

城阙辅三秦①，风烟望五津②。
与君离别意，同是宦游人。
海内③存知己，天涯若比邻。
无为在歧路④，儿女共沾巾。

【注释】①城阙（què）：即城楼，指唐代京师长安城。辅：护卫。②风烟："风烟"两字名词用作状语，表示行为的处所。③海内：四海之内，即全国各地。④无为：无须、不必。歧（qí）路：岔路。古人送行常在大路分岔处告别。

（选自《王子安集》，上海古籍出版社，1992年版）

【交流之窗】

此诗是送别名篇，"海内存知己，天涯若比邻"也成千古佳句。王勃的诗歌不再局限于传统离别诗离愁别绪的苦痛之中，而是以豁达的胸襟，表达出纵然千万隔断，友谊依旧的情感。王勃一生短暂，但是却留下很多脍炙人口的诗篇，这篇最为出名。另外，《滕王阁序》更是经典，两首诗同样是写别离，结合《滕王阁序》中的"穷且益坚，不坠青云之志"，你是否看到了一个胸襟豁达的青年才俊呢？

代悲白头翁①

刘希夷

刘希夷(651—约679),字庭芝,汝州(今属河南)人。唐朝诗人。

洛阳城东桃李花,飞来飞去落谁家?
洛阳女儿惜颜色,坐见落花长叹息。
今年花落颜色改,明年花开复谁在?
已见松柏摧为薪②,更闻桑田变成海③。
古人无复洛城东,今人还对落花风。
年年岁岁花相似,岁岁年年人不同。
寄言全盛红颜子,须怜半死白头翁。
此翁白头真可怜,伊昔红颜美少年。
公子王孙芳树下,清歌妙舞落花前④。
光禄⑤池台文锦绣,将军楼阁画神仙。
一朝卧病无相识,三春行乐在谁边?
宛转蛾眉⑥能几时?须臾鹤发乱如丝。
但看古来歌舞地,惟有黄昏鸟雀悲。

【注释】①代:拟。白头翁:白发老人。这首诗的题目,各选本有所不同。《唐音》《唐诗归》《唐诗品汇》《全唐诗》,均作"代悲白头翁"。②松柏摧为薪:松柏被砍伐作柴薪。③桑田变成海:《神仙传》:"麻姑谓王方平曰:'接待以来,已见东海三为桑田'"。④"公子"两句:白头翁年轻时曾和公子王孙在树下花前共赏清歌妙舞。⑤光禄:光禄勋。⑥宛转蛾眉:本为年轻女子的面部化妆,此代指青春年华。

(选自《唐诗三百首》,中华书局,2014年版)

【交流之窗】

刘希夷此诗曾有一段故事。相传刘希夷作成此诗之后,其舅舅宋之问首先看到了,宋之问对此诗赞不绝口,尤其对"年年岁岁花相似,岁岁年年人不同"两句尤为赞赏,宋之问看过之后,希望刘希夷将此诗句送给他,刘希夷开始同意了,但不久又难以割爱,断然拒绝。宋之问大怒之下,让家奴用土袋将刘希夷压死。因为一首诗歌而失去了性命,现在想来令人感喟!这首诗咏叹青春易逝,尤其那句"年年岁岁花相似,岁岁年年人不同"的佳句,不知触动了几多文人的心弦。

登幽州台①歌

陈子昂

陈子昂(659—700),字伯玉,梓州射洪人。初唐著名诗人,文学家。

前不见古人,后不见来者。
念天地之悠悠,独怆然而涕下②。

【注释】①幽州台:即黄金台,又称蓟北楼,是燕昭王为招纳天下贤士而建。②怆(chuàng)然:悲伤凄恻的样子。涕:古时指眼泪。

(选自《陈子昂集》,上海古籍出版社,2013年版)

【交流之窗】

诗人登上幽州台,遗世独立,悼古伤今,悲从中来,怆然落泪。陈子昂此诗的价值还在于慷慨悲壮,颇具汉魏风骨。陈子昂反对齐梁绮靡文风,追求汉魏风骨,诗风质朴雄浑,受到后代诗人的高度评价。陈子昂是唐诗革新的先驱,一扫六朝诗歌的纤柔之风。这就是为什么当我们起初读到这首简短的诗歌时,并未觉得有何妙处,在读完前面的解读后,你是否感受到了此诗的魅力呢?

第五节　会当凌绝顶，一览众山小
（盛唐：诗歌顶峰）

● 本节导读

盛唐诗歌是一道不可逾越的高峰，也是我国诗歌史上的制高点，无论是质量、内容、数量还是意境，后人都难以企及，可以说，唐代是古中华文化的一个最璀璨的时期，而盛唐诗歌便是璀璨星空中最亮的那颗星。

盛唐诗歌可以分为前后两期。前期，主要表现为：投身社会和参与政治的热情，高度的自信和自尊；后期，李林甫、杨国忠等奸相当政，这时盛唐气象主要表现为：敏锐的洞察力，暴露社会矛盾的勇气，对国家的责任感以及对社会危机即将到来的忧虑。例如杜甫在安史之乱前夕揭示了"朱门酒肉臭，路有冻死骨"这样尖锐的问题。盛唐诗坛，群星闪耀，诗歌流派各具特色，其中最闪耀的无异于"李杜"二人。李白诗歌豪放恣肆，大气磅礴，于举手投足间都是昂扬的自信，仿若仙人下凡，超凡脱俗，似乎不食人间烟火。而杜甫忧国忧民，诗歌沉郁顿挫，揭示社会黑暗，抒发爱国之情，杜甫的诗歌在悲凉中又充满希望。安史之乱期间，他忠实地记录了战乱中民生的疾苦，相信国家将会中兴，即使漂泊西南之际，在痛心"万方多难"之余又把大唐比作北极星，相信它不会沉沦。正是在安史之乱那些最阴霾的日子里，他唱出了时代的最强音。与此同时的是，盛唐的诗歌流派也各具特色，万象更新。王维、孟浩然为首的山水田园诗派，追求隐逸自适，在诗歌意境上"诗中有画，画中有诗"的主张，使得唐诗更为脱俗。以高适、岑参为代表的边塞诗派，具有昂扬的精神，追求为国建功立业的雄心，具有边地景色的描写，苍凉悲壮，风格清刚劲健。

盛唐诗歌繁盛的原因，主要是由于文武之风和谐发展的社会，相对自由的舆论环境，积极进取的社会风气，和谐友善的人际关系，机制完善的政策。盛唐是中国封建时代的鼎盛时期，诗坛也呈现出百花竞放的局面。如果说唐诗是中国诗歌的最高峰，那么盛唐诗歌就是这座高峰的顶点。

总之，开明与开放是盛唐气象的根基。唯开明才能革旧布新云蒸霞蔚，唯开放才能百川汇海博大深邃。盛唐不过短短的五十年，其国势之强盛，气象之恢宏，不但在中国历史上是一个亮点，放到世界历史中也是值得我们骄傲的一片辉煌。

望洞庭湖赠张丞相①

孟浩然

孟浩然(689—740),名浩,字浩然,号孟山人,襄州襄阳人,世称孟襄阳。因他未曾入仕,又称为孟山人,是唐代著名的山水田园派诗人。

八月湖水平,涵虚②混太清③。气蒸云梦泽④,波撼岳阳城。
欲济⑤无舟楫,端居⑥耻圣明⑦。坐观垂钓者,徒⑧有羡鱼情。

【注释】①张丞相:指张九龄(673或678—740),唐玄宗时宰相,后被贬为荆州长史。②涵虚:包含天空,指天倒映在水中。③混太清:与天混成一体。④云梦泽:古时云泽和梦泽指湖北南部、湖南北部一代低洼地区。洞庭湖是它南部的一角。⑤济:渡。⑥端居:安居。⑦耻(chǐ)圣明:有愧于圣明之世。⑧徒:只能。

(选自《孟浩然诗集笺注》,上海古籍出版社,2013年版)

【交流之窗】

唐代诗人的隐逸主要有两种:一类是真隐,如王维;还有一类是被迫隐居,也可以说是"以隐求仕",如孟浩然。此诗乃是"以隐求仕"这种类别的典范,孟浩然希望能够得到张九龄的引荐,却难以直说,因此通过面前烟波浩渺的洞庭欲渡无舟的感叹以及临渊羡鱼的情怀而曲折地表达出来。解读这首诗歌,要认真解读题目,为什么望着洞庭湖会想起张丞相呢?张丞相和洞庭湖有什么关系呢?可以试着想一想。

渭城曲①

王 维

⊙ 王维 王博绘

王维(701—761,一说699—761),字摩诘,号摩诘居士。河东蒲州人,祖籍山西祁县。唐朝著名诗人、画家。

渭城朝雨浥轻尘②,客舍青青柳色新。
劝君更尽一杯酒,西出阳关③无故人。

【注释】①渭城曲:另题作《送元二使安西》,或名《阳关曲》或《阳关三叠》。②渭城:在今陕西省西安市西。浥(yì):润湿。③阳关:在今甘肃省敦煌西南,为自古赴西北边疆的要道。

(选自《王维集校注》,中华书局,2012年版)

【交流之窗】

诗歌又名《阳关曲》,为离别名篇。清晨的渭城客舍,望不到边的驿道两旁的扶风细柳,风光如画,却于此别离。景致愈佳,别情愈加凄凉,正是"以乐写哀"的典范。这首诗选取了别离时最后的片段,最后一杯酒喝完,好友将要离开此地。那么第一句的"朝雨"会给我们什么样的启示呢?

芙蓉楼送辛渐①

王昌龄

王昌龄（？—约756），字少伯，河东晋阳人，又一说京兆长安人。盛唐著名边塞诗人，后人誉为"七绝圣手"。

寒雨连江夜入吴②，平明送客楚山孤③。
洛阳亲友如相问，一片冰心在玉壶④。

【注释】①芙蓉楼：原名西北楼，在润州（今江苏省镇江市）西北。辛渐：诗人的一位朋友。②寒雨：秋冬时节的冷雨。连江：雨水与江面连成一片，形容雨很大。③平明：天亮的时候。④冰心：比喻纯洁的心。玉壶：道教概念，专指自然无为虚无之心。

（选自《王昌龄诗校注》，文史哲出版社，1973年版）

【交流之窗】

天宝元年（742年）王昌龄被贬江宁，好友辛渐到访，二人相别吴江。江上烟雨空蒙，迷茫浩渺，似无边际的愁网笼罩左右，然而王昌龄的临别赠言，却格外与众不同。他并未一再叮嘱好友要表达对家人的思念，而是从澄空见底的虚无中要友人给家人传达自己的晶亮纯洁的真情。他相信，自己保持高洁的品行才是对洛阳亲友无尽深情的最好回报。其实我们又何尝不是如此？什么才是对家人的最好回报呢？我想一个品行高洁、志向笃定的孩子一定是亲人最想看到的，不是吗？

宣州谢朓楼饯别校书叔云

李 白

李白(701—762),字太白,号青莲居士,又号"谪仙人",是唐代伟大的浪漫主义诗人,被后人誉为"诗仙",与杜甫并称为"李杜"。

弃我去者昨日之日不可留。
乱我心者今日之日多烦忧。
长风万里送秋雁,对此可以酣高楼。
蓬莱文章建安骨,中间小谢又清发。
俱怀逸兴壮思飞,欲上青天览明月。
抽刀断水水更流,举杯消愁愁更愁。
人生在世不称意,明朝散发弄扁舟。

(选自《李白集校注》,上海古籍出版社,2007年版)

【交流之窗】

好友送行,盛宴相邀,李白却停杯丢筷,不能下咽,豪放恣肆的李白,缘何而愁呢?从受诏入京到"赐金放还",李白是失落的,但作者最后一句却豪气万丈,可见他对自己的自信和对理想的执着,诗歌从情感上来看抒发了作者怀才不遇的愤慨,也表达了作者人生前途充满乐观的豪迈气概!

闻官军收河南河北

杜 甫

⊙杜甫　王博绘

杜甫（712—770），字子美，本襄阳人，后徙河南巩县，自号少陵野老。唐代伟大的现实主义诗人，与李白合称"李杜"。

剑外忽传收蓟北①，初闻涕泪满衣裳。
却看妻子愁何在②，漫卷诗书喜欲狂③。
白日放歌须纵酒，青春作伴好还乡④。
即从巴峡穿巫峡⑤，便下襄阳向洛阳⑥。

【注释】①剑外：剑门关以南，这里指四川。蓟北：泛指唐代幽州、蓟州一带，今河北北部地区，是安史叛军的根据地。②却看：回头看。愁何在：哪还有一点的忧伤？愁已无影无踪。③漫卷（juǎn）：胡乱地卷起。全句是说杜甫已经迫不及待地去整理行装准备回家乡去了。④青春：指明丽的春天的景色。作伴：与妻儿一同。⑤巫峡：长江三峡之一，因穿过巫山得名。⑥便：就的意思。襄阳：今属湖北。洛阳：今属河南，古代城池。

（选自《杜甫集校注》，上海古籍出版社，2016年版）

【交流之窗】

后代诗论家称此诗为杜甫"生平第一首快诗"。杜甫一生沉寂下僚，早年落拓，中晚年又饱受战乱之苦，后期更是孤舟漂泊，所以，杜甫的诗歌中鲜有欢快之作。这首诗是杜甫在听闻唐军胜利收复失地消息之后的惊喜之作。诗人在安史之乱爆发后颠沛流离，终寓居四川，生活艰辛，在好友的接济下勉强度日，在听闻"河南河北"被收复后，内心情感如万斛泉源，奔涌直泻，诗人压抑的情感不能自抑，如癫似狂，脱口而吟，一气呵成！现在读来，你是否也会血脉偾张呢？

春日忆李白

杜 甫

白也诗无敌,飘然思不群①。
清新庾开府②,俊逸鲍参军③。
渭北④春天树,江东⑤日暮云。
何时一樽酒,重与细论文。

【注释】①不群:不平凡,高出于同辈。这句说明上句,思不群故诗无敌。②庾开府:指庾信。在北周官至骠骑大将军、开府仪同三司,世称庾开府。③俊逸:一作"豪迈"。鲍参军:指鲍照。南朝宋时任荆州前军参军,世称鲍参军。④渭北:渭水北岸,借指长安(今陕西西安)一带,当时杜甫在此地。⑤江东:指今江苏省南部和浙江省北部一带,当时李白在此地。

(选自《杜甫集校注》,上海古籍出版社,2016年版)

【交流之窗】

杜甫和李白虽然年龄有差距,但是两个人的友谊却是千古佳话。杜甫的不少诗歌都表达了对李白的赞美和思念。这首诗杜甫用直率的语言表达了对李白的思慕之情。李白的飘逸、洒脱,卓尔不凡,文笔峻拔、清新俊逸,都让杜甫羡慕并崇拜。这首诗的最后杜甫希望能够再次和李白相聚,表达了诗人对好友的思念。

别董大①

高 适

高适(约700—765)，字达夫，唐朝渤海蓨县(今河北省景县)人。唐代著名边塞诗人。

千里黄云白日曛②，北风吹雁雪纷纷。
莫愁前路无知己，天下谁人不识君。

【注释】①董大：大约是董庭兰，一位颇有名的音乐家。②曛(xūn)：天色昏黄。

（选自《高适集校注》，上海古籍出版社，2014年版）

【交流之窗】

天宝六年(747)，高适在睢阳为官。与好友董庭兰离别时作此诗留念，高适劝勉当时郁郁不得志的好友不要气馁，只要自身才华横溢，未来无论走到哪里都会遇到知己。正是"你若盛开，蝴蝶自来"！好友间的别离，在唐代最为独特，其诗歌或是选取景色的宏大，或是抒发情感的旷达。读唐诗，最令人钦佩的便是盛唐诗人身上的这种品质，他们身上也许正是"盛唐气象"的一种呈现吧！

走马川行奉送出师西征①

岑 参

岑参(约715—770),唐代边塞诗人,南阳人,唐太宗时功臣岑文本重孙,后徙居江陵。曾官嘉州刺史,世称岑嘉州。

君不见走马川行雪海边②,平沙莽莽黄入天!
轮台③九月风夜吼,一川碎石大如斗,随风满地石乱走。
匈奴草黄马正肥,金山④西见烟尘飞,汉家大将西出师。
将军金甲夜不脱,半夜军行戈相拨⑤,风头如刀面如割。
马毛带雪汗气蒸,五花连钱旋作冰⑥,幕中草檄砚水凝。
虏骑闻之应胆慑,料知短兵不敢接,车师⑦西门伫献捷。

【注释】①走马川:即车尔成河,又名左末河,在今新疆境内。行:诗歌的一种体裁。西征:一般认为是出征播仙。②雪海:在天山主峰与伊塞克湖之间。③轮台:地名,在今新疆米泉境内。封常清军府驻在这里。④金山:即阿尔泰山,突厥语呼"金"为"阿尔泰"。此处泛指塞外山脉。一说金山即今新疆乌鲁木齐东之博格达山,在轮台之南,为天山山脉一峰(《读史方舆纪要》卷六五)。⑤戈相拨:兵器互相撞击。⑥五花:即五花马。连钱:一种宝马名。五花连钱:指马斑驳的毛色。⑦车师:指汉车师后国的旧地庭州。

(选自《岑参集校注》,上海古籍出版社,1981年版)

【交流之窗】

岑参曾任北庭节度使判官,跟随封常清几次作战。他的边塞诗多写边地的环境的恶劣,写景状物,用语奇特、意境雄浑。与《白雪歌送武判官归京》的绮丽瑰异相比,本诗的景物不仅奇谲而且壮美,猛烈的风沙、如斗的碎石,而这种艰苦中将士们非但没有畏惧,反而不畏艰苦,作战勇猛,令敌军闻风丧胆,处处体现出唐军将士的豪迈,环境恶劣与将士勇敢的反衬,使得诗歌雄浑壮美。

第六节　东边日出西边雨，道是无晴却有晴
（中唐：大历元和）

● 本节导读

安史之乱是唐代社会由盛而衰的转折点，也是唐代诗歌发展的转折点。虽然战争最终以唐王朝的胜利而结束，但长达八年的安史之乱还是给唐政府以沉重打击。这次叛乱给民族心理带来了很大的影响，诗人开始以理性冷峻的眼光来重新审视这个曾经如日中天的王朝。开元、天宝时期的重要诗人大都死于战乱。诗人开始把笔端指向了唐王朝躯体上的痼疾，去揭露、去批判、去治疗。

中唐是盛唐诗歌后又一诗歌高峰，主要是开拓了诗歌个性化创作道路，推进了诗风的转变，但总的成就没有超过盛唐。中唐诗人难于承受唐帝国由盛而衰的变化，诗风因社会衰败而彷徨消沉。前期较有影响的是"大历十才子"；以后在社会中兴出现创作高潮，影响较大的是追求险怪的"韩孟诗派"和崇尚浅俗的"元白诗派"。

大历诗风指的是唐大历至贞元年间，以大历十才子以及刘长卿、韦应物为代表的诗人所形成的创作风格。韩孟诗派指的是以韩愈、孟郊为代表，崇尚奇崛怪异之美的一个诗歌流派。除韩、孟外，还有李贺、贾岛等诗人。元白诗派，是稍后于韩孟诗派崛起的一个新的诗歌流派，以白居易、元稹为代表。元白诗派提倡写实、通俗，又被称为新乐府派。除元、白外，该派较重要的诗人还有张籍、王建等。除此之外，刘禹锡、柳宗元的诗歌创作也体现了个性化的特征。

从诗歌的追求上来看，中唐诗人表现出对风骨的推崇和追求，但他们中的大多数人都未能写出完全意义上的盛唐风骨。因为盛唐风骨赖以产生的行为风范、思想性格、精神境界、审美观念、构思方式在中唐都发生了重大变化，因而中唐诗中的风骨也随之出现了新的变化。

滁州西涧①

韦应物

韦应物（约737—791），唐代诗人。长安人。因出任过苏州刺史，世称"韦苏州"。

独怜②幽草涧边生，上有黄鹂深树③鸣。
春潮带雨晚来急，野渡④无人舟自横。

【注释】①滁州：在今安徽滁州以西。西涧：在滁州城西，俗名上马河。②独怜：唯独喜欢。③深树：枝叶茂密的树。④野渡：郊野的渡口。

（选自《韦应物集校注》，上海古籍出版社，1998年版）

【交流之窗】

本诗当作于唐德宗建中二年（781），此年韦应物调任滁州刺史。滁州西涧景色宜人又人迹罕至，作者常常独步于此，流连忘返。因为喜爱这里清幽的景色，再次游览至此，便写下了这首诗情浓郁的小诗。诗歌最后一句写得悠闲自得，如果从炼字的角度看，这一句中哪个字用得最妙呢？妙在何处？

登科后

孟 郊

孟郊（751—814），字东野，湖州武康人，唐代著名诗人。与贾岛齐名"郊寒岛瘦"。

昔日龌龊①不足夸，今朝放荡②思无涯。
春风得意马蹄疾，一日看尽长安花。

【注释】①龌龊：指处境不如意和思想上的拘谨局促。②放荡：自由自在，无所拘束。

（选自《孟郊集校注》，浙江古籍出版社，1995年版）

【交流之窗】

孟郊和贾岛是苦吟诗人的代表，有"郊寒岛瘦"之称，这也代表了二人的诗风。孟郊出身贫寒，四十六岁才进士及第，他以为从此可以官运亨通、风云际会。于是按捺不住得意欣喜，写了这首别具一格的小诗。诗歌春风得意、明朗畅达，诗人将多年压抑心底的情绪畅吐出来，充满豪气。但孟郊晚年很落魄，所以他的诗歌中很多揭露了社会的不平等，所谓"不平则鸣"吧！这首诗是孟郊诗歌中为数不多的畅快之作。后两句中的"疾"字用得好，好在哪里呢？可否思考一下呢？

听颖师①弹琴

韩　愈

⊙ 韩愈　王博绘

韩愈（768—824），字退之，河南河阳人，自称"郡望昌黎"，世称"韩昌黎"。唐代杰出的文学家、哲学家。

昵昵②儿女语，恩怨相尔汝③。
划然变轩昂④，勇士赴敌场。
浮云柳絮无根蒂，天地阔远随飞扬。
喧啾百鸟群，忽见孤凤皇⑤。
跻攀⑥分寸不可上，失势一落千丈强。
嗟余有两耳，未省听丝篁⑦。
自闻颖师弹，起坐在一旁。
推手遽止之，湿衣泪滂滂⑧。
颖乎尔诚能，无以冰炭置我肠⑨！

【注释】①颖师：颖师是当时一位善于弹琴的和尚。②昵（nì）昵：亲热的样子。一作"妮妮"。③尔汝：挚友之间不讲客套，以你我相称。这里表示亲近。④划然：忽地一下。轩昂：形容音乐高亢雄壮。⑤喧啾（jiū）：喧闹嘈杂。凤皇：即"凤凰"。⑥跻（jī）攀：犹攀登。⑦未省（xǐng）：不懂得。丝篁（huáng）：弹拨乐器，此指琴。⑧滂滂：热泪滂沱的样子。⑨冰炭置我肠：形容自己完全被琴声所左右，一会儿满心愉悦，一会儿心情沮丧。此言自己被音乐所感动，情绪随着乐声而激动变化。

（选自《韩愈诗选》，中州古籍出版社，2016年版）

【交流之窗】

唐人描写音乐的诗，较著名的有李颀《听董大弹胡笳弄兼寄语房给事》、李白《听蜀僧濬弹琴》、李贺《李凭箜篌引》、白居易《琵琶行》等及韩愈此篇。篇篇不同，可谓各有千秋。音乐无形，而作者通过丰富的联想，将无形的音乐赋予形态，化抽象为具体，并动静结合，让人有如身临其境，随着音乐时而感伤又时而欢快，音乐的美尽收心底，也许这就是艺术的魅力所在吧！可以的话，你是否可以用文字为我们描述一首你最喜欢的歌曲呢？

问刘十九①

白居易

⊙ 白居易　王博绘

白居易（772—846），字乐天，晚年号香山居士，祖籍太原，生于河南新郑。唐代伟大的现实主义诗人。

绿蚁②新醅酒，红泥小火炉。
晚来天欲雪③，能饮一杯无④！

【注释】①刘十九：白居易留下的诗作中，提到刘十九的不多，仅两首。刘十九是刘禹锡的堂兄刘禹铜，洛阳富商，与白居易常有应酬。②绿蚁：指浮在新酿的没有过滤的米酒上的绿色泡沫。③雪：下雪，这里作动词用。④无：表示疑问的语气词，相当于"么"或"吗"。

（选自《白居易集笺校》，上海古籍出版社，1988年版）

【交流之窗】

刘十九是白居易在江州时候的好友。大雪将至，诗人备好茶酒，等待好友的到来。诗歌色调欢快，语言浅显易懂，却处处体现着诗人与好友间纯粹炽热的友谊。这首诗歌中有几个颜色值得玩味。"绿""红"再加上"雪"字本带的白色，读来色调和谐，冷暖搭配，让人想到外面的大雪纷纷与屋内的静谧闲适，实在是令人向往。

酬乐天扬州初逢席上见赠

刘禹锡

刘禹锡（772—842），字梦得，河南洛阳人。唐朝文学家、哲学家，有"诗豪"之称。

巴山楚水①凄凉地，二十三年②弃置身③。
怀旧空吟闻笛赋④，到乡翻似烂柯人⑤。
沉舟侧畔千帆过，病树前头万木春。
今日听君歌一曲，暂凭杯酒长⑥精神。

【注释】①巴山楚水：指四川、湖南、湖北一带。刘禹锡被贬后，迁徙于朗州、连州、夔州、和州等边远地区，这里用"巴山楚水"泛指这些地方。②二十三年：从唐顺宗永贞元年（805）刘禹锡被贬为连州刺史，至宝历二年（826）冬应召，约22年。因贬地离京遥远，实际上到第二年才能回到京城，所以说23年。③弃置身：指遭受贬谪的诗人自己。④闻笛赋：三国曹魏末年，向秀的朋友嵇康、吕安因不满司马氏篡权而被杀害。后来，向秀经过嵇康、吕安的旧居，听到邻人吹笛，不禁悲从中来，于是作《思旧赋》。⑤烂柯人：相传晋人王质上山砍柴,看见两个童子下棋,就停下观看。等棋局终了,手中的斧柄(柯)已经朽烂。回到村里,才知道已过了一百年。同代人都已经亡故。作者以此典故表达自己遭贬23年的感慨。⑥长(zhǎng)精神:振作精神。

(选自《刘禹锡集笺证》,上海古籍出版社,1989年版)

【交流之窗】

唐顺宗永贞元年(805)刘禹锡被贬为朗州司马,到宝历二年(826),扬州与白居易相见,感慨满怀。诗人归来,世态变迁,物是人非,回想巴山楚水的凄凉境遇和归来后人事生疏而怅惘无奈,作者的心绪低沉。但刘禹锡并未自暴自弃,他把自己比作"沉舟"和"病树",虽屡遭贬低,然朝廷新人辈出,也感到欣慰。今日相聚,诗人最终还表达了将摆脱阴霾,重新投入生活的意愿。当我们的生活陷入低谷或者迷茫时,请一定记得那句"沉舟侧畔千帆过,病树前头万木春",我想,刘禹锡留给我们的不仅仅是这一行行凝聚自己血泪的诗句,更是他乐观豁达的精神。

登柳州城楼寄漳汀封连四州

柳宗元

柳宗元(773—819),字子厚,河东人,唐宋八大家之一,唐代文学家、哲学家、散文家和思想家,世称"柳河东"。

城上高楼接大荒①,海天愁思正茫茫。
惊风乱飐芙蓉水,密雨斜侵薜荔墙②。
岭树重遮千里目,江流曲似九回肠③。
共来百越文身地④,犹自音书滞一乡。

【注释】①大荒:旷远的广野。②薜荔:一种蔓生植物,也称木莲。③重遮:层层遮住。九回肠:愁肠九转,形容愁绪缠结难解。④共来:指和韩泰、韩华、陈谏、刘禹锡四人同时被贬远方。百越：指当时五岭以南各少数民族地区。文身：古代南方少数民族有在身上刺花纹的风俗。文：通"纹"，用作动词。

（选自《柳河东集》，上海古籍出版社，2008年版）

【交流之窗】

诗歌当作于元和十年（815），柳宗元先前因参加永贞革新而遭到贬谪，后来虽然被召回，又被人阻挠，再次遭贬。与他同样遭遇的还有刘禹锡、韩泰等人，因为相似的人生遭际，让他们虽然相距天涯，却时时思念着对方。作此诗的时候，柳宗元在柳州，夏日登楼，悲从中来，于是写下这首诗歌，悲凉哀怨，让人落泪。柳州位于广西，试想唐代的时候，这里人烟稀少，乃瘴疠之地，满目的异乡风物，作者当是何等的忧伤？

离思

元 稹

元稹（779—831），字微之，河南人，唐朝著名诗人。

曾经沧海难为水①，除却巫山不是云②。
取次③花丛懒回顾，半缘修道半缘君。

【注释】①曾经沧海难为水：此句意思是已经观看过茫茫大海的水势，那江河之水流就算不上是水了。②除却巫山不是云：此句意思是除了巫山上的彩云，其他所有的云彩都称不上彩云。③取次：随便，草率地。

（选自《元稹集校注》，上海古籍出版社，2011年版）

【交流之窗】

本诗是元稹写给亡妻的作品,诗歌表达了对妻子深深的怀念。诗歌采用巧比曲喻的手法,表达了对已经失去的心上人的深深恋情。元稹用水、云、花来比人,曲折委婉地表达了妻子在自己心中的地位,诗歌含而不露,意境深远。那么元稹真的如作品所言对妻子一往情深吗?如果有兴趣的话,同学们去读一下唐传奇《莺莺传》,便可知其一二。

李凭箜篌引①

李 贺

李贺(790—816),字长吉,唐代河南福昌(今河南宜阳)人,有"诗鬼"之称,唐代著名诗人。

吴丝蜀桐张高秋②,空山凝云颓不流。
江娥啼竹素女愁③,李凭中国④弹箜篌。
昆山玉碎凤凰叫⑤,芙蓉泣露香兰笑⑥。
十二门前融冷光⑦,二十三丝动紫皇⑧。
女娲炼石补天处,石破天惊逗秋雨。
梦入神山教神妪,老鱼跳波⑨瘦蛟舞。
吴质⑩不眠倚桂树,露脚斜飞湿寒兔。

【注释】①李凭:当时的梨园艺人,善弹奏箜篌。箜篌:古代弦乐器。又名空侯、坎侯。形状有多种。据诗中"二十三丝",可知李凭弹的是竖箜篌。引:一种古代诗歌体裁,篇幅较长,音节、格律一般比较自由,形式有五言、七言、杂言。②"吴丝蜀桐"句:这句说在深秋天气弹奏起箜篌。③江娥:一作"湘娥"。这句说乐声使江娥、素女都感动了。④中国:即国之中央,意谓在京城。⑤昆山玉碎凤凰叫:昆山玉碎,形容乐音清脆。⑥芙蓉泣露香兰笑:形容乐声时而低回,时而轻快。⑦"十二门"句:这句是说清冷的乐声使人觉得长安城沉浸在寒光之中。⑧紫皇:道教称天上最尊的神为"紫皇"。这里用来指皇帝。⑨老鱼跳波:鱼随着乐声跳跃。⑩吴质：即吴刚，西河人，学仙有过，被玉帝贬谪到月宫砍伐桂树，久砍不折。

（选自《李长吉歌诗编年笺注》，中华书局，2012年版）

【交流之窗】

　　李贺人称诗鬼，缘于他的诗歌选取意象的诡谲怪诞，李贺因为相貌丑陋，又因为犯讳的缘故未中进士，所以郁郁寡欢，忧郁低沉。他喜好苦吟，平时骑着一头小毛驴背着一个小布袋，每有灵感便将句子记下，装到袋子里，可以说李贺短暂的一生都献给了诗歌。这首诗是李贺描写音乐的代表之作，诗歌想象奇特，意象怪谲，充满浪漫主义色彩。诗人把箜篌声化抽象为具体，通过实在的物象呈现出来，使之可见可感。那么李贺笔下的意境如此怪谲，是否与他的心境有关呢？这个我想是必然的。如果大家去了解一下这位诗人的经历，便会更懂他的诗歌了。

第七节　停车坐爱枫林晚，霜叶红于二月花
（晚唐五代：缘情绮丽）

● 本节导读

晚唐时期是指唐朝灭亡之前的70年间。这一时期唐王朝无可挽回地衰落下去了。晚唐时社会状况急转而下，宦官专权，藩镇割据，又爆发了黄巢起义，面对这种情况，诗人们大都忧时嗟生、消极悲观，关注对象从社会转入自身情感，吟诵男女之情蔚成风气，艺术格调上，一方面继承中唐精工雕琢的"人工之美"诗风，另一方面也推崇天真隽永、平淡的诗风。反映在诗篇里，感伤颓废的情调和藻饰繁缛的风气逐渐增浓。

晚唐前期的代表诗人是李商隐和杜牧，被称为"小李杜"。与李商隐齐名的还有温庭筠，才思清绮，词采秾丽，时称"温李"。温庭筠五言、七言古诗师法李贺，或寄吊古兴亡之慨，或写边塞荒寒之风物，或述田家务农之劳苦，颇含悲凉之意。盛唐的风格、趣味、技巧，都是面面俱到而且面面都是巅峰。要超越几乎是不可能的。中唐后期和晚唐时，大家就想着要突破，但是很难。到了晚唐，诗歌的发展，主要不是继承和继续盛唐的艺术繁华，而是破然后立，是打破牢笼，是如何自新。现实环境的变化同时也要求诗歌必须对其有所反映，盛世不再，艺术必须有所改变。

词产生于唐而兴盛于五代，晚唐五代称词为曲子，强调其音乐功能。唐代曲子应该是由民间流行，最后流入宫廷。早期词的代表是敦煌曲子词。五代十国时期，词作为宴席上歌女演唱的媒介，得以发展，但其风格绮丽，格调不高，这一风格的代表便是"花间词"。如果论这一时期词的成绩，李煜之词必高于花间词派。

如果说因为晚唐诗的"衰飒"而一概抹煞其反映一定时代风貌的"衰飒"的特有艺术美，否定这种审美范畴的艺术性和晚唐诗歌特有的艺术魅力，这根本就取消了美的社会性。诚然，盛唐诗的成就的确很高，思想领域广阔，青春的朝气蓬勃，但决不应由此而歧视或无视晚唐的诗歌之美。

将赴吴兴登乐游原①

杜 牧

杜牧（803—853），字牧之，号樊川居士，京兆万年（今陕西西安）人。杜牧是唐代杰出的诗人、散文家，是杜佑之孙。

清时有味是无能②，闲爱孤云静爱僧。
欲把一麾③江海去，乐游原上望昭陵④。

【注释】①吴兴：即今浙江省湖州市。乐游原：在长安城南，地势高敞，可以眺望，是当时的游览胜地。②"清时"句：意谓当这清平无所作为之时，自己所以有此闲情。③一麾（huī）：旌旗。④昭陵：唐太宗的陵墓。

（选自《樊川诗集注》，上海古籍出版社，1978年版）

【交流之窗】

杜牧性格耿直，不喜欢阿谀奉承，又洒脱不羁，所以很难在晚唐动荡时代受到重用。杜牧的诗歌，常常借古讽今，对统治者加以讽刺。这首诗歌细细读来，实际满腹牢骚，诗歌首句便说自己的才能是无能，杜牧喜欢以无能自称，他先说自己才华平庸，喜欢如孤云般自在清净，对闲适生活意趣盎然，其实此时的社会动荡不安，又何谈清平呢？这里当是暗讽统治者不能够识得人才，自己此时要上任别师，回望昭陵，不忍离京。"昭陵"当有寄托，想想当年的唐朝盛世，再看看现在，是否还会中兴呢？杜牧的心情应该是复杂的。

锦瑟

李商隐

李商隐（约813—约858），字义山，号玉溪生，又号樊南生，祖籍怀州河内（今河南沁阳），出生于郑州荥阳（今属河南），晚唐著名诗人，和杜牧合称"小李杜"，与温庭筠合称为"温李"。

> 锦瑟无端五十弦，一弦一柱思华年①。
> 庄生晓梦迷蝴蝶②，望帝春心托杜鹃③。
> 沧海月明珠有泪④，蓝田日暖玉生烟⑤。
> 此情可待成追忆，只是当时已惘然⑥。

【注释】①"锦瑟""一弦"两句：历代解读李商隐诗歌的人，都认为此诗为他晚年之作。李商隐妻子故去，所以二十五根弦断后变为五十弦。②"庄生"句：引用"庄周梦蝶"的典故，言人生如梦，往事如烟之意。③"望帝"句：传说蜀国的杜宇帝因水灾让位于自己的臣子，而自己则隐归山林，死后化为杜鹃日夜悲鸣直至啼出血来。④"沧海"句：《博物志》："南海外有鲛人，水居如鱼，不废绩织，其眼泣则能出珠。"⑤蓝田日暖玉生烟：比喻可望而不可即的意思。⑥"此情""只是"两句：诗人用这两句诗表达出了几层曲折，而几层曲折又只是为了说明那种怅惘的苦痛心情。

（选自《玉溪生诗集笺注》，上海古籍出版社，1979年版）

【交流之窗】

这是李商隐的代表之作，然而它又是最不易讲解的诗篇。有人认为是写给令狐楚家一个叫"锦瑟"的侍女的爱情诗；有人说是睹物思人，写给故去的妻子王氏的悼亡诗；也有人认为中间四句诗可与瑟的适、怨、清、和四种声情相合，从而推断为描写音乐的咏物诗；此外还有影射政治、自叙诗歌创作等许多种说法。千百年来众说纷纭，莫衷一是，大体而言，以"悼亡"和"自伤"说者为多。那么你更倾向于哪一说呢？说出自己的理由。

望江南·梳洗罢

温庭筠

温庭筠(?—866),本名岐,艺名庭筠,字飞卿,太原(今山西太原市西南)人,晚唐时期诗人、词人。

梳洗罢,独倚望江楼。过尽千帆皆不是,斜晖脉脉水悠悠①。肠断白蘋洲。

【注释】①斜晖:日落前的日光。晖:阳光。脉脉:本作"眽眽",凝视貌。《古诗十九首》有"盈盈一水间,脉脉不得语"。后多用以示含情欲吐之意。

(选自《温庭筠全集校注》,中华书局,2007年版)

【交流之窗】
温庭筠在词史上与韦庄并称,是花间词派的首要词人,他精通音律,词作华丽浓艳。这是一首闺怨词,以女子的口吻,抒发对情人的思念。作品中的女子华贵而柔美,她生活的环境富丽,自己梳洗完毕,却慵懒地独倚栏杆,望尽千帆。女子内心有怨,怨的又是什么呢?"过尽千帆",却没有一只船上有自己思念的归人。最终,无尽的思念只能空望悠悠的流水,寸断柔肠。

菩萨蛮·人人尽说江南好

韦 庄

韦庄（约836—910），字端己，长安杜陵（今陕西西安）人，五代诗人、词人，乾宁进士，后仕蜀。

人人尽说江南好，游人只合江南老①。春水碧于天，画船听雨眠。炉边②人似月，皓腕凝双雪③。未老莫还乡，还乡须断肠④。

【注释】①"游人"句：这里指漂泊江南的人，即作者自谓。只合：只应。②炉边：指酒家。③"皓腕"句：形容双臂洁白如雪。双雪：词综作霜雪。④"未老""还乡"两句：年尚未老，且在江南行乐。如还乡离开江南，当使人悲痛不已。

（选自《韦庄集笺注》，上海古籍出版社，2002年版）

【交流之窗】

提及江南，人们脑海中便会出现烟雨空蒙、山外青山的秀美画面，江南气候宜人，富甲天下，又人杰地灵，自然令人向往。韦庄逃避战乱，寓居于此，他喜爱江南清澈的春水、雨眠的画船、迷人的少女，他喜欢江南女子的如花似月、皓腕凝雪。总之，江南的一切在作者看来都那么美，令人流连忘返，甚至在最后发出了"未老莫还乡"的感慨。不禁想问一句，作者真的不思念故乡吗？是因为北方的战乱不愿回去，还是因为自己功名未就不愿归乡呢？

破阵子·四十年来家国

李 煜

李煜（937—978），南唐国主。字重光，初名从嘉，号钟隐。世称李后主。精书法，善绘画，通音律，以词的成就最高。

  四十年①来家国，三千里地山河。凤阁龙楼连霄汉②，玉树琼枝作烟萝③。几曾识干戈④？
  一旦归为臣虏，沈腰潘鬓⑤消磨。最是仓皇辞庙日，教坊犹奏别离歌。垂泪对宫娥。

【注释】①四十年：南唐自建国至李煜作此词，为三十八年。此处四十年为概数。②凤阁：别作"凤阙"。霄汉：天河。③玉树琼枝：别作"琼枝玉树"，形容树的美好。烟萝：形容树枝叶繁茂，如同笼罩着雾气。④识干戈：经历战争。⑤沈腰潘鬓：沈指沈约，曾有"革带常应移孔……以此推算，岂能支久"之语，后用沈腰指代人日渐消瘦。潘指潘岳，曾有诗云："余春秋三十二，始见二毛。"后以潘鬓指代中年白发。

（选自《南唐二主词校订》，人民文学出版社，1957年版）

【交流之窗】
  李煜是王国维所说的主观之诗人，阅世很浅，性情最真。因为李煜从小长于深宫，又养于妇人之手，所以他感性而又直率，多情而又简单。南唐灭亡，李煜被囚禁。此词当作于囚禁之时，即诗人生命的最后几年。金陵被破，李煜率领亲众"肉袒出降"，从此，他告别了充满美好回忆的江南故土，结束了皇帝生涯。李煜此时的内心是痛苦的，是无助的，他用这阕悲歌，记录了当时离别的情景和感受。而"垂泪对宫娥"一句，被后世诟病，很多人认为他作为亡国之君，为何不是垂泪对百姓呢？

浪淘沙·帘外雨潺潺

李 煜

　　帘外雨潺潺,春意将阑。罗衾①不暖五更寒。梦里不知身是客②,一饷③贪欢。

　　独自莫凭栏,无限关山,别时容易见时难。流水落花春去也,天上人间。

　　【注释】①罗衾:绸被子。不暖:受不了。②身是客:指被拘汴京,形同囚徒。③一饷:一会儿,片刻。贪欢:指贪恋梦境中的欢乐。

（选自《南唐二主词校订》,人民文学出版社,1957年版）

【交流之窗】

　　上一首词讲过,李煜是主观诗人,阅历简单,但他的用情深切,也正是别人所不能及,如王国维所说:"词至李后主而眼界始大,感慨遂深。"李煜的遭遇,让他体会了人世的无常,所以面对江山,春去秋来,其哀痛也愈深。正缘于此,也给李煜带来了杀身之祸。《乐府纪闻》记载:"后主归家后与故宫人书云:'梦里不知身是客,一晌贪欢','流水落花春去也,天上人间'……旧臣闻之,有泣下者。七夕在赐第作乐。太宗闻之怒,更得其词,故有赐牵机药之事。"相传这是李煜的亡命之作,诗歌今昔对比,无限感慨,无限悲凉。我想,如果李煜能够如刘禅般乐不思蜀,可能可以多活些时日,也许会有更多作品。但这就是李煜,一个充满童心,守护质朴内美的词人。你怎么看呢?可以说说你的想法。

第八节　不识庐山真面目，只缘身在此山中
##　　　　（北宋：万象更新）

● 本节导读

　　北宋建国，赵匡胤为了避免藩镇拥兵自重，将政权、军事、财权都收归中央所有，对巩固统一、安定社会起了一定作用，但是却造成了尖锐的阶级对立，加深了社会危机。北宋"重文轻武"，大批文人得以仕进，并且不拘一格，大力重文文士，这也使得文学创作一时繁荣。北宋文人的创作，前期诗歌创作多停留在酒宴之欢、男女之爱的层面。然随着社会的变化，经历了王安石的变法改革，到了仁宗时期，由于声势浩大的农民起义以及对西夏、契丹的作战连年失败，国势危机，局面严重。这一阶段的诗词创作，要么反映民生疾苦、针砭时弊，要么表现政治抱负、推行改良，要么愤世嫉邪、忧时悯世。

　　北宋的文学在初期着晚唐风格，词作绮丽，多唱和之作。欧阳修发起的古文运动，文人们开始注重用平实的语言来创作反映生活时弊的内容，文学创作开始进入高峰期。词兴于唐而盛于宋。它兼有文学与音乐的特性，源于民间。词在宋代的发展，得益于三个词人的创作推进。柳永大量创作词调，打破了词多为小令的境况，他大量创作慢词，使得词扩大了其表现功能。苏轼继柳永之后，对词体进行了全面的改革，他的创作不拘泥于曲子，而是有所突破，他最终打破了词为"艳科"的格局，提高了词的文学地位。此外就是周邦彦，他将词予以雅化，并进一步规范，被称为词家之大宗。

　　北宋统治者大力提倡理学，对文人在思想上进一步控制，将经世为主的儒学发展为修身为主的理学，并大力提倡儒、释、道三教合一。北宋文学虽然繁荣，但因为国力的原因，并没有出现盛唐那样的气象。社会矛盾的激化，党争的加剧，再加上禅学、理学的泛滥，宋代文人好议论，在诗词中体现得非常明显。总之，北宋社会状况的特殊性使北宋文学呈现出自己的特点，未能超越盛唐也是因受到时代所限。

渔家傲①·秋思

范仲淹

⊙ 范仲淹 王博绘

范仲淹（989—1052），字希文。苏州吴县人。北宋杰出的思想家、政治家、文学家。

塞②下秋来风景异，衡阳雁去③无留意。四面边声④连角起，千嶂⑤里，长烟落日孤城闭。

浊酒一杯家万里，燕然未勒⑥归无计。羌管⑦悠悠⑧霜满地，人不寐⑨，将军白发征夫泪。

【注释】①渔家傲：又名《吴门柳》《忍辱仙人》《荆溪咏》《游仙关》。②塞：边界要塞之地，这里指西北边疆。③衡阳雁去：传说秋天北雁南飞，至湖南衡阳回雁峰而止，不再南飞。④边声：边塞特有的声音，如大风、号角、羌笛、马啸的声音。⑤千嶂：绵延而峻峭的山峰；崇山峻岭。⑥燕然未勒：指战事未平，功名未立。⑦羌管：即羌笛，出自古代西部羌族的一种乐器。⑧悠悠：形容声音飘忽不定。⑨寐：睡，不寐就是睡不着。

（选自《范仲淹全集》，四川大学出版社，2002年版）

【交流之窗】

说到范仲淹，你一定会想到那句"先天下之忧而忧，后天下之乐而乐"的名句，范仲淹是一位杰出的政治家，庆历新政我们应该都熟悉吧！范仲淹曾驻守过西北边防，这首词就作于此时，词作意境开阔苍凉，给人以凄清、悲凉、壮阔、深沉之感。范仲淹将边地生活写入词中，扩大了词的表现内容，而词中传达出来的英雄之气也体现了词人的爱国情怀。

浣溪沙·一曲新词酒一杯

晏 殊

晏殊(991—1055),字同叔,抚州临川人。北宋著名词人、政治家。

一曲新词酒一杯①。去年天气旧亭台②。夕阳西下几时回。
无可奈何花落去,似曾相识燕归来③。小园香径独徘徊④。

【注释】①"一曲"句:因为词是配合音乐唱的,故称"曲"。新词:刚填好的词,意指新歌。②"去年"句:是说天气、亭台都和去年一样。③似曾相识:好像曾经认识。形容见过的事物再度出现。燕归来:春中常景,在有意无意之间。④小园香径:花草芳香的小径,或指落花散香的小径。徘徊:来回走。

(选自《二晏词笺注》,上海古籍出版社,2009年版)

【交流之窗】

宋代重文抑武,晏殊可谓是生逢其时,他年少成名,5岁便能作诗,14岁便受真宗召见,颇受真宗的赏识。晏殊在北宋文坛地位很高,他的词风受到温庭筠等人的影响,有花间格调。这首词是晏殊词作中最为脍炙人口的一篇。晏殊位高权重,作为北宋词坛的先期代表,作品情感真挚,含蓄蕴藉。这首词是伤春之作,有惜时的情感,却又情蕴其中,富有一定的哲思。"似曾相似燕归来"和以前学过的哪句诗很像呢?二者的共同妙处在哪呢?

浪淘沙·把酒祝东风

欧阳修

⊙ 欧阳修　王博绘

欧阳修（1007—1072），字永叔，号醉翁、六一居士，吉州吉水人，北宋史学家、文学家，且在政治上负有盛名。

把酒祝东风。且共从容。垂杨紫陌洛城①东。总是当时携手处，游遍芳丛。

聚散苦匆匆。此恨无穷。今年花胜去年红。可惜明年花更好，知与谁同②？

【注释】①紫陌：紫路。洛阳曾是东周、东汉的都城，据说当时曾用紫色土铺路，故名。此指洛阳的道路。洛城：指洛阳。②"可惜"两句：杜甫《九日蓝田崔氏庄》诗："明年此会知谁健，醉把茱萸仔细看。"

（选自《欧阳修词笺注》，中华书局，1986年版）

【交流之窗】

欧阳修入仕初期，在洛阳有过三年的留守生涯，其间，他文名鹊起，与梅尧臣、尹洙等结下友情，旖旎芳景的洛阳东郊，是他们常常相伴赏花宴饮之地，词人在此与好友举觞畅饮，不禁发出景色如此人却不同的伤感之情，从另一个角度看，也是对这段友谊的歌颂。你是否也产生过类似的情感呢？

江城子·十年生死两茫茫

苏 轼

⊙ 苏轼 王博绘

苏轼（1037—1101），字子瞻，又字和仲，号东坡居士，世称苏东坡。北宋眉州眉山人，祖籍河北栾城，北宋著名文学家、书法家、画家。

十年生死两茫茫，不思量①，自难忘。千里孤坟②，无处话凄凉。纵使相逢应不识，尘满面，鬓如霜③。

夜来幽梦忽还乡，小轩窗④，正梳妆。相顾无言，惟有泪千行。料得年年肠断处，明月夜，短松冈⑤。

【注释】①思量：想念。②孤坟：孟启《本事诗·徵异第五》载张姓妻孔氏赠夫诗："欲知肠断处，明月照孤坟。"此处指其妻王氏之墓。③"尘满面"两句，形容年老憔悴。④小轩窗：指小室的窗前，轩：门窗。⑤短松冈：苏轼葬妻之地。短松：矮松。

（选自《东坡乐府笺》，上海古籍出版社，2009年版）

【交流之窗】

苏轼是宋代文学最高成就的代表，更是千古文人的精神领袖，他身上既有着文人的胸怀，又有着道家的风范，有人认为他是将儒、释、道精神完美融合的第一人。他好交友，好品茶，好美食，好宴游，进则心系苍生，退则恬淡自适。总之，苏轼的一生是不幸的，但是苏轼的人格是完美的，苏轼赋予了宋诗开阔的意境，幽深的真理，以诗为词，扩大了词的表现功能。他的散文豪放恣肆。说到苏轼，我们常常会感叹他的爱情、对亡妻的痴情，千百年后依然令多少痴情儿女流下眼泪。这首词便是他的悼亡之作，是怀念亡妻王弗的作品。苏轼十九岁与十六岁的王弗结婚。王弗年轻貌美，聪慧过人，侍亲孝顺，深得苏轼所爱，二人感情甚笃、恩爱有加。可惜天公作弄，王弗在二十七岁时不幸香逝。苏轼备受打击，其心中之痛，精神之苦，不言而喻，以致常常梦中相见，寸断肝肠。诗歌虚实结合，可否找出哪些是实，哪些是虚？

鹧鸪天·彩袖殷勤捧玉钟

晏几道

晏几道（1038—1110），北宋著名词人。字叔原，号小山，抚州临川文港沙河人。晏殊第七子。

彩袖①殷勤捧玉钟②，当年拚却③醉颜红。舞低杨柳楼心月，歌尽桃花扇影风④。

从别后，忆相逢，几回魂梦与君同。今宵剩把银釭⑤照，犹恐相逢是梦中。

【注释】①彩袖：代指穿彩衣的歌女。②玉钟：古时指珍贵的酒杯，是对酒杯的美称。③拚（pàn）却：甘愿，不顾惜。却：语气助词。④"舞低"二句：歌女舞姿曼妙，直舞到挂在杨柳树梢照到楼心的一轮明月低沉下去；歌女清歌婉转，直唱到扇底儿风消歇（累了停下来），极言歌舞时间之久。⑤银釭（gāng）：银质的灯台，代指灯。

（选自《二晏词笺注》，上海古籍出版社，2008年版）

【交流之窗】

晏几道是一位痴情浪子，虽然贵为宰相之子，然而家道中落，晏几道半世落拓，他的作品中更多的是沉醉情爱，难以自拔。本词表现了对一位女子的思念，从情节上来看，无疑是相逢、别离、重逢。全词分为初逢与重逢的两种境界，或实或虚，相互补充，既有彩色的绚烂，又有声音的谐美，词艺高妙，可见一斑。晏几道的"痴"情来自于他的纯情，他的真率。不管对于哪段情感，他都是刻骨铭心，每一份情感都浓烈而炽热，他的词便是他一生痴情的真实写照，正如鲁迅所说的那样"有至情之人，才能有至情之文"。

牧童诗

黄庭坚

黄庭坚（1045—1105），字鲁直，号山谷道人，晚号涪翁，洪州分宁人，北宋著名文学家、书法家，为盛极一时的江西诗派开山之祖，与杜甫、陈师道和陈与义素有"一祖三宗"（黄庭坚为其中一宗）之称。

骑牛远远过前村，吹笛风斜隔垅闻。
多少长安名利客，机关用尽不如君。

（选自《黄庭坚诗集注》，中华书局，2003年版）

【交流之窗】

黄庭坚是"苏门四学士"之一，是江西诗派的开创者。相传这首诗是黄庭坚七岁时所作，有着道家的色彩。诗歌赞颂了牧童清闲恬淡，不追求名利的生活。通过对比，传达出人应活得淡泊，不应受到名利的羁绊，虚度此生。黄庭坚在诗歌创作上提出"点铁成金"和"夺胎换骨"的理论。我想"夺胎换骨"的理论应该更适合我们的写作，有的时候我们经历比较简单，适当地借鉴他人的经验感受用在自己的作品中也未尝不可。

踏莎行·郴州旅舍

秦 观

秦观（1049—1100），北宋词人。字少游、太虚，号淮海居士，高邮（今属江苏）人。曾任秘书省正字，兼国史馆编修官等职。

雾失楼台，月迷津渡，桃源望断无寻处。可堪孤馆闭春寒，杜鹃声里斜阳暮。

驿寄梅花①，鱼传尺素②，砌成此恨无重数。郴江幸自绕郴山，为谁流下潇湘去。

【注释】①驿寄梅花：陆凯在《赠范晔诗》中有"折梅逢驿使，寄与陇头人。江南无所有，聊寄一枝春。"②鱼传尺素：古诗中有"客从远方来，遗我双鲤鱼。呼儿烹鲤鱼，中有尺素书。"

（选自《淮海居士长短句笺注》，上海古籍出版社，1985年版）

【交流之窗】

此词作于绍圣四年（1097），当时秦观连遭贬谪，在郴州旅店写下。秦观因新旧党争受到牵连，先贬杭州，再贬监州，后又被贬谪郴州，又被削去所有官爵、俸禄，随后又贬横州，该词作于离开郴州之前。虽是抒发客居旅舍的无奈，实则表达了失意的凄苦，流露出对现实政治的不满。不见桃源，也许就是自己的前路漫漫，不知归向何处？词人对自己的政治生涯、人生旅途产生迷茫和怀疑，从杜鹃声和斜阳暮，可以看出此时的词人心灰意冷，秦观最后设问，自问自答，自己远离朝廷，放逐天涯，内心痛苦万分，最终也因此郁郁而逝，殊为可惜！苏轼在听说秦观死讯后曾在扇子上自书这首词的词尾二句，说："少游（秦观）已矣，虽万人何赎！"

苏幕遮·燎沉香

周邦彦

周邦彦（1056—1121），字美成，号清真居士，钱塘人。官历太学正、庐州教授、知溧水县等。北宋著名词人。

　　燎沉香①，消溽暑②。鸟雀呼晴，侵晓窥檐语。叶上初阳干宿雨、水面清圆，一一风荷举③。

　　故乡遥，何日去。家住吴门，久作长安旅。五月渔郎相忆否。小楫轻舟，梦入芙蓉浦④。

　　【注释】①沉香：木名，其芯材可作熏香料。一种名贵香料，置水中则下沉，故又名沉水香，其香味可辟恶气。②溽（rù）暑：潮湿的暑气。溽：湿润潮湿。③风荷举：意味荷叶迎着晨风，每一片荷叶都挺出水面。举：擎起。④芙蓉浦：有荷花的水边。有溪涧可通的荷花塘。词中指杭州西湖。

（选自《清真集笺注》，中华书局，2002年版）

【交流之窗】

　　周邦彦号清真居士，宋徽宗时提举大晟乐府，相传他还曾与京城名妓李师师有过一段佳话。他的词乃是词家正宗，章法、格律极为讲究。本词意境开阔，风格活泼，描绘了荷风阵阵、鸟雀欢歌的眼前景色，这也勾起了词人的思乡之情，沉浸其中，以梦作结。古代文人读书求仕，总要离开故土，一旦踏入仕途，便游宦四方，思乡之情便会萦绕周身，思乡便成古代诗词中的永恒主题，引发天涯游子的共鸣。诗歌采用对比写法来抒发思想的情感，你能够在词中找出来吗？另外，词中描写荷花的句子你是否感受到了它的美？提示一下，雨后初阳照耀的叶子的颜色是什么样子？"一一"赋予荷叶什么样的意象？"举"字妙在何处？而真正将景色写活写动的是一个"风"字。为什么呢？

第九节　二十四桥仍在，波心荡，冷月无声
（南宋：黍离之悲）

● 本节导读

南宋朝廷偏安江南，统治者贪图享乐，不图恢复中原，爱国志士惨遭杀害，政治极端黑暗腐败。许多爱国志士为维护统一，进行了殊死的斗争。南宋一朝，忧国忧民的内容成了诗词中的时代最强音，涌现出了陆游、辛弃疾等一批杰出的爱国诗人。他们把自己与国家的命运完全融为一体，而他们的作品就是这种融合的代表。南宋末年，蒙古入侵，国家即将灭亡。诗人们面临异族入主中原，表现出了时危显臣节的气势，并参与抗元。他们在战场上浴血杀敌，用诗歌表现视死如归的气节。以文天祥为代表的诗人们悲歌慷慨，多抒故国之思和山河之恸。

南宋诗坛上，"中兴四大诗人"尤袤、杨万里、范成大、陆游的成就颇高。范成大曾出使过北方，途中写下了著名的使金绝句七十二首，苍凉悲壮。杨万里的"诚斋体"曾传入北方，他的诗歌以自然界为表现对象，独树一帜。这一时期的词也成就颇丰。辛弃疾词作，在金朝也受到很多文人的喜爱。南宋文学的另一座高峰便是李清照，她的词以南渡为界，分为前后两期，国破家亡和生活的悲惨遭遇，使她的作品从早年的清丽、明快转变为后期的充满了凄凉、低沉之音，主要是抒发伤时念旧和怀乡悼亡的情感。她提出的"别是一家"的主张，也提高了词在文学史上的地位。

但随着社会政治经济的发展向文学提出新的要求，也由于文学本身发展的规律，古典诗词逐渐走过了它的黄金时代，失去支配文坛的地位，小说戏曲等文学样式正在酝酿着更大的文学高潮，进而成为文坛的重心。南宋文学正是处在这样一个过渡的转变阶段。

青玉案·元夕

辛弃疾

辛弃疾（1140—1207），字幼安，号稼轩，山东东路济南府历城人。南宋豪放派词人、将领，有"词中之龙"之称。与苏轼合称"苏辛"，与李清照并称"济南二安"。

东风夜放花千树①。更吹落，星如雨②。宝马雕车③香满路。凤箫声动④，玉壶⑤光转，一夜鱼龙舞⑥。

蛾儿雪柳黄金缕⑦。笑语盈盈暗香去⑧。众里寻他千百度。蓦然回首，那人却在，灯火阑珊⑨处。

【注释】①"东风"句：形容元宵夜花灯繁多。花千树：花灯之多如千树开花。②星如雨：指焰火纷纷，乱落如雨。星：指焰火。③宝马雕车：豪华的马车。④"凤箫"句：指笙、箫等乐器演奏。凤箫：箫的美称。⑤玉壶：比喻明月。亦可解释为指灯。⑥鱼龙舞：指舞动鱼形、龙形的彩灯，如鱼龙闹海一样。⑦"蛾儿"句：写元夕的妇女装饰。蛾儿、雪柳、黄金缕：皆古代妇女元宵节时头上佩戴的各种装饰品。这里指盛装的妇女。⑧盈盈：声音轻盈悦耳，亦指仪态娇美的样子。暗香：本指花香，此指女性们身上散发出来的香气。⑨阑珊：零落稀疏的样子。

（选自《稼轩词编年笺注》，上海古籍出版社，2007年版）

【交流之窗】

　　辛弃疾长于金人控制下的北方，他年少时便参加义军的队伍，后来南渡归宋，一时传为佳话。辛弃疾文武双全，文自不必说，武能够到什么程度？冲入敌军，取叛徒首级，其胆识，其武艺，常人难及。好友陈亮称他为"青兕"，冲入敌军如一头犀牛，可见其勇猛。然不幸的是，辛弃疾归于南宋之后，被南宋统治者视为"归正人"，因此辛弃疾并未受到重用，只是作为榜样加以标榜。这首词大约作于南宋淳熙元年（1174）。当时，金兵压境，国祚日衰，而南宋统治者却依然不思恢复，偏安江南，沉湎于歌舞享乐，粉饰太平。作为"归正人"的辛弃疾依然未能受到皇帝的青睐，国难当头却无路请缨。辛弃疾满腔的激情、哀怨交织一起，这幅元夕求索图其实就是词人内心的真实写照，周围看似繁华，而作者的内心却孤独无依，落寞惆怅。"众里寻他千百度……"是王国维所说的做学问的三重境界中的哪一重？怎么理解这重境界呢？

书愤①五首（其一）

陆　游

陆游（1125—1210），字务观，号放翁，越州山阴人，南宋文学家、史学家、爱国诗人。

早岁那知世事艰，中原北望气如山。
楼船夜雪瓜洲渡②，铁马秋风大散关③。
塞上长城空自许④，镜中衰鬓已先斑。
出师一表⑤真名世，千载谁堪伯仲间⑥！

【注释】①书愤：书写自己的愤恨之情。书：写。②"楼船"句：此时作者三十七岁，在镇江府任通判。楼船：指采石之战中宋军使用的车船，又名明轮船、车轮舸。瓜洲：在今江苏邗江南长江边，与镇江隔江相对，是当时的江防要地。③"铁马"句：孝宗乾道八年（1172），王炎以枢密使出任四川宣抚使，谋划恢复中原之事。陆游入其军幕，并任干办公事兼检法官赴南郑（今陕西汉中）。④"塞上"句：意为作者徒然地自许为是"塞上长城"。塞上长城：比喻能守边的将领。⑤出师一表：蜀汉后主建兴五年（227）三月，诸葛亮出兵伐魏前曾写了一篇《出师表》，表达了自己"奖率三军，北定中原""兴复汉室，还于旧都"的坚定决心。⑥堪：能够。伯仲：原指兄弟间的次第。这里比喻人物不相上下，难分优劣高低。

（选自《剑南诗稿校注》，上海古籍出版社，2005年版）

【交流之窗】

南宋出现了很多爱国诗人。缘于北宋的灭亡,以及南宋的偏安,很多有志之士力图恢复中原,可以说一生在希望与失望中挣扎,他们留下的诸多作品,是对建功立业的呼唤,对还我河山的呐喊,因此更具感染力。陆游一生致力于收复河山,虽然我们知道的更多是他和表妹唐婉的凄美爱情,但陆游对于国家的忠诚比其爱情更为执着。陆游临死之前还曾喊出"家祭无忘告乃翁"的遗言。这首诗歌是陆游晚年思及一生的感慨之作,全诗围绕"愤"字展开,年少时的豪情与今日的壮志难酬形成强烈的对比。早年陆游满腔热忱,胸怀收复失地的壮志,而今人已苍老,却依旧壮志难酬,唯有感叹时不再来。"愤"字里有诸多情感,除了对时光易逝、壮志难酬的愤懑,应该还有对统治者的不满。

初入淮河

杨万里

杨万里(1127—1206),字廷秀,号诚斋,吉水(今属江西)人。南宋杰出诗人,诗歌多描写自然景物,清新自然,称为"诚斋体"。

船离洪泽岸头沙,人到淮河意不佳。
何必桑干①方是远,中流②以北即天涯。

中原父老莫空谈,逢着王人③诉不堪。
却是归鸿不能语,一年一度到江南。

【注释】①桑干:永定河上游。桑干河流域已沦入金人之手。②中流:指淮河的中流线,为宋、金的分界线。③王人:皇帝的使者。

(选自《杨万里集笺校》,中华书局,2007年版)

【交流之窗】

　　说到杨万里,大家一定会想到那个吟诵西湖之美的诗人,"接天莲叶无穷碧,映日荷花别样红",西湖的美景仿佛被这句诗歌所概括,如果在现代,我更愿意相信他是一个带着相机四处旅行的背包客。而杨万里不仅是一位热爱自然的诗人,他更是一位爱国的名臣。杨万里曾经出使金国,往来于江淮之间,目睹处于金人统治下的中原父老,杨万里心中无限悲愤,这两首诗却有着无尽的感伤,途经曾是自己国土的淮河,诗人悲从中来,对中原父老的同情从侧面宛转地表达出来,也暗含对统治者不思收复、偏安享乐的不满。杨万里的诗歌被称为"诚斋体",其诗通俗易懂,活泼洒脱。诗歌中的不能说话的"归鸿"为什么令作者羡慕呢?诗人想要表达什么?

扬州慢·淮左名都

姜　夔

姜夔(kuí)(1154—1221),字尧章,号白石道人,饶州鄱阳人。南宋文学家、音乐家。

　　淳熙丙申至日①,予过维扬。夜雪初霁,荠麦弥望。入其城则四顾萧条,寒水自碧。暮色渐起,戍角悲吟。予怀怆然。感慨今昔,因自度此曲。千岩老人以为有黍离之悲也②。

　　淮左名都③,竹西佳处,解鞍少驻初程④。过春风十里⑤。尽荠麦青青。自胡马、窥江⑥去后,废池乔木⑦,犹厌言兵。渐黄昏、清角吹寒,都在空城。

　　杜郎⑧俊赏,算而今、重到须惊。纵豆蔻词工,青楼梦好,难赋深情。二十四桥⑨仍在,波心荡、冷月无声。念桥边红药,年年知为谁生。

【注释】①淳熙丙申:淳熙三年(1176)。至日:冬至。②千岩老人:南宋诗人萧德藻,字东夫,自号千岩老人。姜夔曾跟他学诗,又是他的侄女婿。黍离:表示故国之思。③淮左名都:指扬州。宋朝的行政区设有淮南东路和淮南西路,扬州是淮南东路的首府，故称淮左名都。④少驻：稍作停留。初程：初段行程。⑤春风十里：杜牧《赠别》诗："春风十里扬州路，卷上珠帘总不如。"这里用以借指扬州。⑥胡马窥江：指金兵侵略长江流域地区，洗劫扬州。这里应指第二次洗劫扬州。⑦废池：废毁的池台。乔木：残存的古树。二者都是乱后余物，表明城中荒芜，人烟萧条。⑧杜郎：即杜牧。俊赏：俊逸清赏。⑨二十四桥：扬州城内古桥，即吴家砖桥，也叫红药桥。

（选自《姜白石笺注》，中华书局，2009年版）

【交流之窗】

  词到了南宋后期其歌唱的功能已经逐渐弱化，甚至很多词已经成了纯文学的创作。姜夔虽然一生未第，出身卑微，但他在词的发展史中却有着重要的地位，姜夔能够唱词，并且为很多词谱曲，还专门为词作序，开辟先河。姜夔的词主张"清空""骚雅"，格律严密。此词作于宋孝宗淳熙三年（1176），当时姜夔路过扬州，目睹被战争洗劫后的扬州，悲从中来，感今伤怀。宋高宗绍兴三十一年（1161），金废帝完颜亮率军南侵，后完颜亮在瓜州被下属杀死。根据小序所说，姜夔因路过扬州，目睹萧条景象，抚今追昔，回想扬州昔日的繁华，故发吟咏。里面提到很多典故和杜牧有关，在前面的杜牧诗歌中也有所介绍，你还记得杜牧和扬州吗？提及扬州，作者心里有很多感慨，扬州自古繁华，可也是名都多舛，历史上对扬州的屠杀似乎一直在持续，清朝的扬州十日屠杀，更是死难多达十万人，可以参看《扬州十日记》，令人不忍卒读！

风入松·听风听雨过清明

吴文英

吴文英(约1212—1272),字君特,号梦窗,晚年又号觉翁,四明人。《宋史》无传。一生未第,游幕终身。

听风听雨过清明,愁草①瘗花铭②。楼前绿暗分携路,一丝柳,一寸柔情。料峭春寒中酒③,交加晓梦啼莺。

西园日日扫林亭,依旧赏新晴。黄蜂频扑秋千索,有当时、纤手香凝。惆怅双鸳④不到,幽阶一夜苔生。

【注释】①愁草:没有心情写。草:草,起草,拟写。②瘗(yì):埋葬。铭:文体的一种。庾信有《瘗花铭》。古代常把铭文刻在墓碑或者器物上,内容多为歌功颂德,表示哀悼,申述鉴戒。③中酒:醉酒。"中酒"见《史记·樊哙传》,亦见《汉书》,意酒酣也。中:读仄声也。又如杜牧:"残春杜陵客,中酒落花前。"(《睦州四韵》)④双鸳:指女子的绣花鞋,这里兼指女子本人。

(选自《梦窗词集校笺》,中华书局,2014年版)

【交流之窗】

吴文英一生未能做官,沉寂下僚,他的诗歌雅致,有不少悼亡之作,被称为"词中李商隐"。这首词是一首怀人之作。西园是吴文英和情人的寓所,二人亦在此分手,所以西园是他的悲欢交织之地。吴文英睹物思人,今昔对比,虚实结合,表现出对于离去之人深深的怀念。"黄蜂频扑秋千索"这句很好,读的时候我们会产生一个疑问:为什么黄蜂会频频地围绕着秋千索而飞呢?后一句答得更好,是因为当年女子的手曾经接触过这里,因此香气依然萦绕,未曾散去。诗词中的无理而妙正在于此,黄蜂飞过也许无意,但人之有心,便将无情之物赋予了情感,你们说妙不妙呢?

过零丁洋①

文天祥

文天祥（1236—1283），初名云孙，字宋瑞，一字履善。自号文山、浮休道人。江西吉州吉水人，宋末政治家、文学家，爱国诗人，抗元名臣，民族英雄，与陆秀夫、张世杰并称为"宋末三杰"。

辛苦遭逢起一经②，干戈寥落四周星③。
山河破碎风飘絮④，身世浮沉雨打萍。
惶恐滩头说惶恐⑤，零丁洋里叹零丁⑥。
人生自古谁无死，留取丹心照汗青。

【注释】①零丁洋：在今广东中山南的珠江口。②"辛苦"句：追述早年身世及为官以来的种种辛苦。遭逢：遭遇到朝廷选拔。起一经：指因精通某一经籍而通过科举考试得官。③干戈寥落：寥落意为冷清，稀稀落落。在此指宋元间的战事已经接近尾声。南宋亡于该年（1279），此时已无力反抗。④"山河"句：指国家局势和个人命运都已经难以挽回。⑤惶恐滩：在今江西万安县，水流湍急，为赣江十八滩之一。⑥"零丁"句：慨叹当前处境以及自己的孤军勇战、孤立无援。诗人被俘后，被囚禁于零丁洋的战船中。

（选自《宋词三百首》，中华书局，2014年版）

【交流之窗】

南宋灭国，犯了一个跟北宋一样的错误，联合元夹击金国，正如北宋联合金国夹击辽国一样，当然元军实力强大，势如破竹，南宋的军力不足以与其抗争。作为"南宋三杰"之一的文天祥，依然坚持抗击元军，最终于宋末帝赵昺祥兴元年（1278）十二月被元军所俘，囚于零丁洋的战船中。次年正月，元军都元帅张弘范攻打崖山，逼迫文天祥招降坚守崖山的宋军统帅张世杰。于是，文天祥写了这首诗。文天祥面对死亡，从容不迫，留下了"人生自古谁无死，留取丹心照汗青"的名句，他的气节成为后世人们心中的宝贵财富，流传至今。

一剪梅·舟过吴江①

蒋 捷

蒋捷（约1245—1305后），字胜欲，号竹山，南宋词人，宋末元初常州宜兴人。

一片春愁待酒浇。江上舟摇。楼上帘招。秋娘渡②与泰娘娇。风又飘飘，雨又萧萧。

何日归家洗客袍。银字笙调③。心字香④烧。流光容易把人抛。红了樱桃，绿了芭蕉。

【注释】①吴江：今江苏县名。在苏州南。②秋娘渡：指吴江渡。秋娘：唐代歌伎常用名，或有用以通称善歌貌美之歌伎者。又称杜仲阳，为唐德宗时镇海军节度使李侍女。渡：一本作"度"。③银字笙：管乐器的一种。笙调：调弄笙。④心字香：点熏炉里心字形的香。

（选自《蒋捷词校注》，中华书局，2010年版）

【交流之窗】

提到蒋捷，我们一定不会陌生，大家曾经接触过他的《虞美人·听雨》，人生的三个片段，却道尽人生的苦辣酸甜，令人感触。蒋捷出生于南宋将临灭亡之期，深受亡国之痛，所以他的诗歌很能代表那一代文人内心的真实感受，因此他词作的风格悲凉萧瑟，便不难解释了。这首词是战乱时词人颠沛流离的流浪心歌。词人乘舟漂泊异乡，内心的思归之情愈发难以排解，愁绪之浓又岂是酒能化解。虽然这里是江南秀丽之地，但何日能够结束这样的流浪生活，能够归家安静地生活，溢于言表。不觉感慨时光易逝，盛世难逢，"红了樱桃，绿了芭蕉"乃是妙语，用了什么样的手法呢？有什么样的好处呢？留给你来思考。

第十节 中州万古英雄气，也到阴山敕勒川
（辽金元：深裘大马）

● 本节导读

10世纪初到13世纪前期的三百余年，在中国的北半部领域先后建立了契丹统治的辽国（916—1125）和女真统治的金国（1115—1234），它们与五代、两宋南北对峙，形成了中国历史上又一次南北朝的局面。接着，在13世纪到14世纪下半期，蒙古先后灭金与南宋，建立我国历史上空前统一的多民族国家元朝（1271—1368）。由于中原文化和北方民族文化彼此碰撞，相互吸收，为中华文化的优势互补、整合发展提供了空前有利的机遇。

辽代贵族喜好诗文，建国前期，中原入辽的汉族文士受到重用。一些契丹贵族也受到汉文化的濡染，颇喜吟咏。圣宗以后，诗词文化日益繁荣，作者渐多，写作技巧日趋成熟。辽代文学中引人瞩目的是妇女作家。道宗宣懿皇后萧观音、天祚之妃萧瑟瑟、秦晋国妃萧氏和耶律常哥皆以诗文著称。

金元文坛，汉文化与北方少数民族文化实现融合。宋文化并没有随着朝代更迭而消失，伴随着大量文士的北上，和少数民族作家、汉族文士为主体的北方作家群相互影响、渗透、交融，使金元文化产生了新的活力，并最终形成了多元文化融合下南北诗文风气的大一统局面和以大都文化圈为核心的金元诗坛。金元两朝，元好问无疑是最为著名的诗人，在金元之际颇负重望。他的诗奇崛而绝雕琢，巧缛而不绮丽，形成河汾诗派。他提倡"自然"，主张情性之"真"；倡导雄劲豪放的诗风，提倡性灵、神韵、格调的兼容，主张李、杜并列。除此之外，金元文人热衷雅集。雅集为文士们的诗词创作提供了一个良好的平台，也形成了各种诗词团体，风格上相互影响。

辽金元文学各有特色，当时形成的"清刚劲建，深裘大马"的风格，既是社会文化大变革的反映，也是深厚的传统与各民族文化融合的表现。

海上诗

耶律倍

耶律倍（899—936），又名耶律图欲，入后唐后被赐名李赞华，是辽太祖耶律阿保机的长子。

小山压大山，大山全无力。
羞见故乡人，从此投外国。

（选自《辽金元诗》，兰州大学出版社，2014年版）

【交流之窗】

因为辽代前期多用契丹文字创作，所以留存下来的作品很少，耶律倍是辽太祖长子，契丹名图欲，是一位受到汉文化熏陶的诗人。然而造化弄人，耶律倍并未成为君王，天显元年（926），辽太祖灭渤海国，建东丹国，他被封为东丹王。辽太宗即位，对他颇有疑忌，后来逃奔后唐，最终被后唐废帝李从珂所杀。这首诗作于诗人流亡途中，这是辽代最早的五言诗。诗歌内容浅显，以物拟人，大山喻己，小山比喻其弟辽太宗，表现了皇室内斗、流离他乡的无奈。我想，如果耶律倍能够成为君王，是否会成为下一个"北魏孝文帝"呢？

伏虎林应制

萧观音

萧观音（1040—1075），辽道宗耶律洪基的第一任皇后，父亲萧惠（辽兴宗母亲萧耨斤的弟弟），辽代女诗人。

威风万里压南邦，东去能翻鸭绿江。
灵怪大千俱破胆，那教猛虎不投降。

（选自《辽金元诗》，兰州大学出版社，2014年版）

【交流之窗】

萧观音，辽代女诗人。辽道宗耶律洪基皇后，死后追谥宣懿。曾作《伏虎林应制》诗、《君臣同志华夷同风应制》诗等，被道宗誉为女中才子。后来因为劝谏道宗出猎被疏远，后作《回心院》词十首，抒发幽怨的心情。太康元年（1075），被耶律乙辛等人诬陷与臣下有私情，含冤而死。这首诗歌豪迈大气，"万里""大千"可见她用词雄放，一位柔情似水的女子能够写出这样豪迈的章句，恐怕也只有喜好骑射的契丹女子了吧！

人月圆·宴北人张侍御家有感

吴 激

吴激（？—1142），金代文学家。字彦高，号东山，建州人。被元好问推为"国朝第一作手"。

南朝千古伤心事①，犹唱后庭花。旧时王谢，堂前燕子，飞向谁家。恍然一梦，仙肌胜雪②，宫鬓堆鸦③。江州司马，青衫泪湿，同是天涯。

【注释】①南朝：一称六朝，即相继建都于建康（今南京市）的吴、东晋、宋、齐、梁、陈六个朝代。伤心事，亦作"伤心地"。②仙肌胜雪：形容美人的肌肤比雪还白。③宫鬓堆鸦：形容宫中美人的鬓发颜色像鸦羽，故曰"堆鸦"。

（选自《全金元词》，中华书局，1979年版）

【交流之窗】

靖康之变，北宋灭亡，北宋皇室贵族被金人押解北上，皇室公子王孙死伤无数，公主宫女也受尽凌辱，就连两位皇帝最终也受尽屈辱死于北方。作为皇室公主和宫女，运气好一点的可能成了金人的妻妾，运气差一点的暴尸荒野。金国建立初年，出于对汉人统治的要求，很多北宋大臣被迫出仕金朝，宇文虚中和吴激便是其中的两位，二人虽有变节之嫌，然诗词中多心怀故国之情。本词作于一次宴会，宇文虚中与吴激等在张侍御家饮酒，座中发现一位佐酒歌妓原是大宋宗室之后，如今却也流落异乡，沦为歌妓。坐中诸人感慨万千，皆作乐章一首。其中宇文虚中首作《念奴娇》，次及吴激，乃作这首《人月圆》。诗歌化用几首诗歌，似集句而成，但内容丰富，情感真挚，读来字字血泪。

念奴娇·离骚痛饮

蔡松年

蔡松年（1107—1159），字伯坚，号萧闲老人。冀州真定人，金代文学家。

还都后，诸公见追和赤壁词①，用韵者凡六人，亦复重赋。

离骚痛饮②，笑人生佳处，能消何物。江左③诸人成底事，空想岩岩玉璧④。五亩苍烟，一邱寒碧⑤，岁晚忧风雪⑥。西州扶病，至今悲感前杰⑦。

我梦卜筑⑧萧闲⑨，觉来岩桂，十里幽香发。鬼隗胸中冰与炭，一酌春风都灭。胜日神交，悠然得意，遗恨无毫发。古今同致，永和徒记年月。

【注释】①追和赤壁词：即步韵苏轼《念奴娇·赤壁怀古》词。②离骚痛饮：《世说新语·任诞》："王孝伯言：名士不必须奇才，但使常得无事，痛饮酒，熟读《离骚》，便可称名士。"③江左：长江以东，晋使南渡，东晋及宋、齐、梁、陈相继建都金陵，占领江左一带。④岩岩玉璧：指西晋王衍（字夷甫）。王位居宰相，崇尚清淡，不理国政，导致西晋覆灭。其兵败临终曾曰："向若不祖尚浮虚，戮力以匡天下，犹可不至今日。"⑤寒碧：喻寒竹。⑥风雪：喻忧患。⑦前杰：指谢安。谢安求隐退而不果，被迫出镇广陵（扬州），后还都，以病躯入西州门，未几病卒。⑧卜筑：择地而建房舍。⑨萧闲：词人为丞相时在镇阳别墅筑"萧闲堂"，并自号"萧闲老人"。

（选自《全金元词》，中华书局，2000年版）

【交流之窗】

蔡松年是金朝前期的文坛盟主，写词与吴激并称"吴蔡体"。他曾是完颜宗弼（兀朮）的副手，官至右丞相，是降金的汉人中官运最为亨通的一位，而诗人的内心却并非致力于政坛，颇有隐逸的情怀。这首词表现词人对现实不满和对官场的厌倦，以及由此引发的想要隐居避世的愿望。词作上片主要表达了对官场黑暗的不满。下片表明归隐之志和避世之乐。

岐阳三首（其二）

元好问

元好问（1190—1257），字裕之，号遗山，秀容人，金代文学家，是宋金对峙时期北方文学的主要代表，又是金元之际在文学上承前启后的桥梁，被尊为"北方文雄""一代文宗"。

百二关河①草不横，十年戎马暗秦京。
岐阳西望无来信，陇水东流闻哭声。
野蔓有情萦战骨，残阳何意照空城！
从谁细向苍苍②问，争遣蚩尤③作五兵？

【注释】①百二关河：秦地险固，二万人足当诸侯百万人。②苍苍：天。③蚩尤：《史记·五帝本纪》："蚩尤作乱，黄帝征师诸侯，与蚩尤战于涿鹿之野，遂擒杀蚩尤。"

（选自《元好问诗编年校注》，中华书局，2011年版）

【交流之窗】

元好问是金朝最为重要的诗人，他写诗颇得苏辛之风，他的作品记录了金朝后期的战乱，世称"丧乱诗"。金哀宗正大八年（1231），蒙古军攻破了岐阳（今陕西省凤翔县），占据黄河以北地区，长驱直入，所到之处，烧杀抢掠，生灵涂炭。此时，作为南阳县令的元好问，听闻岐阳陷落的消息，内心极为沉痛，这组悲歌体现了作者对国家安危、百姓命运的担忧。这是不是元好问值得我们肯定的品质呢？

论诗（其七）

元好问

慷慨歌谣绝不传，穹庐一曲本天然。
中州万古英雄气，也到阴山敕勒川。

（选自《元好问诗编年校注》，中华书局，2011年版）

【交流之窗】

　　这首诗是元好问对《敕勒歌》的评价。《敕勒歌》是北朝民歌，描绘和平安定的草原风光，格调豪放刚健、粗犷雄浑。元好问非常推崇这首民歌慷慨壮阔深厚的气势，并推举它的浑然天成。其实金代的诗歌与南宋相比，虽然没有如南宋般繁星熠熠，然而其"清刚劲健"的诗风，具有北方人的直爽与真率，正如况周颐所说的那样"深衷大马之风"。

[越调]天净沙·秋

白　朴

白朴（1226—1306以后），原名恒，字仁甫，后改名朴，字太素，号兰谷先生。祖籍陕州。后徙居真定，晚岁寓居金陵，终身未仕。

　　孤村落日残霞，轻烟老树寒鸦①，一点飞鸿影下②。青山绿水，白草红叶黄花。

　　【注释】①寒鸦：天寒归林的乌鸦。②飞鸿影下：雁影掠过。飞鸿：天空中的鸿雁。

（选自《元曲三百首》，中华书局，2016年版）

【交流之窗】

白朴是元曲四大家之一,他的父亲与元好问是世交,金朝灭亡,其父将他托付给元好问抚养,因此,白朴在在诗学方面受到元好问的影响很大。但白朴的作品既有北方的慷慨,又富南方的婉约,这缘于他后期一直在江南生活。这首小令《天净沙·秋》与马致远的《天净沙·秋思》相比,无论写法还是构成的意境都有相似之处。同学们,你们在曲中读到了几种颜色?想一想,这几种颜色的搭配,脑海中出现了一幅什么样的画面呢?

[越调]天净沙·秋思

马致远

马致远(约1251—1321以后),字千里,号东篱,元代著名杂剧家、散曲家,大都人。与关汉卿、郑光祖、白朴并称"元曲四大家。"

枯藤老树昏鸦①,小桥流水人家。古道②西风瘦马。夕阳西下,断肠人在天涯。

【注释】①昏鸦:黄昏时的乌鸦。②古道:古老荒凉的小道。

(选自《元曲三百首》,中华书局,2016年版)

【交流之窗】

马致远是元曲四大家之一,他所处的时代元朝统治者已经开始有意识地任用汉族文士,马致远年少时虽有抱负,然最终壮志难酬,马致远后研习道教,以隐士自居。读罢此曲,眼前便会出现一位漂泊天涯的游子,在萧瑟的秋日黄昏独自置身旅途,落寞孤单,这也是马致远的真实写照。此曲的诸多意象结合一起,萧瑟画面便映然眼前,诗歌寓情于景,情思浓郁,悲凉凄清。

山坡羊①·潼关怀古

张养浩

张养浩（1270—1329），字希孟，号云庄，又称齐东野人，济南人，元代文学家。

  峰峦如聚，波涛如怒，山河表里潼关路②。望西都③，意踌躇。
  伤心秦汉经行处，宫阙万间都做了土④。兴，百姓苦；亡，百姓苦！

  【注释】①山坡羊：曲牌名，是这首散曲的格式。②"山河"句：外面是山，里面是河，形容潼关一带地势险要。③西都：指长安（今陕西西安）。这是泛指秦汉以来在长安附近所建的都城。④"伤心"二句：谓目睹秦汉遗迹，旧日宫殿尽成废墟，内心伤感。伤心：令人伤心的事，形容词作动词。

（选自《张养浩集》，吉林文史出版社，2008年版）

【交流之窗】

  张养浩为官清廉，爱民如子。天历二年（1329），因关中旱灾，他被任命为陕西行台中丞以赈济百姓。此时他正归隐田园，决意不再涉仕途，但听说重召是为了赈济饥民，于是不顾年事已高，毅然应召。救济过程中，他亲睹人民的灾难，感慨叹喟，于是散尽家财，尽心救灾，终因过分操劳而卒于任所。这首《潼关怀古》，便体现了张养浩心系百姓，爱民如子的情怀。

满江红·金陵怀古①

萨都剌

萨都剌（约1307—1359后），字天锡，号直斋，以回鹘人徙居雁门（今山西代县）。元代诗人、画家、书法家。

六代豪华，春去也、更无消息。空怅望、山川形胜，已非畴昔②。王谢堂前双燕子，乌衣巷口曾相识③。听夜深、寂寞打孤城④，春潮急。

思往事，愁如织。怀故国，空陈迹。但荒烟衰草，乱鸦斜日。《玉树》歌⑤残秋露冷，胭脂井坏寒螀泣⑥。到如今、惟有蒋山青，秦淮碧。

【注释】①萨都剌在元文宗至顺三年（1332）调任江南诸道行御史台掾史，移居金陵（今南京市）。该词大约作于此时。②畴昔：从前。③"王谢"二句：乌衣巷，在今南京市东南的秦淮河畔，是东晋时王导、谢安家族的居处地。此二句用刘禹锡《乌衣巷》诗意。④孤城：一座空城。⑤《玉树》歌：即《玉树后庭花》，陈后主为嫔妃所制之歌，人称亡国之音。唐人许浑《金陵怀古》中有"玉树歌残王气终"之句。⑥胭脂井：又名景阳井、辱井，在今南京市鸡鸣山边的台城内。隋兵攻打金陵，陈后主与妃子避入此井，终被隋兵所擒。寒螀（jiāng）：寒蝉。

（选自《萨都剌诗词选译》，凤凰出版社，2011年版）

【交流之窗】

萨都剌先祖是回鹘人，生于雁门，人称"雁门才子"。他曾两任翰林学士，善于写景抒情。他的怀古词颇具特色，此词便是他的怀古之作，意境深沉，情感浓烈，抒情写景，遣词用句，都达到很高的境界。山光水色中，诗人感慨无限，在人事与自然的对立中寻求永恒。繁华富贵，人事如烟，转眼百年，唯有青山常在，碧水常流，不会随着时间改变。

第十一节　粉骨碎身全不怕，要留清白在人间
（明代：复归风雅）

● 本节导读

明代的诗词文学地位进一步衰落。明代诗坛、词坛虽然人数众多，流派纷呈，风格各异，作品丰富，但优秀的诗人、词人并不多，优秀的诗篇也不多。

作为前期的代表诗人，高启、杨基、张羽、徐贲号称"明初四杰"。明代前期诗歌内容上主要以粉饰现实、歌功颂德为能事。最具代表性的是"台阁体"和李东阳为代表的"茶陵诗派"。此时，于谦的诗歌却直抒胸臆，自然天成，令人耳目一新。

明代中期，以李梦阳、何景明为首的"前七子"掀起了一场文学"复古"运动，他们主张"文必秦汉，诗必盛唐"，给明初以来的"台阁体"以沉重的打击，在当时影响很大。但是，他们未能推陈出新，而是盲目尊古，一味拟古，未能将诗歌文学引入正途。继而以李攀龙、王世贞为首的"后七子"在文学上继续鼓吹复古主张，虽然对维护文学的独立地位和强调艺术特征起了极大的作用，但他们依旧效法古人，在拟古的道路上愈走愈远，对诗歌的创新和发展又造成了严重的束缚。

晚明诗坛，徐渭独树一帜，文学创新上有所突破。在这一时期，影响最大的要数以袁宏道为代表的"公安派"，他们主张"独抒性灵"，对明代后期和清代的诗歌创作影响深远。明末爱国诗人陈子龙、夏完淳等在抗击清人的战斗中写下了诸多慷慨之作，为明代诗歌的结尾填上了浓墨重彩的一笔。

与诗歌相似，词到明代已经衰微。明代中叶以后，因为工商业的兴盛和财富的积聚，社会上享乐之风盛行，加上发达的印刷业的发展，《花间集》《草堂诗余》等词集因为迎合了明人崇艳尚情、追求婉媚的审美心理而独盛一时。整个词坛以此为填词范本，形成绮丽婉约、香艳淫靡的风气，词风日下。到了末期，陈子龙、夏完淳、屈大均、王夫之等人的出现，为明末词坛抹上一层亮色，开清代词复兴的先河。

古戍①

刘 基

刘基(1311—1375),字伯温,青田南田人,故称刘青田。元末明初的军事家、政治家、文学家,明朝开国元勋,明洪武三年(1370)封诚意伯,故又称刘诚意。

古戍连山火,新城殷地笳②。
九州犹虎豹,四海未桑麻。
天迥云垂草,江空雪覆沙。
野梅烧不尽,时见两三花。

【注释】①古戍(shù):古老的戍楼。②笳:一种管乐器,古代流行于塞北及西域一带。

(选自《刘伯温集》,浙江古籍出版社,2016年版)

【交流之窗】

刘基辅佐朱元璋成就帝业,被后人比作诸葛亮。朱元璋称他为"吾之子房也"。民间曾广泛流传着"三分天下诸葛亮,一统江山刘伯温;前朝军师诸葛亮,后朝军师刘伯温"的说法。他以神机妙算、运筹帷幄著称于世。刘伯温不仅仅在军事上才华卓著,在文学史上他和宋濂、高启并称"明初诗文三大家"。这首诗中,作者面对着战争给社会带来的灾难,其内心有说不出的悲凉,但他并未失去信心。野地寒梅,偶有两三朵依旧盛开,暗含春天不可阻挡之意,体现了诗人对国家未来的希望和欲重整山河的豪情壮志。

白燕

袁 凯

袁凯（约1310—？），字景文，号海叟，元末明初诗人，以《白燕》一诗负盛名，人称袁白燕。松江华亭人。

故国飘零事已非，旧时王谢见应稀。
月明汉水初无影，雪满梁园尚未归。
柳絮池塘香入梦，梨花庭院冷侵衣。
赵家姐妹①多相忌，莫向昭阳殿里飞。

【注释】①赵家姐妹：指赵飞燕和其妹赵合德，汉成帝时，两人专宠十余年。

（选自《元明清鉴赏辞典》，上海辞书出版社，1994年版）

【交流之窗】

袁凯是朱元璋时的监察御史，因为得罪了朱元璋，后来装疯卖傻，因病被免职归乡。朱元璋坐上皇帝之后，统治严酷，很多开国功臣遭到杀害，朱元璋还创立锦衣卫制度，朝中大臣人人自危。为了逃离政治迫害，袁凯曾装作疯癫，亲食猪食，才躲过朱元璋的猜忌。这首诗歌便是作者的心事之作，面对着柳絮池塘、梨花庭院，白燕生活得很有诗情画意，而诗人却叮嘱白燕：宫中人心复杂，赵氏姊妹颇多猜忌，千万不要飞进宫里。其寓意当暗指朱元璋的猜忌生事，表达诗人不想与统治者合作的情怀。

石灰吟

于　谦

于谦（1398—1457），字廷益，号节庵，明朝名臣、民族英雄，杭州府钱塘县人。

千锤万凿出深山，烈火焚烧若等闲。
粉骨碎身全不怕，要留清白在人间。

[选自《元明清鉴赏辞典（辽·金·元诗歌）》，上海辞书出版社，1994年版]

【交流之窗】

于谦是明代名臣，他一生忠君爱国，廉洁奉公。说到于谦不得不提明代的那段历史，土木堡之变瓦剌俘获明英宗，在于谦的奋力抵抗下取得北京城保卫战的大捷，后来明英宗回来之后重夺皇位，于谦也因此遭到迫害，最终被诬陷而死。这首诗歌家喻户晓，更是托物言志的代表之作。于谦以石灰自喻，表达为国尽忠，不怕牺牲的意愿，并抒发坚守操守、不与世俗同流合污的决心。此诗的价值在于以石灰自喻，即歌咏自己磊落的襟怀和崇高的人格。

桃花庵歌

唐 寅

唐寅（1470—1523），字伯虎，后改字子畏，号六如居士、桃花庵主、逃禅仙吏等，明代画家、书法家、诗人。

桃花坞里桃花庵，桃花庵里桃花仙；
桃花仙人种桃树，又摘桃花换酒钱。
酒醒只在花前坐，酒醉还来花下眠；
半醉半醒日复日，花落花开年复年。
但愿老死花酒间，不愿鞠躬车马前；
车尘马足富者趣，酒盏花枝贫者缘。
若将显者比隐士，一在平地一在天；
若将贫贱比车马，他得驱驰我得闲。
别人笑我忒疯癫，我笑他人看不穿；
不见五陵豪杰墓①，无花无酒锄作田！

【注释】①五陵豪杰墓：五陵是汉代长安城外五个汉代皇帝陵墓所在地，分别是高祖的长陵，惠帝的安陵，景帝的阳陵，武帝的茂陵，昭帝的平陵。这里指叱咤风云的英雄人物都已化为枯骨。

[选自《元明清诗鉴赏辞典（辽·金·元·明卷）》，上海辞书出版社，1994年版]

【交流之窗】

唐寅是明代"吴中四才子"之一，关于吴中四才子你都能说出来吗？唐伯虎诗画成就卓著，然而他的仕途却并不如意，于是他放浪形骸，洒脱不羁。这首诗是他生活的真实写照，桃花与酒，聊度此生，足见他的闲适与傲岸。全诗共描绘了两幅画面，一幅是达官显贵的生活场景，一幅是唐寅自己的生活场景。两幅画面的对比，孰优孰劣由读者自己体会和评定。唐寅有一点陶渊明的风采，二者有哪些相似呢？读罢此诗，可做判断。

秋望

李梦阳

李梦阳（1473—1530），字献吉，号空同子，出生于庆阳府安化县。明代中期文学家，复古派"前七子"的领袖人物。

黄河水绕汉宫墙①，河上秋风雁几行。
客子过壕追野马，将军弢箭射天狼②。
黄尘古渡迷飞挽③，白月横空冷战场。
闻道朔方多勇略，只今谁是郭汾阳④?

【注释】①汉宫墙：实际指明朝当时在大同府西北所修的长城，它是明王朝与鞑靼部族的界限。一作"汉边墙"。②弢（tāo）箭：将箭装入袋中，就是整装待发之意。弢：装箭的袋子。天狼：指天狼星，古人以为此星出现预示有外敌入侵。射天狼：即抗击入侵之敌。③飞挽：快速运送粮草的船只，是"飞刍挽粟"的省说，指迅速运送粮草。④郭汾阳：即郭子仪，唐代名将，曾任朔方节度使，以功封汾阳郡王。

（选自《李梦阳诗选》，人民文学出版社，2009年版）

【交流之窗】

　　李梦阳是明朝的政治人物，也是文坛的前七子之一，他倡导的复古运动对明朝的文坛影响深远。明代弘治年间，西北鞑靼屡次南犯，边境战事频繁。李梦阳出使前线，望见壮阔萧瑟的西北风光，战士士气高傲，然冷月的凄清与战争的紧张形成强烈对比，诗人内心期望以此建功立业又怀有诸多隐忧，情感杂陈，耐人寻味。郭汾阳便是唐朝平定安史之乱的主要人物郭子仪，这里李梦阳提出疑问，谁可以成为如今的郭子仪？是否有几分盛唐边塞的诗风呢？

渡黄河

谢 榛

谢榛（1495—1575），字茂秦，号四溟山人、脱屣山人，山东临清人。明代布衣诗人，为"后七子"之一。

路出大梁城，关河开晓晴。
日翻龙窟①动，风扫雁沙②平。
倚剑嗟身事，张帆快旅情。
茫茫不知处，空外棹歌声。

【注释】①龙窟：即龙宫。②雁沙：即大沙滩，多飞雁在此落脚，故名。

（选自《谢榛全集校笺》，江苏古籍出版社，2003年版）

【交流之窗】

明朝诗坛，以李梦阳、王世贞为首的前后七子倡导文学复古，强调学习秦汉诗歌，称为明代诗歌创作的主流。谢榛便是"后七子"中的一员，他的诗歌律法严谨，古朴雄阔。本诗是谢榛的名作，全诗语言锤炼精妙，尤其是颔联，大气磅礴，感此意境，黄河浪涌，风急流深，河水翻腾，飞沙袭面，波浪滔天的黄河景象尽收眼底，诗歌气势非凡。最后一句同样精彩，最后人乘舟而逝，只留歌声，是否有一点余味无穷的感觉呢？

山阴道①

袁宏道

袁宏道(1568—1610),字中郎,号石公,明公安(今属湖北)人,文学家。与兄袁宗道、弟袁中道并称"三袁"。

钱塘艳若花,山阴芊如草。
六朝以上人,不闻西湖好。
平生王献之,酷爱山阴道。
彼此俱清奇,输他得名早。

【注释】①山阴道:位于绍兴山阴。是一条石板铺砌的驿道,王献之非常喜爱这里,因此而得名山阴道。

(选自《袁宏道集笺校》,上海古籍出版社,2008年版)

【交流之窗】

袁宏道是明代诗坛一个很重要的人物。明代前期主张文学复古,学习古人,却陷入了生硬的模范,很难出新出奇,袁宏道主张文学重在性灵,也就是提倡文学的真性情。他的作品清新俊逸,一洗前后七子的旧尘,为清代的诗词抒发真情提供了依据。袁宏道与他的兄长袁宗道、弟弟袁中道被称为"公安三袁"。这首诗歌明畅轻快,诗人认为山阴道的清奇并不输给早已闻名的西湖,他认为钱塘如明艳的鲜花,而山阴道如柔弱的纤草,二者各具特色,古人都喜欢以这种清幽、奇崛之地,从另一个侧面来映射当下人心的这种浮躁,很有味道。那么如果有机会去西湖,你是否会借机去探访一下这条山阴道呢?

点绛唇·春日风雨有感

陈子龙

陈子龙(1608—1647),字卧子,号大樽。松江华亭(今上海市松江区)人。明末著名诗人、词人。

满眼韶华,东风惯是吹红去。几番烟雾,只有花难护。

梦里相思,故国王孙路①,春无主。杜鹃啼处,泪染胭脂雨。

【注释】①王孙:对尊礼、思慕者的称呼,如淮南小山招隐士的"王孙游兮不归",这里疑指鲁王、唐王。

(选自《陈子龙全集》,人民文学出版社,2011年版)

【交流之窗】

明朝末年,风云飘摇,我想不仅仅是明朝万历之后的几代帝王的无能,更是一种大势所趋,明朝崇祯皇帝也无力回天,只能无奈地自杀殉国。陈子龙是崇祯十年进士,生活于明清易代之际,他目睹国家衰败,清兵屠戮,他坚持抗清,最后被捕,投水殉国。明末之后,很多文士虽然呼吁抗清,然真正如陈子龙这般舍身成仁的豪士并不多,因此陈子龙被后人敬仰的除了其作品外更多的还是他的品质。陈子龙作为云间三子之一,长于律诗,作词以婉约取胜。此词便代表了他的风格,含蓄蕴藉,花开正红,遭遇狂风摧残,词作借惜花怀人,正是国家遭际的真实写照。作者心系大明王朝,不断提及明代王孙,正是将复国希望寄托在他们身上,可惜,陈子龙的愿望并未实现。全诗寄托了作者的亡国哀痛与复国之思。

第十二节　三百六级登其巅，一城烟水来眼前
　　　　　（清代：诗词中兴）

● 本节导读

　　清朝诗词文学多元发展，兼容并包，其继承了各代文学的成果，先后形成许多不同风格的诗派、词派，将诗词这两种在明朝已经式微的文体重新复兴。另外，不同地区、民族因互动而呈现出语言风格多样化之文学面貌，在古体诗、近体诗、词、曲中都有所体现。

　　清初的诗坛上，钱谦益、吴伟业是遗民诗人的代表，其作品成就很高，又因为其情感多抒发内心的苦闷和矛盾，颇有时代特色，他们和龚鼎孳被称为"江左三大家"。从康熙初期到中期，虽然抗清武装斗争尚未停歇，但明朝灭亡大势已定，清政府又不断加强对汉族文人的笼络，坚持反清立场的"遗民"们虽然仍不甘心于这种历史巨变，但社会的心理早已发生了变化。诗人王士祯便是适应了这种变化而成为一代诗坛领袖。清初词坛便呈复兴之势，作为代表的三大家更是成就斐然，其中阳羡词派的代表人物陈维崧、浙西词派的代表人物朱彝尊以及作为清朝贵胄的纳兰性德，在清词的发展中都起到了举足轻重的作用。

　　清朝中期，从康熙后四十年（约从1682年算起）到道光朝"鸦片战争"（1840）发生前后158年的时间，正是清代的全盛时期。这一时期诗人、词人最多，诗歌发达，涌现出了一大批诗人、词人。如蒋春霖、项鸿祚等等。康熙皇帝的诗作虽然文学艺术价值不高，但大量的创作也反映了当时的一种风气。

　　清朝后期，一般指从"鸦片战争"到"辛亥革命"（1911）这段时间。清朝末期，由于西方势力的入侵，诗词创作者不再停留于关注自己的生活，一洗清中期"乾嘉诗"重咏物、重情趣的风气，表现民生疾苦、救国救民的诗词成为一时的主调。

　　清代文学的诗词并盛，其名章隽句不胜枚举，但其成就和唐宋相比，虽然有前进的地方，但比唐宋仍有差距。清代的政治条件不如唐宋，并不是清代诗人的聪明才力不如前人。

贺新郎·病中有感

吴伟业

吴伟业（1609—1672），字骏公，号梅村，别署鹿樵生，江苏太仓人。明末清初著名诗人。

万事催华发。论龚生、天年竟夭①，高名难没。吾病难将医药治，耿耿胸中热血。待洒向、西风残月。剖却心肝今置地，问华佗解我肠千结。追往恨，倍凄咽。

故人慷慨多奇节②。为当年、沉吟不断，草间偷活③。艾灸眉头瓜喷鼻④，今日须难诀绝。早患苦、重来千叠。脱屣妻孥非易事⑤，竟一钱不值何须说⑥！人世事，几完缺？

【注释】①龚生：即龚胜。据《汉书·龚胜传》载，西汉末期的龚胜，在王莽篡汉以后，拒绝新朝的征召，绝食而死。夭：早死。②"故人"句：作者过去的朋友都慷慨就义，为国尽节了。③草间偷活：王敦叛逆，有人劝周𫖮一避。周𫖮正色道："吾备位大臣。朝经丧败，宁可复草间求活，外投胡越邪！"（《晋书·周𫖮传》）④艾灸：中医灸术之一，即将艾绒搓成上尖下平的圆锥体，在患处燃灸。瓜喷鼻，一种医法，即把瓜蒂放在黄热病人的鼻端，使病人吸之，可以通气。⑤脱屣：即脱鞋，比喻很容易的事。屣：鞋子。⑥"竟一钱"句：《史记·魏其武安侯列传》载灌夫说："生平毁程不识不直一钱。"何须说，何必说。

（选自《吴梅村词笺注》，上海古籍出版社，2008年版）

【交流之窗】

吴伟业是崇祯进士，与钱谦益和龚鼎孳并称"江左三大家"。明朝灭亡，吴伟业并未如陈子龙等人誓死抗清，在一番挣扎之后选择出仕新朝。吴伟业其实也是陷于两难，如果不出仕新朝，家人便会遭到荼毒，自古忠孝难两全，面对这样的抉择，吴伟业选择了向清人妥协，作为当时的大学士，吴伟业的变节遭到了众人的唾骂。吴伟业一生陷入这种痛苦之中，这首词描绘的便是他进退失据而致后半生自艾自怨的心境，家事之变、身世之感与时事之慨交融于一体，交织着痛苦与悔恨，感慨深挚，反映特定历史条件下的一批"变节"文人的心态，因此吴伟业被誉为"本朝词家之领袖"。相比于钱谦益，我更喜欢吴伟业的真性情，钱谦益在明朝灭亡后也曾带领文坛抗击清廷，但当要以死殉节，又说出了"今天水太凉，不宜投河"时，他的懦弱较之于吴伟业更为虚伪。

南乡子·邢州①道上作

陈维崧

陈维崧（1625—1682），字其年，号迦陵，江苏宜兴（今属江苏）人。明末清初词坛第一人，阳羡词派领袖。

秋色冷并刀②，一派酸风卷怒涛③。并马三河年少客④，粗豪，皂栎林中醉射雕。

残酒忆荆高⑤，燕赵悲歌⑥事未消。忆昨车声寒易水⑦，今朝，慷慨还过豫让⑧桥。

【注释】①邢州：河北邢台。②并刀：古并州（山西北部）一带出产的刀具，以锋利著称。③一派：一片。酸风：辛辣刺眼之风。④三河年少客：指好气任侠之辈。三河谓河东、河内、河南，在河南省北部、山西省南部一带。⑤荆高：荆指荆轲，高指高渐离。⑥燕赵悲歌：指荆高送别事。⑦易水：河名，在河北易县附近。⑧豫让：春秋末期晋国人，为智伯家臣。后韩、赵、魏三家分晋，智伯瑶为赵襄子所灭。豫让乃易姓埋名，漆身吞炭，数次谋刺赵襄子，不遂，自刎而亡。

（选自《陈维崧选集》，上海古籍出版社，1994年版）

【交流之窗】

陈维崧与朱彝尊齐名，是阳羡派的代表人物，其词风格上更倾豪放。二人代表了清初词坛的一股新势力，豪放与婉约并行，围绕二人的词作风格的两个词派更是给清代词学奠定了很高的基调。本词描写了并州秋景以及骑马射雕的英姿少年,也因此追忆起三河一带的历史人物。自古燕赵多慷慨悲歌之士,诗人遂写到了几位历史人物——荆轲、高渐离、豫让,都赋予了赞赏之情,表达了对他们的深深敬仰。

桂殿秋①·思往事

朱彝尊

朱彝尊(1629—1709),字锡鬯,号竹垞(chá)。浙江秀水(今浙江嘉兴)人。清代文学家、学者,为"浙西词派"的创始人。

思往事,渡江干②。青蛾③低映越山看。共眠一舸④听秋雨,小簟轻衾⑤各自寒。

【注释】①桂殿秋:词牌名,取自唐李德裕送神迎神曲的"桂殿夜凉吹玉笙"句。单调,二十七字,平韵。②干,即岸,江边。③青蛾:古代女子用青黛画眉,眉形细长弯曲如蚕蛾的触须,故称青蛾。越山:嘉兴地处吴越之交,故云。④舸:小船。⑤簟(diàn):竹席。衾:被子,轻衾即薄被。

(选自《朱彝尊诗词选注》,上海古籍出版社,1988年版)

【交流之窗】

朱彝尊是清初词坛的代表人物,其"浙西词派",受到姜夔诗风的影响,主张清空。《桂殿秋》还有一段本事,顺治六年(1649),朱彝尊随岳父从练浦迁居王店途中,相恋自己的妻妹,这首词,便是对妻妹的怀念和爱恋。仅二十七字的小令,从白天写到晚上,写尽了词人微妙之心理活动。这种隐晦的爱意,含而不露,从视觉、听觉、肤觉中表现出来,诸种感觉集中,心中情感错综,五味杂陈。最后两句中的有几个词值得玩味,"共""一""各自",这几个词在表达这种微妙的情感时具有什么样的作用呢?

采桑子·塞上咏雪花

纳兰性德

纳兰性德(1655—1685),字容若,满洲正黄旗人,原名成德,避太子保成讳改名为性德。号楞迦山人。清朝著名词人。

非关癖爱轻模样,冷处偏佳。别有根芽。不是人间富贵花。
谢娘别后谁能惜,飘泊天涯①。寒月悲笳,万里西风瀚海沙②。

【注释】①"谢娘"二句:谢娘,指晋代王凝之的妻子、才女谢道蕴。这里是说雪花在天涯飞扬,它虽不是富贵之花,却实诚可爱,但又有谁怜惜它呢?②瀚海:谓沙漠。

(选自《饮水词校笺》,中华书局,2005年版)

【交流之窗】

纳兰性德是清初大学士纳兰明珠长子,属满洲正黄旗,又是皇帝身边二等护卫,可以说是贵气逼人,前途无量。而这样一位清朝贵胄却有着别样的心绪,他不喜富贵,雅好诗词,与汉族文人结交,关系甚笃。写作诗词,皆出自性灵,抒发真情,以情动人,王国维称他为以自然之眼观世界。在清初他的词名颇盛,与朱彝尊、陈维崧鼎立词坛。他的词作广为流传,更流传这一句"家家争唱饮水词,纳兰心事几人知?"看一下这首词,我们对纳兰便会有一定的了解。这是一首咏雪词,是作者陪同康熙皇帝出巡塞外时所作。词作借用谢道韫咏雪的典故,抒发了对雪花与众不同的爱惜,也是以雪自比,表达了自己不慕富贵,追求高洁品质的愿望。纳兰就是一位这样的"别有根芽"的满族才子,怪不得会有人认为《红楼梦》是纳兰的家世说,并认为纳兰是贾宝玉的原型呢。

杂感

黄景仁

黄景仁(1749—1783)，字汉镛，一字仲则，号鹿菲子，江苏武进（今常州）人，清代诗人。

仙佛茫茫两未成，只知独夜不平鸣。
风蓬①飘尽悲歌气，泥絮②沾来薄幸③名。
十有九人堪白眼，百无一用是书生。
莫因诗卷愁成谶④，春鸟秋虫自作声。或戒以吟苦非福，谢之而已。

【注释】①风蓬：蓬草随风飘转，比喻人被命运拨弄，踪迹不定。②泥絮：被泥水沾湿的柳絮，比喻不会再轻狂。③薄幸：对女子负心。④谶：预言吉凶得失的文字、图记。

（选自《两当轩集》，上海古籍出版社，1983年版）

【交流之窗】

　　黄景仁是一位苦吟诗人，他是黄庭坚的后裔，生于乾隆年间，年少成名，但是家道中落，父亲早逝，只能依赖母亲养育成人。他屡次乡试不中，其一生短暂，然大都是在贫病愁苦中度过的。他所作诗歌，除了抒发穷愁不遇、寂寞凄苦的情怀，也常常发出对人世间不平的感慨。他的"苦吟"之作，悲凉满怀，读之令人泣下。读完这首诗，你应该知道"百无一用是书生"出自何处了吧！

减字木兰花·春夜闻隔墙歌吹声

项鸿祚

项鸿祚(1798—1835),原名继章,后改名廷纪,字莲生,浙江钱塘人,清代词人。与龚自珍合称"西湖双杰"。

阑珊①心绪,醉倚绿琴相伴住。一枕新愁,残夜花香月满楼。
繁笙脆管,吹得锦屏春梦远。只有垂杨,不放秋千影过墙。

【注释】①阑珊:衰残。此处形容人物情绪。

(选自《忆云词》,华东师范大学出版社,2009年版)

【交流之窗】

项鸿祚是道光时期的举人,一生未第,穷困潦倒。项鸿祚与龚自珍合称"西湖双杰"。他的词风凄婉,与纳兰性德较为接近。本词是他词作风格的代表之作,残夜花香,月满西楼之时,词人酒后抚琴,自恨并无知音相伴,隔墙传来丝竹管弦,让他难于入眠。词作采用对比的手法,细腻地抒写了作者此时的满怀愁绪,意境清新,情思缠绵。想想纳兰性德的作品,是否与此有着异曲同工之妙呢?

己亥杂诗

龚自珍

龚自珍（1792—1841），一名巩祚，字璱（sè）人，号定盦（ān），浙江仁和（今杭州）人。清代思想家、诗人、文学家。

陶潜诗喜说荆轲①，想见停云②发浩歌。
吟到恩仇心事涌，江湖侠骨恐无多。

【注释】①陶潜（365或372或376—427）：又名渊明，字元亮，浔阳柴桑（今江西九江市西南）人，东晋著名诗人，曾官彭泽令，后弃官归隐，以诗酒自娱，世称靖节先生。有《陶渊明集》。荆轲：战国时著名刺客，受燕太子丹委托入秦刺杀秦王嬴政，未遂被杀。陶潜有《咏荆轲》诗。②停云：陶潜有《停云诗》四章。

[选自《元明清诗鉴赏辞典（清·近代卷）》，上海辞书出版社，1994年版]

【交流之窗】
　　提到龚自珍，你一定会想到那个大声疾呼"我劝天公重抖擞，不拘一格降人才"的清代改良主义的先驱。龚自珍的诗歌敢于揭露黑暗，又充满着爱国情怀。他的身上有着一份传统文人与侠士相结合的柔肠，当国家浩劫，自有英雄出现，拯救国运。然而历史的巨轮有时并非那么相似，这种江湖侠骨，在作者看来，却并非如他希望的那般涌现出来，诗人不禁感伤失望，而每当读到古人的事迹时，便又会悲从中来，慨然伤怀不能自已。

虞美人·水晶帘卷澄浓雾

蒋春霖

蒋春霖(1818—1868),晚清词人。字鹿潭,江苏江阴人,寄籍大兴。与纳兰性德、项鸿祚有"清代三大词人"之称。

　　水晶帘卷澄浓雾,夜静凉生树。病来身似瘦梧桐,觉道一枝一叶怕秋风。

　　银潢①何日销兵气?剑指寒星碎。遥凭南斗②望京华,忘却满身清露在天涯。

　　【注释】①银潢:银河。化自杜甫《洗兵马》:"安得壮士挽天河,尽洗甲兵长不用!"②南斗:即斗宿,南斗六星。

（选自《水云楼诗词笺注》,上海古籍出版社,2011年版）

【交流之窗】

　　蒋春霖被清人称为"倚声家之老杜",能够和杜甫相比,可见他的实力。蒋春霖重视词的作用,记录了太平天国扫荡江南时士大夫的流离之苦,书写了一段太平天国时期的记忆。他亲历战乱,漂泊江淮之间,心境悲凉至极。谭献称赞他"与成容若(纳兰性德)、项莲生(项鸿祚),二百年中,分鼎三足",可见对他的评价之高。

临江仙·和子珍

谭　献

谭献（1832—1901），字仲修，号复堂，原名廷献，字涤生。浙江仁和（今杭州）人。清末词人、学者。

芭蕉不展丁香结，匆匆过了春三①。罗衣花下倚娇憨。玉人吹笛，眼底是江南。

最是酒阑人散后，疏风拂面微酣。树犹如此我何堪②？离亭杨柳，凉月照毵毵③。

【注释】①春三：春季的第三个月。②"树犹"句：《世说新语》载桓温北征，见旧日所栽柳已十围，慨叹："木犹如此，人何以堪！"③毵毵：枝条细长貌。

（选自《复堂词》，华东师范大学出版社，2010年版）

【交流之窗】

谭献是同治六年（1867）的举人。他勤于治学，极力推尊词体，强调词要有寄托，其词的内容多抒发士大夫的情趣，风格含蓄，擅长小令。本词是一首惜春之作，匆匆春又归去，听着悠悠管笛，诗人于是产生了伤春的愁绪，又因为酒阑人散，独自一人空对着离亭凉月，此恨更是难填！词人既伤春去，又怨别离，更感叹年华易逝，惆怅之情，溢于言表。

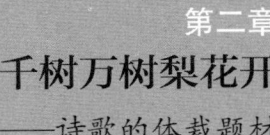

第二章
千树万树梨花开
——诗歌的体裁题材

⊙ 秦秋寒印

中国古代诗歌的体裁包括诗、词、曲。

诗，包括古体诗和近体诗。古体诗，包括古诗（唐以前的诗歌）、楚辞、乐府诗。"歌""行""引""曲""吟"等古诗体裁的诗歌也属古体诗。古体诗不讲对仗，押韵较自由。古体诗的发展轨迹是：由《诗经》到楚辞到汉赋再到汉乐府再到魏晋南北朝民歌再到建安诗歌以及陶诗等文人五言诗，最后是唐代的古风、新乐府。近体诗，包括律诗和绝句。

词，又称为诗余、长短句、曲子、曲子词、乐府等。词的形式特点是调有定格，句有定数，字有定声。字数不同可分为长调（91字以上）、中调（59—90字）、小令（58字以内）。词有单调和双调之分，双调就是分两大段，两段的平仄、字数是相等或大致相等的，单调只有一段。词的一段叫一阕或一片，第一段叫前阕、上阕或上片，第二段叫后阕、下阕或下片。

曲，又称为词余、乐府。曲一般指元曲，包括散曲和杂剧。散曲兴起于金，兴盛于元，体式与词相近。曲的形式特点是可以在字数定格外加衬字，较多使用口语。散曲包括小令、套数（套曲）两种。套数是连贯成套的曲子，至少是两曲，多则几十曲。每一套数都以第一首曲的曲牌作为全套的曲牌名，全套必须同一宫调。曲无宾、白、科介，只供清唱。

中国古代诗歌的题材可分为几类：山水田园诗，歌咏山水名胜、描写自然景色的抒情诗歌。古代有些诗人由于不满现实，常寄情于山水，通过描绘江湖风光、自然风景寄寓自己的思想感情。这类诗常将要抒发的情感寄寓在所描写的景物之中，这就是人们常说的寓情于景。其风格清新自然。边塞征战诗，描写边塞风光和戍边将士的军旅生活，或抒发乐观豪迈或相思离愁的情感，风格悲壮雄浑，笔势豪放。咏史怀古诗，以历史典故为题材，或表明自己的看法，或借古讽今，或抒发沧桑变化的感慨。离情送别诗，借写与朋友、爱人离别场景，抒发离别之情，寄托个人感慨。羁旅思乡诗，主要写客居他乡的游子漂泊凄凉孤寂的心境以及对家乡、亲人的思念。托物言志诗，诗人对所咏之物的外形、特点、神韵、品格进行描摹，以寄托诗人自己的感情，表达诗人的精神、品质或理想。

在体裁、题材方面掌握诗歌，能使我们迅速融入诗歌意境，并为能进一步从诗歌的历史进程中认识诗歌提供依据。

第一节　路漫漫其修远兮，吾将上下而求索（古体诗）

● 本节导读

古体诗是与近体诗相对而言的诗体。之前已经介绍了，古体诗格律自由，不拘对仗、平仄，押韵较宽，篇幅长短不限。古体诗的形式有四言、五言、六言、七言体和杂言体。

四言诗，在近体诗中已经不存在了，虽不加"古"字，但不言而喻，就知道是古体诗。《诗经》中收集的上古诗歌以四言诗为主。本节选录的《北风》就是一例。

五言和七言古体诗作较多，简称五古、七古。五古最早产生于汉代。《古诗十九首》都是五言古诗。汉代以后，写五言古诗的人很多。南北朝时的诗大都是五言的，唐代及其以后的古体诗中五言的也较多。而七古的产生可能早于五古。但在唐代以前不如五古多见。到了唐代，七古大量地出现，唐人又称七古为长句。

杂言诗也是古体诗所独有的。诗句长短不齐，有一字至十字以上，一般为三、四、五、七言相杂，而以七言为主，故习惯上将其归入七古一类。《诗经》和汉乐府民歌中杂言诗较多。汉魏以来乐府诗配合音乐，有歌、行、曲、辞等。唐人乐府诗多不合乐。唐宋时代的杂言诗形式多种多样：有七言中杂五言的，如李白的《行路难》；有七言中杂三言、五言的，如李白的《将进酒》；有七言中杂二言、三言、四言、五言以至十言以上的，如杜甫的《茅屋为秋风所破歌》；有以四言、六言、八言为主杂以五言、七言的，如李白的《蜀道难》。

此外，古绝句在唐时也有作者，都属古体诗范围。古体诗在发展过程中与近体诗有交互关系，南北朝后期出现了讲求声律、对偶但尚未形成完整的格律，介乎古体、近体之间的新体诗。唐代一部分古诗有律化倾向，乃至古体作品中常融入近体句式。但也有些古诗作者有意识地与近体相区别，多用拗句，间或用散文来避律。

总的说来，古体诗的形式很精致，语言精练含蓄，用词非常形象，追求的是意与境的和谐统一，又具有开放性，很值得后人流传与诵读。

击壤^①歌

《论衡·感虚篇》

日出而作^②，日入而息。
凿井而饮，耕田而食。
帝力^③于我何有^④哉！

【注释】①壤：据论是古代儿童玩具，以木做成，前宽后窄，长一尺多，形如鞋。玩时，先将一壤置于地，然后在三四十步远处，以另一壤击之，中者为胜。②作：劳动。③帝力：尧帝的力量。④何有：有什么（影响）。

（选自《先秦诗鉴赏辞典》，上海辞书出版社，1998年版）

【交流之窗】
　　远古先民用极口语化的方式吟唱出这首淳朴的民谣。读一读它，你能体会到诗歌源自哪里吗？它是不是充满了生活气息，仿佛不假思索，顺口而出的"诗"？

祝某夫人

曾　熙

曾熙（1861—1930），中国杰出的书法家、画家、教育家，海派书画领军人物。

惟母德，推贤良。应时兴，令誉彰。
临九疑，望潇湘。祈母寿，福无疆。

（选自《刘公坡学诗百法　学词百法》，吉林人民出版社，2013年版）

【交流之窗】

孝行天下，我们自古就是一个讲求孝义的民族。这首诗的目的是祝寿，但是想一想，它还写了什么内容？当"母亲"听到这朗朗上口的祝寿诗时，她内心会想到什么呢？

北风

《诗经·国风·邶风》

北风其凉，雨雪其雱①。惠②而好我，携手同行③。其虚其邪④？既亟只且⑤！

北风其喈⑥，雨雪其霏⑦。惠而好我，携手同归。其虚其邪？既亟只且。

莫赤匪狐⑧，莫黑匪乌。惠而好我，携手同车。其虚其邪？既亟只且。

【注释】①雨（yù）雪：下雪。雨：作动词。雱（pāng）：雪盛貌。②惠：爱也。③同行：和"同归""同车"一样，都是一起到较好的他国去的意思。④虚邪：宽貌。一说徐缓。邪：通"徐"。⑤既：已经。亟（jí）：急。只且（jū）：作语气助词。⑥喈（jiē）：疾貌。一说寒凉。⑦霏：雨雪纷飞。⑧莫赤匪狐：没有不红毛的狐狸。莫：无，没有。匪：非。狐狸、乌鸦比喻坏人。一说古人将狐狸比喻为男性伴侣，将乌鸦视为吉祥鸟。

（选自《先秦诗鉴赏辞典》，上海辞书出版社，1998年版）

【交流之窗】

本诗出自中国古代第一部诗歌总集《诗经》，是一首反映贵族逃亡的诗。全诗三章，善用复沓叠韵，使得结构紧凑，写景即渲染雪势盛大，写事即强调局势危急。诗中的比兴手法更是耐人咀嚼。

九歌·东皇太一

屈 原

吉日兮辰良，穆将愉兮上皇①。抚长剑兮玉珥②，璆锵鸣兮琳琅③。
瑶席兮玉瑱④，盍将把兮琼芳⑤。蕙肴蒸兮兰藉⑥，奠桂酒兮椒浆⑦。
扬枹兮拊鼓⑧，疏缓节兮安歌⑨。陈竽瑟兮浩倡⑩。
灵偃蹇兮姣服⑪，芳菲菲兮满堂⑫。五音纷兮繁会⑬，君欣欣兮乐康⑭。

【注释】①穆：尊敬。将：即将，将要。愉：快乐。上皇：东皇太一。②抚：持，握。珥：剑柄。③璆（qiú）：玉碰击的声音。琳琅：美玉，也解作玉器相碰的声音。④瑶：一种可以编草席的香草。瑱（zhèn）：通"镇"。用来压席的玉。⑤盍（hé）：通"合"。将、把：动词，拿着，握着。琼芳：洁白，芳香的鲜花。⑥蕙、兰、桂、椒：都是香草的名称。肴蒸：整只牛羊的祭品。藉：垫衬。⑦奠：祭献。浆：薄酒。⑧扬：举起。枹（fú）：鼓槌。拊：敲击。⑨疏缓：从容而缓慢。节：节奏，节拍。安歌：悠扬、自然、安详的歌声。⑩陈：陈列。竽：一种管乐器。瑟：古琴，一种弦乐器。浩：盛大，隆重。倡：同"唱"。⑪灵：在《九歌》中有时指巫，有时指神，有时又指"自称神已附在身上的巫"，是神巫合一的实体。这里属于后一种。偃蹇：这里是形容舞姿翩翩，轻盈而连绵。姣：美好，漂亮。⑫菲菲：浓郁，繁盛。⑬五音：本是指宫、商、角、徵、羽五声。这里泛指音乐。繁会：各种音乐互相配合，交响合奏。⑭君：指神，即东皇太一。

（选自《楚辞》，中华书局，2009年版）

【交流之窗】

提到屈原，人们不禁会联想到他的《离骚》，殊不知，《九歌》才是屈赋中最精妙绝伦、最富魅力的篇章。它由《东皇太一》《云中君》《湘君》《湘夫人》《大司命》《少司命》《国殇》《礼魂》《东君》《河伯》《山鬼》十一首抒情短诗组成。有对宗祖英雄的赞誉，有对山川风物的颂扬，有对神祇史说的敬祝，这一篇篇荡气回肠的诗文无不浸透着诗人放逐南楚沅湘之间的复杂思绪。作为一首迎神的抒情短诗《东皇太一》，它表达了人们对春神的敬重、欢迎与祈望。虽然篇幅短小，却生动地展现了祭神的整个过程和场面,洋溢着热烈、隆重、虔诚的气氛。尝试把这首诗翻译成现代汉语,比较并体会一下与原诗的不同吧。

气出唱(其一)

曹 操

驾六龙,乘风而行。行四海外,路下之八邦。历登高山临溪谷,乘云而行。行四海外,东到泰山。仙人玉女①,下来翱游。骖驾六龙饮玉浆②。河水尽,不东流。解愁腹,饮玉浆。奉持行,东到蓬莱山,上至天之门。玉阙下,引见得入,赤松相对,四面顾望,视正焜煌③。开玉心正兴,其气百道至。传告无穷闭其口,但当爱气寿万年。东到海,与天连。神仙之道,出窈入冥④,常当专之。心恬澹⑤,无所愒欲。闭门坐自守,天与期气。愿得神之人,乘驾云车,骖驾白鹿,上到天之门,来赐神之药。跪受之,敬神齐。当如此,道自来。

【注释】①玉女:神话中的华山神女。②骖(cān)驾:三匹马驾的车子,泛指车马。玉浆:神话传说中的仙人饮料。③焜(kūn)煌:辉煌。④窈:深远。入冥:犹言上青天。⑤恬(tián)澹(dàn):清静淡泊。

(选自《曹操集》,中华书局,1974年版)

【交流之窗】

曹操既是三国时卓越的军事家,也是魏晋时期重要的诗人。读一读,诗歌表面是写求仙慕道,但你能不能在诗中体会出他作为一位军事家政治家的理想?诗人以真挚的情感,雄浑的气韵,借游仙题材表现了自己对宇宙、对人生的积极旷达的态度以及浪漫主义情怀。

古风五十九首（其一）

李 白

　　大雅久不作，吾衰竟谁陈①？王风委蔓草，战国多荆榛②。龙虎相啖食，兵戈逮狂秦③。正声何微茫，哀怨起骚人④。扬马激颓波，开流荡无垠⑤。废兴虽万变，宪章亦已沦⑥。自从建安来，绮丽不足珍⑦。圣代复元古。垂衣贵清真⑧。群才属休明。乘运共跃鳞⑨。文质相炳焕，众星罗秋旻⑩。我志在删述，垂辉映千春⑪。希圣如有立，绝笔于获麟⑫。

　　【注释】①大雅：《诗经》之一部分。此代指《诗经》。作：兴。吾衰：《论语·述而》："子曰：甚矣，吾衰也。"陈：《礼记·王制》："命太史陈诗以观民风。"②王风：《诗经·王风》，此亦代指《诗经》。委蔓草：埋没无闻。此与上句"久不作"意同。多荆榛：形容形势混乱。③龙虎：指战国群雄。啖食：吞食，此指吞并。兵戈：战争。逮：直到。④正声：雅正的诗风。骚人：指屈原。⑤扬马：指汉代文学家扬雄、司马相如。⑥宪章：本指典章制度，此指诗歌创作的法度、规范。沦：消亡。⑦建安：东汉末献帝的年号（196—220），当时文坛作家有三曹、七子等。绮丽：词采华美。⑧圣代：此指唐代。元古：上古，远古。垂衣：《易·系辞下》："黄帝、尧、舜垂衣裳而天下治。"意谓无为而治。清真：朴素自然，与绮丽相对。⑨"群才"句：文人们正逢休明盛世。属：适逢。跃鳞：比喻施展才能。⑩"文质"句：意谓词采与内容相得益彰。秋旻：秋天的天空。⑪删述：《尚书序》："先君孔子……删《诗》为三百篇，约史记而修《春秋》，赞《易》道以黜《八索》，述职方以除《九丘》。"⑫希圣：希望达到圣人的境界。获麟：《春秋·哀公十四年》："西狩获麟，孔子曰'吾道穷矣'。"传说孔子修订《春秋》，至此搁笔不复述作。因为他认为麒麟出非其时而被猎获，不是好兆。以上四句意谓：李白欲追步孔子，有所述作，以期后垂名不朽。

（选自《唐诗大辞典》，凤凰出版社，2003年版）

【交流之窗】

　　李白推崇儒家思想,在政治上表现为功业欲望,在文学上则表现为复古精神,此诗对这一思想的表述最为集中。全诗一韵到底,一唱三叹,闲雅中蕴藉悲凉,大气中富有坚决,反复吟咏,你一定会有"笔落惊风雨,诗成泣鬼神"体会的。

第二节　庄生晓梦迷蝴蝶，望帝春心托杜鹃
　　　　　　（近体诗）

● 本节导读

　　近体诗亦称"今体诗"，是唐代形成的律诗和绝句的通称，同上一节所言古体诗相对而言。句数、字数和平仄、押韵等都有严格规定。近体诗这一叫法在中国明代就已经非常流行，例如明人董其昌《袁伯应诗集序》："今秋，伯应（袁可立子袁枢）自睢阳寄近体诗一帙，亦以重九至，且属余序。"

　　近体诗从句式上说有五言、七言之分；从篇幅上说有律诗、绝句两种。律诗分五律、七律两种。全诗共四联，头两句叫首联，第三、第四句叫颔联，第五、第六句叫颈联，第七、第八句叫尾联。中间两联要求对仗。第二、第四、第六、第八句尾要押韵，通常押平声韵。

　　关于近体诗的发展，是由南朝发端，刘宋时鲍照、颜延之、谢灵运等人尝试调节平仄，彰显韵律，称为"元嘉体"。萧齐时，格律逐渐严格，沈约、谢朓、任昉等"竟陵八友"为其代表，称为"永明体"，至初唐时，近体诗形式方才大致告成。到沈佺期、宋之问二人，律诗格律才算完成。沈佺期擅长七律，宋之问则长于五律，而后对押韵、平仄及对仗样式讨论，已渐趋一致。初唐文风华靡唯美，仍有六朝遗风。陈子昂、张九龄力转流行，逐渐建立唐人诗风。

　　初唐时期，格律与风格皆逐渐形成新体，进入盛唐时期，遂成为中国古典诗歌的黄金时期。所谓黄金时期，乃专就形式美感与抒情风格而言，这也是许多论者所以为唐诗的特色。盛唐时期，边塞、田园等风格、题材极盛，王维、孟浩然为田园自然诗风代表；岑参、高适、王之涣等人则长于边塞题材。

　　盛唐极致，则属诗仙李白、诗圣杜甫。

度大庾岭

宋之问

宋之问（约656—约713），字延清，名少连，汾州（今山西汾阳）人，一说虢州弘农（今河南灵宝）人。初唐时期著名诗人，与沈佺期并称"沈宋"。

度岭方辞国①，停轺②一望家。
魂随南翥鸟③，泪尽北枝花④。
山雨初含霁⑤，江云欲变霞。
但令归有日，不敢恨长沙⑥。

【注释】①辞国：离开京城。国：国都，指长安。②轺（yáo）：只用一马驾辕的轻便马车。③南翥（zhù）鸟：前人有过三种解释：一说泛指南飞的鸟；一说指鹧鸪，引起行人的惆怅；又一说是大雁。翥：鸟向上飞举。④北枝花：大庾岭北的梅花。⑤霁：雨（或雪）止天晴。⑥长沙：用西汉贾谊故事。谊年少多才，文帝欲擢拔为公卿。因老臣谗害，谊被授长沙王太傅。

（选自《沈佺期宋之问集校注》，中华书局，2001年版）

【交流之窗】

此诗表达了作者对被贬边远之地的不满情绪，以及盼望有朝一日得以赦免回京的心情。全诗感情真挚，情景交融，阅读时好好体会第二、第三联的景物描写，想想为什么"我"离开京城，心怀不满，路途所见的景致却如此优美？作品还表现了其他的情绪吗？

遥同杜员外审言过岭①

沈佺期

沈佺期(约656—713),字云卿,相州内黄(今河南内黄西)人。唐代诗人。与宋之问齐名,称"沈宋"。

天长地阔岭头分,去国离家见白云。
洛浦②风光何所似?崇山瘴疠不堪闻。
南浮涨海人何处?北望衡阳雁几群。
两地江山万余里,何时重谒圣明君。

【注释】①本诗是沈佺期和(hè)杜审言二人同作。两人都于705年被流放岭南。审言先起程过大庾岭去峰州,佺期随后也过大庾岭去驩州。②洛浦:洛水之滨,这里指唐东都洛阳。

(选自《沈佺期宋之问集校注》,中华书局,2001年版)

【交流之窗】

这是一首七言律诗,它不同于那些应制之作,在初唐律诗之中颇具代表性,没有绮丽之风,虽有"明君"之言,却无谄媚语气,非常朴实自然。我们不妨结合全诗,想象诗人所见所感,深入体会被流放过程中诗人的艰辛和思念。

独坐敬亭山

李 白

众鸟高飞尽，孤云独去闲①。
相看两不厌②，只有敬亭山。

【注释】①独去闲：独去，独自去。闲：形容云彩飘来飘去，悠闲自在的样子。②两不厌：指诗人和敬亭山相对而言。厌：满足。

（选自《唐诗别裁集》，上海古籍出版社，1979年版）

【交流之窗】

这首五言绝句，字数极少，内涵极丰，是李白表现自己精神世界的佳作，表面是写独游敬亭山的情趣，而其深含之意则是诗人生命历程中旷世的孤独感。诗人充满了奇特的想象力和巧妙的构思，诗人看山可以产生不满足之感，想一想，为什么山会看不够诗人呢？

早寒有怀

孟浩然

木落雁南渡，北风江上寒。
我家襄水曲①，遥隔楚云端②。
乡泪客中尽，孤帆天际看。
迷津③欲有问，平海④夕漫漫⑤。

【注释】①襄水曲（qū）：在汉水的转弯处。襄水：汉水流经襄阳（今属湖北）境内的一段。曲：江水曲折转弯处，即河湾。②楚云端：长江中游一带，云的尽头。③迷津：迷失道路。津：渡口。④平海：长江下游入海口附近江面宽阔，水势浩大,称为"平海"。⑤《论语》记载,孔子曾经在旅途中迷失方向,让子路向正在耕种的隐士长沮、桀溺询问渡口(迷津)。这两句化用这个典故,表示自己落拓失意,前途渺茫之叹。

（选自《唐诗别裁集》,上海古籍出版社,1979年版）

【交流之窗】

全诗情感是复杂的。诗人既羡慕田园生活,有意归隐,但又想求官做事,以展宏图。这首诗是从哪些方面体现诗人内心矛盾的呢?

阁夜

杜 甫

岁暮阴阳催短景①,天涯霜雪霁寒宵。
五更鼓角声悲壮,三峡星河影动摇。
野哭千家闻战伐②,夷歌③几处起渔樵。
卧龙跃马终黄土,人事音书漫寂寥④!

【注释】①阴阳:指日月。短景:指冬季日短。景:通"影",日光。②野哭:战乱的消息传来,千家万户的哭声响彻四野。③夷歌:指四川境内少数民族的歌谣。夷:指当地少数民族。④人事:指交游。音书:指亲朋间的慰藉。漫:徒然、白白的。

（选自《唐诗别裁集》,上海古籍出版社,1979年版）

【交流之窗】

一年之尾,日暮之时,是最易让人产生悲戚之感的,杜甫寓居于当时偏远的山城,面对峡江壮丽的夜景,悲壮的鼓角声回响于耳畔,感慨万千。他由眼前的情景想到国家的战乱,由历史人物想到自己的境遇,并力图在内心超越这些人生的感慨,因作此诗。阅读时,需要体会诗人由己及人,跨越时空的深沉情韵。

泊秦淮

杜 牧

烟笼寒水月笼沙,夜泊秦淮①近酒家。
商女②不知亡国恨,隔江犹唱后庭花。

【注释】①秦淮:即秦淮河,发源于江苏句容大茅山与溧水东庐山两山间,经南京流入长江。相传为秦始皇南巡会稽时开凿的,用来疏通淮水,故称秦淮河。历代均为繁华的游赏之地。②商女:以卖唱为生的歌女。

(选自《唐诗别裁集》,上海古籍出版社,1979年版)

【交流之窗】

读完此诗,会令人产生强烈的音画感:诗人杜牧游秦淮,在船上听见歌女唱《玉树后庭花》,男女之间互相唱和,歌声哀伤。再结合历史,回想陈后主长期生活萎靡,以致丢了江山。陈朝虽亡,这种靡靡的音乐却留传下来,还在秦淮歌女中传唱。因此,后人在吟咏此诗时,也往往想以这充满画面感的诗句警示世人,莫做不明国仇家恨的糊涂人。

十一月四日风雨大作

陆 游

其一

风卷江湖雨暗村,四山声作海涛翻。
溪柴火软蛮毡暖①,我与狸奴②不出门。

其二

僵卧③孤村不自哀,尚思为国戍轮台④。
夜阑⑤卧听风吹雨,铁马冰河⑥入梦来。

【注释】①溪柴:若耶溪所出的小束柴火。蛮毡:中国西南和南方少数民族地区出产的毛毡,宋时已有生产。②狸奴:指生活中被人们驯化而来的猫的昵称。③僵卧:直挺挺地躺着。这里形容自己穷居孤村,无所作为。④戍(shù)轮台:在新疆一带防守,这里指戍守边疆。⑤夜阑(lán):夜深。⑥铁马:披着铁甲的战马。冰河:冰封的河流,指北方地区的河流。

(选自《全宋诗》,北京大学出版社,1991年版)

【交流之窗】

第一首诗主要写十一月四日的大雨和诗人的悲凉处境。第二首诗以"痴情化梦"的手法,深沉地表达了作者收复国土、报效祖国的壮志和那种"年既老而不衰"的矢志不渝精神。读一读,仔细体会诗人的一片赤胆忠心。

第三节　今宵酒醒何处，杨柳岸晓风残月
（婉约词）

● 本节导读

婉约词是指从花间词开始，以温庭筠、柳永、李清照、周邦彦等词人为代表的词派，他们的词表情达意一般崇尚含蓄婉转，充分发挥了词"专注于积极主张情致"的特点，是修辞委婉、表情柔腻的词作。

婉约词在取材方面，多写儿女之情，离别之绪，在表现方法上多用含蓄蕴藉方法将情绪予以表达，其风格是绮丽的。婉约词出现较早，从唐五代以温庭筠为代表的"花间派"开始，继有宋初的欧阳修、晏殊、晏幾道，与欧、晏同时的柳永，虽在词的表现方法上大有改进，但仍未脱离婉约风格。之后，又有秦观、贺铸，李清照继起。

婉约词是一种配乐歌唱的新体诗，从其诞生之日起，就跟音乐结下了不解之缘。《旧唐书·温庭筠传》曾记载飞卿"能逐弦歌之音，为侧艳之词"。天才的作家们既有文学素养，又都洞晓音律。每填一阕，往往锤字炼句，审音度曲，把如画的意境，精炼的语言和美妙的音乐紧密结合起来，具有感人的艺术魅力。婉约词便是在此基础上发展起来的。"一曲新词酒一杯"，这些温柔香艳之曲，怀人赠别之调，又多是歌伎舞女们在花间、樽前，轻歌曼舞中弹唱的。一曲之后，余音绕梁，沁人心脾。"杨柳岸，晓风残月。"（柳永《雨霖铃》）便只合十七八女郎，执红牙板，浅斟低唱。这类"旖旎近情，铺叙展衍"的新曲，往往使闻者销魂。同时，它以情动人，道尽人间的悲欢离合，喜怒哀乐。

婉约词音节谐婉，"语工而入律"。情调柔美，容易为人们所接受。唐五代词早就具有这一特点。两宋时期，婉约词空前繁荣，风靡全国。柳永的词，"凡有井水饮处"，即能歌之。可见当时传播之广。直至近代，婉约词依然具有"可歌性"。

鹊踏枝·谁道闲情抛弃久

冯延巳

冯延巳（903—960），又名延嗣，字正中，广陵（今江苏扬州）人。五代十国时南唐著名词人。

　　谁道闲情抛弃久？每到春来，惆怅还依旧。日日花前常病酒①，不辞②镜里朱颜③瘦。
　　河畔青芜④堤上柳，为问新愁，何事年年有？独立小桥风满袖，平林⑤新月⑥人归后。

【注释】 ①病酒：饮酒过量引起身体不适。②不辞：不避、不怕。③朱颜：这里指红润的脸色。④青芜：青草。⑤平林：平原上的树林。李白《菩萨蛮》："平林漠漠烟如织。"⑥新月：阴历每月初出的弯形月亮。

（选自《婉约词三百首》，浙江古籍出版社，1998年版）

【交流之窗】

　　王国维在《人间词话》中认为，若论词的意境，冯延巳的词可以称得上"深美闳约"四字。他善于写情，并不隐讳自己的感情，在词中还表达得相当直白；但虽直白却不浅不露。读的时候，想想为什么依旧惆怅，为什么镜里"颜瘦"，为什么"平林新月"人才归。

菩萨蛮·小山重叠金明灭

温庭筠

小山①重叠金②明灭③，鬓云④欲度香腮雪。懒起画蛾眉，弄妆梳洗迟。照花前后镜，花面交相映。新贴绣罗襦⑤，双双金鹧鸪⑥。

【注释】①小山：眉妆的名目，指小山眉，弯弯的眉毛。②金：指唐时妇女眉际妆饰之"额黄"。③明灭：隐现明灭的样子。④鬓云：像云朵似的鬓发。形容发髻蓬松如云。⑤罗襦：丝绸短袄。⑥鹧鸪：贴绣上去的鹧鸪图，这说的是当时的衣饰，就是用金线绣好花样，再绣贴在衣服上，谓之"贴金"。

（选自《婉约词三百首》，浙江古籍出版社，1998年版）

【交流之窗】

婉约，自然多见于女性，这首《菩萨蛮》，一看就是写女子梳妆，把妇女的容貌写得很美丽，服饰写得很华贵，体态也写得十分娇柔，仿佛描绘了一幅唐代仕女图。但诗言情，你在花间酒畔之语的背后，读出了词中女子的什么情感呢？从哪些地方体现出来的？

雨霖铃·寒蝉凄切

柳 永

柳永（约987—1053），北宋词人。原名三变，字景庄，后改名柳永，字耆卿，排行第七。崇安（今福建武夷山市）人。景祐进士。官屯田员外郎。世称柳七、柳屯田。

寒蝉凄切，对长亭①晚，骤雨初歇。都门②帐饮③无绪，留恋处，兰舟④催发。执手相看泪眼，竟无语凝噎⑤。念去去⑥，千里烟波，暮霭沉沉楚天阔⑦。

多情自古伤离别，更那堪冷落清秋节！今宵酒醒何处？杨柳岸晓风残月。此去经年⑧，应是良辰好景虚设。便纵有千种风情，更与何人说？

【注释】①长亭：古代在交通要道边每隔十里修建一座长亭供行人休息，又称"十里长亭"。靠近城市的长亭往往是古人送别的地方。②都门：国都之门。这里代指北宋的首都汴京（今河南开封）。③帐饮：在郊外设帐饯行。④兰舟：古代传说鲁班曾刻木兰树为舟。这里用作对船的美称。⑤凝噎（yē）：喉咙哽塞，欲语不出的样子。⑥去去：重复"去"字，表示行程遥远。⑦暮霭（ǎi）：傍晚的云雾。沉沉：深厚的样子。楚天：指南方楚地的天空。⑧经年：年复一年。

（选自《婉约词三百首》，浙江古籍出版社，1998年版）

【交流之窗】

这首词影响很大，按照现在的说法，完全可以够得上"宋金十大名曲"之首。宋元笔记里记载了有关这首词的种种传说。阅读时，可以多查阅这些故事，一定能增添读词的趣味。董西厢"长亭送别"一段，写张生、崔莺莺在清秋季节里离别，以及张生别后酒醒梦回时的凄凉情景，都深受其影响。

相见欢·无言独上西楼

李 煜

无言独上西楼，月如钩。寂寞梧桐深院锁清秋①。

剪不断，理还乱，是离愁②。别是一般③滋味在心头。

【注释】①锁清秋：深深被秋色所笼罩。②离愁：指去国之愁。③别是一般：另有一种意味。

[选自《唐宋词鉴赏辞典（唐·五代·北宋卷）》，上海辞书出版社，1988年版]

【交流之窗】

婉约词有感时伤世之作。李煜把家国之恨、身世之感，寓于咏物之中。如果不知人论世，恐怕很难读出作品的言外之意。

鹧鸪天·半死桐

贺 铸

贺铸（1052—1125），字方回，号庆湖遗老，是唐贺知章后裔，卫州（治今河南卫辉）人。北宋词人。

重过阊门①万事非，同来何事不同归？梧桐半死②清霜后，头白鸳鸯失伴飞。

原上草，露初晞③，旧栖④新垅⑤两依依。空床卧听南窗雨，谁复挑灯夜补衣！

【注释】①阊（chāng）门：本为苏州西门，这里代指苏州。②梧桐半死：比喻丧偶。③原上草，露初晞：比喻死亡。晞：干掉。④旧栖：旧居。⑤新垅：新坟。

[选自《唐宋词鉴赏辞典（唐·五代·北宋卷）》，上海辞书出版社，1988年版]

【交流之窗】

这首词是作者对亡妻赵氏的深挚追怀。词中通过旧地重游抒发感情,追念了作者与亡妻在长期同甘共苦的生活中培育出来的深厚爱情。全词触景生情,出语沉痛,情真意切,哀怨凄婉。仔细体会词的中间写景部分,为什么会选用"梧桐""鸳鸯"等意象?可以对比苏轼《江城子·十年生死》,两词均为悼亡之作,在感受深切伤痛之情时,比较一下两位作者表情达意的异同。

临江仙·梦后楼台高锁

晏幾道

梦后楼台高锁,酒醒帘幕低垂①。去年春恨却来②时。落花人独立,微雨燕双飞。

记得小蘋③初见,两重心字罗衣④。琵琶弦上说相思。当时明月在,曾照彩云⑤归。

【注释】①"梦后"两句:表示春来意与非常阑珊。②却来:又来,再来。③小蘋:当时歌女名。④心字罗衣:未详。疑指衣上的花纹。⑤彩云:比喻美人。

(选自《二晏词笺注》,上海古籍出版社,2008年版)

【交流之窗】

晏幾道的纯情与真情,使得婉约词的抒情功能得到了充分的展现,晏幾道的词跳出艳科,直抒内心,挖掘心灵的真情。有许多歌女从晏幾道的世界路过,然而也都是匆匆过客,但晏幾道对她们确是一片痴情。这首词抒发了小晏对歌女小蘋的怀念之情。这首词在词人众多的怀念歌女词中有其独到之处,尤其"落花"两句,虽是化用,却意境凄美,化凡为奇。

第四节　大江东去，浪淘尽千古风流人物（豪放词）

● 本节导读

　　豪放词是宋词两大流派之一。因其词作的题材、风格、用调及创作手法等与婉约派多不相同，故被视婉约派为正统的词论家称为"异军""别宗""别派"。代表词人为苏轼、辛弃疾等。

　　豪放派的形成与发展约分为四个阶段。范仲淹写《渔家傲·塞下秋来风景异》，发豪放词之先声，可称预备阶段。苏轼大力提倡写壮词，欲与柳永、曹元宠分庭抗礼，豪放派由此进入第二阶段即奠基阶段。当时学苏词的人只有十之一二，学曹柳者有十之七八，但豪放词派毕竟肇始于此。苏轼之后，经贺铸中传，加上靖康事变的引发，豪放词派获得迅猛发展，集为大成。这是第三阶段即顶峰阶段。这一时期除却产生了豪放词领袖辛弃疾外，还有李纲、陈与义、叶梦得、朱敦儒、张元幹、张孝祥、陆游、陈亮、刘过等一大批杰出的词人。他们互相激励，以爱国挥赋的壮语宏声组成雄阔的阵容，统治了整个词坛。第四阶段为延续阶段，代表词人有刘克庄、黄机、戴复古、刘辰翁等。他们继承辛弃疾的词风，赋词依然雄豪，但由于南宋国事衰微，恢复无望，加上其他原因，豪放派的词作或呈粗犷，或返典雅，而悲灰之气渐趋浓郁，成了当时所有豪放词人的共同趋向。

　　豪放派词作的特点是题材广阔。它不仅描写花间、月下、男欢、女爱，而且更喜摄取军情国事那样的重大题材入词，使词能像诗文一样地反映生活，所谓"无言不可入，无事不可入"。它境界宏大，气势恢弘、不拘格律、汪洋恣意、崇尚直率。词论家对苏轼词作品"横放杰出""词气迈往""书挟海上风涛之气"的评论，对辛弃疾作品"慷慨纵横""不可一世"的评论，也可作为豪放派的特点。豪放派内部的分派较少，仅有苏派、辛派、叫嚣派三个阶段性的细支。其风格虽然总称豪放，然而各词人风格亦有微差：苏词清放，辛词雄放，南宋后期的某些豪放词作则显粗放，清朝的豪放词人如陈维崧等亦多寓雄于粗，以粗豪见长。

总之，豪放词由北宋苏轼开创，经南宋辛弃疾发展而推向高峰，打破词为艳科的藩篱，畅所欲言直抒胸臆。风格豪迈奔放，意境雄奇阔达，语言流利畅达，乃词中一大流派。

第二章 千树万树梨花开

念奴娇·赤壁怀古

苏 轼

　　大江东去，浪淘①尽、千古风流人物②。故垒③西边，人道是、三国周郎④赤壁。乱石穿空，惊涛拍岸，卷起千堆雪。江山如画，一时多少豪杰。

　　遥想公瑾当年，小乔初嫁了，雄姿英发。羽扇纶巾⑤，谈笑间、樯橹⑥灰飞烟灭。故国神游⑦，多情应笑我，早生华发⑧。人生如梦，一尊还酹江月⑨。

【注释】①淘：冲洗，冲刷。②风流人物：指杰出的历史名人。③故垒：过去遗留下来的营垒。④周郎：指三国时吴国名将周瑜，字公瑾，少年得志，二十四为中郎将，掌管东吴重兵，吴中皆呼为"周郎"。下文中的"公瑾"，即指周瑜，周瑜字公瑾。⑤羽扇纶（guān）巾：古代儒将的便装打扮。羽扇，羽毛制成的扇子。纶巾，青丝制成的头巾。⑥樯橹（qiáng lǔ）：这里代指曹操的水军战船。樯：挂帆的桅杆。橹：一种摇船的桨。"樯橹"又作"强虏""樯虏"或"狂虏"。⑦故国神游：即"神游故国"。故国：这里指旧地。神游：于想象、梦境中游历。⑧"多情"二句：是"应笑我多情，早生华发"的意思。华发（fà）：花白的头发。⑨一尊还（huán）酹（lèi）江月：古人祭奠以酒浇在地上祭奠。这里指洒酒酬月，寄托自己的感情。尊：通"樽"，酒杯。

（选自《苏轼词编年校注》，中华书局，2002年版）

【交流之窗】

　　这首词是苏轼贬官黄州后的作品，也是豪放词的代表作。苏轼21岁中进士，却仕途坎坷，经历多次政治风浪。可是诗人毕竟是个旷达之人，尽管政治上失意，却从未对生活失去信心。这首词运用夸张、比喻、借代、用典等多种修辞手法，通过对江山形胜和英雄功业的描写，抒发了凭吊古迹而引起的功业无成而白发已生的感慨。词中虽然书写胸中块垒，却格调豪壮，开创一代豪放词风。

江城子·密州出猎

苏 轼

老夫①聊发少年狂，左牵黄，右擎苍②，锦帽貂裘③，千骑卷平冈。为报倾城随太守，亲射虎，看孙郎④。

酒酣胸胆尚开张，鬓微霜，又何妨。持节云中，何日遣冯唐⑤？会挽雕弓如满月，西北望，射天狼⑥。

【注释】①老夫：作者自称，时年四十。②左牵黄，右擎苍：左手牵着黄狗，右臂托起苍鹰，形容围猎时用以追捕猎物的架势。③锦帽貂裘：名词作动词，头戴着华美鲜艳的帽子。貂裘：身穿貂鼠皮衣。这是汉羽林军穿的服装。④孙郎：三国时期东吴的孙权，这里作者自喻。⑤持节云中，何日遣冯唐：朝廷何日派遣冯唐去云中郡赦免魏尚的罪呢？典出《史记·冯唐列传》。汉文帝时，魏尚为云中（汉时的郡名，在今内蒙古自治区托克托县一带，包括山西西北部分地区）太守。他爱惜士卒，优待军吏，匈奴远避。匈奴曾一度来犯，魏尚亲率车骑出击，所杀甚众。后因报功文书上所载杀敌的数字与实际不合（虚报了六个），被削职。经冯唐代为辩白后，认为判的过重，文帝就派冯唐"持节"（带着传达圣旨的符节）去赦免魏尚的罪，让魏尚仍然担任云中郡太守。苏轼此时因政治上处境不好，调密州太守，故以魏尚自许，希望能得到朝廷的信任。节：兵符，带着传达命令的符节。⑥天狼：星名，一称犬星，旧说指侵掠，这里引指西夏。词中以之隐喻侵犯北宋边境的辽国与西夏。

（选自《苏轼词编年校注》，中华书局，2002年版）

【交流之窗】

这是苏轼于密州知州任上所作的一首词。此词表达了强国抗敌的政治主张，抒写了渴望报效朝廷的壮志豪情。有人说此词"狂"态毕露，读一读，"狂"是怎么表现出来的？

满江红·怒发冲冠凭栏处

岳 飞

岳飞（1103—1142），字鹏举，南宋抗金名将，相州汤阴（今属河南）人。中国历史上著名军事家、战略家。

怒发冲冠，凭栏处、潇潇①雨歇。抬望眼，仰天长啸②，壮怀激烈。三十功名尘与土，八千里路云和月。莫等闲③、白了少年头，空悲切。

靖康耻④，犹未雪。臣子恨，何时灭！驾长车，踏破贺兰山⑤缺。壮志饥餐胡虏肉，笑谈渴饮匈奴血。待从头收拾旧山河，朝天阙。

【注释】①潇潇：形容雨势急骤。②长啸：感情激动时撮口发出清而长的声音，为古人的一种抒情举动。③等闲：轻易，随便。④靖康耻：宋钦宗靖康二年（1127），金兵攻陷汴京，俘虏了宋徽宗和宋钦宗，北宋灭亡。⑤贺兰山：贺兰山是中国宁夏回族自治区西北山岭。前127年，汉朝著名战将卫青、李息率军北上抗击匈奴，再一次将中原汉族政权的军事力量延伸到贺兰山地区。21年后，汉武帝分全国为13刺史部，下辖郡县，其中在贺兰山东麓设立了属于北地郡管辖的廉县（今宁夏平罗县暖泉农场一带），这是汉族政权在贺兰山地区设立的第一个县级行政建制，也标志着贺兰山开始走进汉朝政权的统治范围。

[选自《唐宋词鉴赏辞典（南宋·辽·金卷）》，上海辞书出版社，1988年版]

【交流之窗】

这是首千古传诵的爱国名篇。可以说，在我国古代诗歌中，没有一首像本词那样有这么深远的社会影响，也从来没有一首像本词那样具有激奋人心，鼓舞人们杀敌上战场的力量。全词如江河直泻，曲折回荡，激发处铿然有金石之声。

南乡子·登京口北固亭有怀

辛弃疾

何处望神州？满眼风光北固楼。千古兴亡①多少事？悠悠，不尽长江滚滚流！

年少万兜鍪②，坐断东南战未休。天下英雄③谁敌手？曹刘。生子当如孙仲谋④！

【注释】①千古兴亡：指漫长的历史上历代王朝的盛衰兴亡。②年少：指孙权，他继承父兄遗业占有东吴时才十九岁。兜鍪（móu）：头盔。这里指孙权统率下的强大军队。③天下英雄：指三国时的刘备和曹操。④"生子"句：《三国志·吴书·孙权传》注引《吴历》：曹兵伐吴，孙权率军抵抗。曹操见东吴舟船、器仗、军伍整肃，乃感叹说："生子当如孙仲谋，刘景升儿子（刘琮）若豚犬耳。"仲谋：孙权的字。

[选自《唐宋词鉴赏辞典（南宋·辽·金卷）》，上海辞书出版社，1988年版]

【交流之窗】

辛弃疾善用典故，初高中的语文课本中均有涉及。这首词全首即景抒情，借古讽今。全词三问三答，互相呼应，风格明快，乐观昂扬。想想，作者为什么会称赞孙权为天下英雄？结合辛弃疾的生平，思考他想借此表达什么意思。

六州歌头·长淮望断

张孝祥

张孝祥（1132—1170），字安国，别号于湖居士，南宋著名词人、书法家，乌江（今安徽和县东北）人。为唐代诗人张籍之七世孙。

长淮望断①，关塞莽然平②。征尘暗，霜风劲，悄边声③，黯销凝。追想当年事④，殆⑤天数，非人力；洙泗上，弦歌地，亦膻腥⑥。隔水毡乡⑦，落日牛羊下⑧，区脱纵横⑨。看名王宵猎，骑火一川明⑩，笳鼓悲鸣，遣人惊。

念腰间箭，匣中剑，空埃蠹⑪，竟何成！时易失，心徒壮，岁将零。渺神京⑫。干羽方怀远⑬，静烽燧⑭，且休兵。冠盖使，纷驰骛，若为情⑮！闻道中原遗老，常南望、翠葆霓旌⑯。使行人到此，忠愤气填膺⑰，有泪如倾。

【注释】①长淮：指淮河。宋高宗绍兴十一年（1141）与金和议，以淮河为宋金的分界线。此句即远望边界之意。②关塞莽然平：草木茂盛，齐及关塞。意思是边备松弛。莽然：草木茂盛貌。③"征尘暗"三句：意谓飞尘阴暗，寒风猛烈，边声悄然。此处暗示对敌人放弃抵抗。④当年事：指靖康二年（1127）中原沦陷的靖康之变。⑤殆：似乎是。⑥"洙泗上"三句：意谓连孔子故乡的礼乐之邦亦陷于敌手。膻（shān）：腥臊气。⑦毡乡：指金国。北方少数民族住在毡帐里，故称为毡乡。⑧落日牛羊下：定望中所见金人生活区的晚景。⑨区（ōu）脱纵横：土堡很多。区脱：匈奴语称边境屯戍或守望之处。⑩"名王"二句：写敌军威势。名王：此指敌方将帅。宵猎：夜间打猎。骑火：举者火把的马队。⑪埃蠹（dù）：尘掩虫蛀。⑫渺神京：收复神京更为渺茫。神京，指北宋都城汴京。⑬干羽方怀远：用文德以怀柔远人，谓朝廷正在向敌人求和。干羽：干盾和翟羽，都是舞蹈乐具。⑭静烽燧（suì）：边境上平静无战争。烽燧：即烽烟。⑮"冠盖"三句：冠盖：冠服求和的使者。驰骛（wù）：奔走忙碌，往来不绝。若为情：何以为情，犹如今之"怎么好意思"。⑯翠葆霓旌：指皇帝的仪仗。翠葆：以翠鸟羽毛为饰的车盖。霓旌：像虹霓似的彩色旌旗。⑰填膺：塞满胸怀。

[选自《唐宋词鉴赏辞典（南宋·辽·金卷）》，上海辞书出版社，1988年版]

【交流之窗】

　　这样一位曾经的天才少年,这样一位二十三岁就被宋高宗钦点为状元的诗人,并没有恃才傲物,而是敢于和以秦桧为首的投降派做斗争,深入体察百姓疾苦。此词写临淮观感,通过国土形势的纵览,谴责批评了朝廷的苟安政策,抒发了强烈的忠诚报国之情。我们需要好好记住这样一位爱国诗人。

贺新郎·寄辛幼安,和见怀韵

陈　亮

陈亮(1143—1194),字同甫,号龙川,学者称龙川先生,婺州永康(今属浙江)人。南宋思想家、文学家。

　　老去凭谁说①?看几番、神奇臭腐②,夏裘冬葛③!父老长安今余几?后死无仇可雪。犹未燥、当时生发④!二十五弦⑤多少恨,算世间、那有平分月!胡妇弄,汉宫瑟。

　　树犹如此⑥堪重别!只使君、从来与我,话头多合。行矣置之无足问,谁换妍皮痴骨⑦?但莫使伯牙弦绝⑧!九转⑨丹砂牢拾取,管精金只是寻常铁。龙共虎,应声裂。

　　【注释】 ①凭谁说:向谁诉说。②神奇臭腐:言天下之事变化甚多。③夏裘冬葛:本指冬日穿葛衣、用扇子,夏日寄裘皮,是与时不宜。此喻世事颠倒。④犹未燥,当时生发:生发未燥即胎毛未干,指婴儿时。生发:即胎毛。⑤二十五弦:用乌孙公主、王昭君和番事,指宋金议和。⑥树犹如此:《世说新语·言语》:"桓公北征,经金城,见前为琅邪时种柳,皆已十围。慨然曰:'木犹如此,人何以堪!'攀枝执条,泫然流泪。"⑦妍皮痴骨:妍皮,谓俊美的外貌;痴骨,指愚笨的内心。⑧伯牙弦绝:此处是将辛弃疾引为知音。⑨九转:《抱朴子·金丹》:"一转之丹,服之三年得仙;二转之丹,服之二年得仙;……九转之丹,服之三日得仙。"

[选自《唐宋词鉴赏辞典(南宋·辽·金卷)》,上海辞书出版社,1988年版]

【交流之窗】

　　这首词先论天下大事,雪耻无望,令人痛愤;再表达希望志同道合的二人今后互相鼓励,奋斗到底的共勉。大声朗读出来,你可能会直接体会到词人蕴含其中的悲愤与意气。

第五节　枯藤老树昏鸦，小桥流水人家
（元曲）

● 本节导读

元曲的发展是我国民族诗歌发展、文化繁荣的重要阶段。它一出现就同其他艺术之花一样，立即显示出旺盛的生命力，它不仅是文人咏志抒怀得心应手的工具，而且为反映元代社会生活提供了人民群众喜闻乐见的艺术形式。

元曲的组成，包括两类文体：一是包括小令、带过曲和套数的散曲；二是由套数组成的曲文，间杂以宾白和科范，专为舞台上演出的杂剧。"散曲"是和"剧曲"相对存在的。剧曲是用于表演的剧本，写各种角色的唱词、道白、动作等；散曲则只是用作清唱的歌词。从形式上看，散曲和词很相近，不过在语言上，词要典雅含蓄，而散曲要通俗活泼；在格律上，词要求得严格，而散曲就更自由些。散曲从体式分两类："小令"和"散套"。小令又叫叶儿，体制短小，通常只是一支独立的曲子（少数包含二三支曲子）。散套则由多支曲子组成，而且要求始终用一个韵。散曲的曲牌也有各式各样的名称，如《叨叨令》《刮地风》《喜春来》《山坡羊》《红绣鞋》之类，这些名称多且俚俗，这也说明散曲比词更接近民歌。

元曲的兴起与发展，有着复杂的原因。首先，元代的社会现实是元曲兴起的基础，元朝疆域辽阔，城市经济繁荣，宏大的剧场，活跃的书会和日夜不绝的观众，为元曲的兴起奠定了基础；其次，元代各民族文化相互交流和融化，促进元曲的形成；再次，元曲是诗歌本身的内在规律及文学传统继承、发展的必然结果。

元曲作家中留有姓名、曲作的共二百二十多人，流传至今的作品有四千五百多首（套、部），其中小令三千八百多首（含带过曲），套数四百七十余套，杂剧一百六十余部（本）。

元曲的发展，可以分为三个时期。

初期：元朝立国到灭南宋。这一时期元曲刚从民间的通俗俚语进入诗坛，有鲜明的通俗化口语化的特点和犷放爽朗、质朴自然的情致。作者多

为北方人，其中关汉卿、马致远、王实甫、白朴等人的成就最高，比如关汉卿的杂剧写态摹世，曲尽其妙，风格多变，小令活泼深切，晶莹婉丽。马致远创作题材宽广，意境高远，语言优美，音韵和谐，被誉为元散曲中的第一大家"曲状元"和"秋思之祖"。

中期：从元世祖至元年间到元顺帝后至元年间。这一时期的元曲创作开始向文化人专业化全面过渡，散曲成为诗坛的主要体裁。重要作家有郑光祖、睢景臣、乔吉、张可久等。

末期：元成宗至正年间到元末。此时的散曲作家以弄曲为专业，他们讲究格律词藻，艺术上刻意求工，崇尚婉约细腻、典雅秀丽，代表作家有张养浩、徐再思等。

总之，元曲作为"一代之文学"，题材丰富多样，创作视野阔大宽广，反映生活鲜明生动，人物形象丰满感人，语言通俗易懂，是我国古代文化宝库中不可缺少的宝贵遗产。

[中吕]卖花声·怀古

张可久

张可久（约1270—约1348），字小山，元朝著名散曲家、剧作家，现存小令850余首，为元曲作家作品最多者。

阿房舞殿翻罗袖，金谷名园①起玉楼，隋堤古柳②缆龙舟③。不堪回首，东风还又，野花开暮春时候。

美人自刎乌江岸④，战火曾烧赤壁山⑤，将军空老玉门关⑥。伤心秦汉⑦，生民涂炭，读书人一声长叹。

【注释】①金谷名园：在河南省洛阳市西面，是晋代富豪石崇的别墅，其中的建筑和陈设异常奢侈豪华。②隋堤古柳：隋炀帝开通济渠，沿河筑堤种柳，称为"隋堤"，即今江苏北部的运河堤。③缆龙舟：指隋炀帝沿运河南巡江都（今扬州市）事。④"美人"句：言楚汉相争时项羽战败自刎乌江。⑤"战火"句：言三国时曹操惨败于赤壁。⑥"将军"句：言东汉班超垂老思归。⑦秦汉：泛指历朝历代。

（选自《元曲鉴赏辞典》，上海辞书出版社，1990年版）

【交流之窗】

你爱读元曲吗？这组曲子是由两首小令组成。你能发现这两首小令的共同特点是什么吗？作者抒发的兴衰之叹与刘禹锡的《乌衣巷》又有什么异曲同工之妙呢？

[双调]蟾宫曲·春情

徐再思

徐再思,元代散曲家。字德可,号甜斋,嘉兴(今属浙江)人。作品多写悠闲生活与闺情春思。

平生不会相思,才会相思,便害相思。身似浮云,心如飞絮,气若游丝。空一缕余香在此,盼千金游子何之。证候来时,正是何时?灯半昏时,月半明时。

(选自《元曲鉴赏辞典》,上海辞书出版社,1990年版)

【交流之窗】

题目为"春情"显然是写男女的爱慕之意,和唐诗宋词比,你觉得它是不是犯了诗歌的"大忌"?但正是这种信手写来的自然才正是曲不同于诗词的地方,曲不忌俗,而贵在明白率真,得天然之趣,这不就是曲家所谓的"本色"吗?

得胜乐·夏

白　朴

酷暑天,葵榴发,喷鼻香十里荷花。兰舟①斜缆垂扬下,只宜铺枕簟②向凉亭披襟散发③。

【注释】①兰舟:用木兰做的船。木兰树质坚硬耐腐蚀,宜于做船。②簟(diàn):竹席。③披襟散发:敞开衣襟,散开头发。

(选自《全元散曲》,中华书局,2000年版)

【交流之窗】

炎热的夏天本是令人酷热难耐,焦躁不安的,但是在作者笔下却是另一番闲情,读来是否有凉风习习之感?

[双调]夜行船·秋思

马致远

百岁光阴一梦蝶,重回首往事堪嗟。今日春来,明朝花谢,急罚盏夜阑灯灭①。

[乔木查]想秦宫汉阙,都做了衰草牛羊野。不恁②么渔樵没话说。纵荒坟横断碑,不辨龙蛇③。

[庆宣和]投至狐踪与兔穴,多少豪杰。鼎足虽坚半腰里折,魏耶?晋耶?

[落梅风]天教你富,莫太奢。没多时好天良夜。看钱儿更做道你心似铁,争辜负了锦堂风月④。

[风入松]眼前红日又西斜,疾似下坡车。不争镜里添白雪,上床与鞋履相别。莫笑鸠巢计拙⑤,葫芦提⑥一向装呆。

[拨不断]利名竭,是非绝。红尘不向门前惹,绿树偏宜屋角遮。青山正补墙头缺;更那堪竹篱茅舍。

[离亭宴煞]蛩吟罢一觉才宁贴⑦,鸡鸣时万事无休歇。何年是彻?看密匝匝蚁排兵,乱纷纷蜂酿蜜,急攘攘蝇争血。裴公⑧绿野堂,陶令⑨白莲社,爱秋来那些:和露摘黄花,带霜分紫蟹,煮酒烧红叶。想人生有限杯,浑几个重阳节?人问我顽童记者:便北海⑩探吾来,道东篱⑪醉了也。

【注释】①"急罚盏"句:赶快行令罚酒,直到夜深灯熄。夜阑:夜深,夜残。②不恁(nèn):不如此,不这般。③龙蛇:这里指刻在碑上的文字。古人常以龙蛇喻笔势的飞动。④看钱儿:元代杂剧家郑廷玉根据神怪小说《搜神记》关于一个姓周的贫民在天帝的恩赐下,以极其悭吝、极其刻薄的手段,变为百万富翁的故事,塑造了一个为富不仁、爱财如命的悭吝形象——看钱奴。锦堂风月:富贵人家的美好景色。此句嘲守财奴情趣卑下,无福消受荣华。⑤鸠巢计拙:指不善于经营生计。⑥葫芦提:糊糊涂涂。⑦蛩:蟋蟀。宁贴:平静,安静。⑧裴公:唐代的裴度。他历事德宗、宪宗、穆宗、敬宗、文宗五朝,以一身系天下安危者二十年,眼见宦官当权,国事日非,便在洛阳修了二座别墅叫做"绿野堂",和白居易、刘禹锡在那里饮酒赋诗。⑨陶令:陶潜。因为他曾经做过彭泽令,所以被称为陶令。相传陶潜曾经参加晋代的慧远法师在庐山虎溪东林寺组织的白莲社。⑩北海:指东汉的孔融。他曾出任过北海相,所以后世称为孔北海。孔融尝说:"座上客常满,樽中酒不空,吾无忧矣。"⑪东篱:指马致远。他羡慕陶潜的隐逸生活,因陶潜《饮酒》诗有"采菊东篱下,悠然见南山"之句,乃自号为"东篱"。

(选自《元曲鉴赏辞典》,上海辞书出版社,1990年版)

【交流之窗】

名与利,虽为身外之物,但彻底将其抛弃,又容易走向另一个极端。你能体会到这位生活在乱世的文人的矛盾心情吗?作品内容的思想倾向虽不能称为"正能量",但却是一段流传千古、荡气回肠的真实灵魂剖白。

西厢记·长亭送别

王实甫

王实甫(1234—1294),名德信,大都(今北京市)人,元代著名戏曲作家,生平事迹不详。所作杂剧今知有十四种。

【正宫·端正好】碧云天,黄花地,西风紧。北雁南飞。晓来谁染霜林醉?总是离人泪①。

【滚绣球】恨相见得迟,怨归去得疾。柳丝长玉骢难系,恨不倩②疏林挂住斜晖。马儿迍迍③的行,车儿快快的随,却告了相思回避,破题儿又早别离。听得道一声"去也",松了金钏;遥望见十里长亭,减了玉肌。此恨谁知!

【叨叨令】见安排着车儿、马儿,不由人熬熬煎煎的气;有甚么心情花儿、靥儿,打扮得娇娇滴滴的媚;准备着被儿、枕儿,则索昏昏沉沉的睡;从今后衫儿、袖儿,都揾做重重叠叠的泪。兀的不闷杀人也么哥!兀的不闷杀人也么哥!久已后书儿、信儿,索与我凄凄惶惶的寄。

【脱布衫】下西风黄叶纷飞,染寒烟衰草萋迷。酒席上斜签着坐④的,蹙愁眉死临侵地⑤。

【小梁州】我见他阁泪汪汪⑥不敢垂,恐怕人知。猛然见了把头低,长吁气,推整素罗衣。

【幺篇】虽然久后成佳配,奈时间怎不悲啼。意似痴,心如醉,昨宵今日,清减了小腰围。

【上小楼】合欢未已,离愁相继。想着俺前暮私情,昨夜成亲,今日别离。我谂知⑦这几日相思滋味,却原来比别离情更增十倍。

【幺篇】年少呵轻远别,情薄呵易弃掷。全不想腿儿相挨,脸儿相偎,手儿相携。你与俺崔相国做女婿,妻荣夫贵,但得一个并头莲,煞强如状元及第。

【满庭芳】供食太急,须臾对面,顷刻别离。若不是酒席间子母每当回避，有心待与他举案齐眉。虽然是厮守得一时半刻，也合着俺夫妻每共桌而食。眼底空留意⑧，寻思起就里，险化做望夫石。

【快活三】将来的酒共食，尝着似土和泥。假若便是土和泥，也有些土气息、泥滋味。

【朝天子】暖溶溶玉醅⑨，白泠泠似水，多半是相思泪。眼面前茶饭怕不待要吃，恨塞满愁肠胃。蜗角虚名，蝇头微利，拆鸳鸯在两下里。一个这壁，一个那壁，一递一声长吁气。

【四边静】霎时间杯盘狼藉，车儿投东，马儿向西，两意徘徊，落日山横翠。知他今宵宿在那里？在梦也难寻觅。

【耍孩儿】淋漓襟袖啼红泪，比司马青衫更湿。伯劳东去燕西飞，未登程先问归期。虽然眼底人千里，且尽生前酒一杯。未饮心先醉，眼中流血，心里成灰。

【五煞】到京师服水土，趁程途节饮食⑩，顺时自保揣身体⑪。荒村雨露宜眠早，野店风霜要起迟！鞍马秋风里，最难调护，最要扶持。

【四煞】这忧愁诉与谁？相思只自知，老天不管人憔悴。泪添九曲黄河溢，恨压三峰华岳低⑫。到晚来闷把西楼倚，见了些夕阳古道，衰柳长堤。

【三煞】笑吟吟一处来，哭啼啼独自归。归家若到罗帏里，昨宵个绣衾香暖留春住，今夜个翠被生寒有梦知。留恋你别无意，见据鞍⑬上马，阁不住泪眼愁眉。

【二煞】你休忧文齐福不齐⑭，我则怕你"停妻再娶妻"。休要一春鱼雁无消息！我这里青鸾有信频须寄，你却休金榜无名誓不归。此一节君须记，若见了那异乡花草，再休似此处栖迟。

【一煞】青山隔送行，疏林不做美，淡烟暮霭相遮蔽。夕阳古道无人语，禾黍秋风听马嘶。我为甚么懒上车儿内，来时甚急，去后何迟？

【收尾】四围山色中，一鞭残照里。遍人间烦恼填胸臆，量这些大小车儿如何载得起！

【注释】①"晓来"二句：意谓是离人带血的泪，把深秋早晨的枫林染红了。霜林醉，深秋的枫林经霜变红，就像人因喝醉酒脸色红晕一样。②倩（qìng）：请人代己做事。③迤：行动缓慢、留连不进的样子。④斜签着坐：侧身半坐，封建时代晚辈在长辈面前不能实坐。⑤死临侵地：没精打采的样子。⑥阁泪汪汪不敢垂：强忍泪水而不敢任其流出。阁泪：含泪。⑦"我谂知"二句：意谓这几天我已经深深知道了相思滋味的苦痛难堪，原来这离别比相思更苦十倍。谂，知道。⑧眼底空留意：意谓母亲在座，有所避忌，不得与张生同桌共食以诉衷曲，只能以眉眼传情表达心意。⑨玉醅（pēi）：美酒。⑩趁程途节饮食：意谓路途中要节制饮食。趁，赶；趁程途，赶路。⑪顺时自保揣身体：估量自己的身体情况，适应季节变化，自己保重。⑫"泪添"二句：上句以水喻愁之多，下句以山喻愁之重。华岳三峰，即西岳华山的莲花峰、朝阳峰、落雁峰。⑬据鞍：跨鞍。⑭文齐福不齐：意谓有文才而缺少福分，不能考中。

（选自《元曲鉴赏辞典》，上海辞书出版社，1990年版）

【交流之窗】

《西厢记》之所以是我国家喻户晓的古典戏曲名著，是因为它有一个美丽的爱情故事，你应该在读这支曲子前了解一下这个故事中的人物以及其曲折的情节。几百年来，这个故事曾深深地温暖过无数青年男女的心。《长亭送别》文字华艳优美，富于诗的意境，犹如一首美妙的抒情诗。

我侬词

管道昇

管道昇（1262—1319），字仲姬，一字瑶姬，浙江德清茅山人，元代著名的女性书法家、画家、诗词创作家。

你侬我侬，忒煞情多，情多处，热如火。把一块泥，捏一个你，塑一个我，将咱两个一起打破，用水调和，

再捏一个你，塑一个我，我泥中有你，你泥中有我。与你生同一个衾，死同一个椁。

（选自《赵孟頫与管道昇》，中华书局，2004年版）

【交流之窗】

　　管道昇是元朝诗人、书法家赵孟頫的妻子，赵孟頫想要纳妾，于是作了首小词给妻子示意，妻子看后作《我侬词》以答复。赵孟頫于是打消了纳妾的念头，诗歌语言浅白易懂，不拘格式，用语受到民间俗语的影响。元朝统治之后，对汉族文人和汉文化较为排斥，文人们的才能无法施展，便只能在勾栏酒肆中作曲养活老幼，为了迎合下层百姓的需要，曲中自然要有一些俚俗之语。

第六节　采菊东篱下，悠然见南山
　　　　（山水田园诗）

● 本节导读

　　《诗经》和《楚辞》作为中国诗歌的两座高峰，虽有大量自然景象描写，如"关雎""桃花""薄荷""挚鸟"等，它们或是作为比兴之媒介，或是作为比德之物，本身并不具审美的价值。再如"昔我往矣，杨柳依依；今我来思，雨雪霏霏"，"袅袅兮秋风，洞庭波兮木叶下"这样的写景佳句，也只是作为人事活动的一种背景而出现，起的是艺术媒介的作用，自身还不是一种独立的审美对象。在《诗经》《楚辞》所经历的漫长年代，还没有出现一首以专门描写自然山水为主要内容的诗篇。魏晋之前，汉族诗歌的内容都是与人本身有关的生存、欲望、政治、战争等等，自然风光还是未被人识的一块天然璞玉。

　　真正将自然山水作为一种独立的审美对象，诗人以自然山水为题材写诗，则始于魏晋六朝，这是有深刻的历史文化原因的。

　　魏晋六朝，一个干戈纷扰、政治紊乱、经学衰落、玄学盛行、思想开放、人性觉醒的时代，走马灯似的王朝更迭和杀夺，人命危浅、朝不得夕的恐怖和悲哀，使得许多具有觉醒意识的诗人，包括公卿身份的诗人，产生了"膏火白煎熬，多财为患害，布衣可终身，宠禄焉足赖"这样的认识。他们为了全身远祸，不得不离开动荡的政治，藏身匿迹于山泉林木之间。魏末晋初诗坛，山水诗已逐渐增多。又经过了五言诗的曲折经历，到了晋宋时代，陶渊明、谢灵运这两位大诗人的出现，在诗国确立了自己的地位。

　　山水诗形成以后，在各个不同时代而有了新的风貌和姿态，但是，道释玄禅的人生情趣和艺术精神，却始终贯穿于山水诗的发展中。随着唐诗繁荣局面的到来，山水诗有如丽日经天。王维与孟浩然等继承了陶渊明、谢灵运的山水诗传统，形成了一个与边塞诗派交相辉映的山水田园派。唐代诗人中以山水诗闻名的人有很多，但能代表山水诗成熟水平的，主要还是孟浩然、王维。山水田园诗到了宋代以后，虽在运用诗化的语言抒情、状物、写景、叙事方面，有行文不拘一格，使人耳目一新之作，但在山水诗的境界上已远远比不上唐朝。

终南山

王 维

太乙近天都，连山到海隅①。
白云回望合，青霭②入看无。
分野③中峰变，阴晴众壑④殊。
欲投人处⑤宿，隔水问樵夫。

【注释】①海隅（yú）：海边。终南山并不到海，此为夸张之词。②青霭（ǎi）：山中的岚气。霭：云气。③分野：以天上星宿配地上州国称分野。古人以天上的二十八个星宿的位置来区分中国境内的地域，称为分野。地上的每一个区域都对应星空的某一处。④壑（hè）：山谷。⑤人处：有人烟处。

（选自《唐诗大辞典》，凤凰出版社，2003年版）

【交流之窗】

这是一首五律。想一想，这首诗的景是什么？物有哪些？描绘了一幅怎样的画面？

过故人庄①

孟浩然

故人具②鸡黍③，邀我至田家。
绿树村边合，青山郭④外斜。
开轩面场圃，把酒⑤话桑麻。
待到重阳日，还来就菊花⑥。

【注释】①过：拜访。故人庄：老朋友的田庄。庄：田庄。②具：准备，置办。③鸡黍（shǔ）：指农家待客的丰盛饭食（字面指鸡和黄米饭）。黍：黄米，古代认为其是上等的粮食。④郭：古代城墙有内外两重，内为城，外为郭。这里指村庄的外墙。⑤把酒：端着酒具，指饮酒。⑥就菊花：指饮菊花酒，也是赏菊的意思。就：靠近，指去做某事。

（选自《唐诗大辞典》，凤凰出版社，2003年版）

【交流之窗】

这首诗就像一篇生活日记，记录诗人在一个好日子去朋友的山庄里做客的过程。你试着把事件的过程说出来，是不是就是大白话？但为什么读起这首诗来却很有韵味，如临其境呢？它借助了什么内容和方法让我们有这种看似寡淡无味实却能细细品味的感受？

溪居

柳宗元

久为簪①组累，幸此南夷②谪。
闲依农圃③邻，偶似山林客④。
晓耕翻露草，夜榜⑤响溪石⑥。
来往不逢人，长歌楚天碧。

【注释】①簪（zān）组：古代官吏的饰物。簪：冠上的装饰。组：系印的绶带。此以簪组指做官。②南夷：南方少数民族或指其居住的地区，这里指永州。③农圃（pǔ）：田园，此借指老农。④山林客：指隐士。⑤榜（bàng）：船桨。这里用如动词，划船。⑥响溪石：触着溪石而发出响声。

（选自《唐诗大辞典》，凤凰出版社，2003年版）

【交流之窗】

这是作者被贬永州后的诗作。你读到了诗里的闲适吗？但是你是否又读出诗里的苦闷呢？你能说出依据在哪里吗？

观田家

韦应物

韦应物（约737—792），唐代诗人。字义博，京兆万年（今陕西西安）人。少以三卫郎事玄宗。后为滁州、江州刺史及左司郎中，官司至苏州刺史。故称韦江州、韦左司或韦苏州。

微雨众卉新，一雷惊蛰始。
田家几日闲？耕种从此起。
丁壮俱在野，场圃亦就理。
归来景常晏①，饮犊西涧水。
饥劬②不自苦，膏泽③且为喜。
仓廪无宿储，徭役犹未已。
方惭不耕者，禄食出闾里④。

【注释】①景常晏：指天晚。②劬：劳苦。③膏泽：指雨下到田里。④闾里：民间、乡里。

（选自《唐诗别裁集》，上海古籍出版社，1979年版）

【交流之窗】

田园诗并非仅仅专情于自我，寄情于山水。诗人在此诗中用通俗易懂的诗句描写了田家的劳碌和辛苦，表达了对其的同情，认为官吏应惭愧自己的不劳而食。涉及民生的田园诗，可能也是我们所应该关注的。

渔翁

柳宗元

渔翁夜傍①西岩宿,晓汲②清湘燃楚竹。
烟销③日出不见人,欸乃④一声山水绿。
回看天际下中流⑤,岩上无心云相逐。

【注释】①傍:靠近。②汲(jí):取水。③销:消散。亦可作"消"。④欸(ǎi)乃:象声词,一说指桨声,一说是人长呼之声。⑤下中流:由中流而下。

(选自《唐诗大辞典》,凤凰出版社,2003年版)

【交流之窗】

全诗就像一幅清新的风景画,想象一下这幅画里有哪些景物?如果你是一位画家,你会先画什么呢?

钱塘湖春行

白居易

孤山寺①北贾亭②西,水面初平云脚低③。
几处早莺争暖树,谁家新燕啄春泥?
乱花渐欲迷人眼④,浅草才能没马蹄。
最爱湖东行不足⑤,绿杨阴里白沙堤⑥。

【注释】①孤山寺:南北朝时期陈文帝(559—566)初年建,名承福,宋时改名广化。②贾亭:又叫贾公亭。西湖名胜之一,唐朝贾全所筑。③云脚低:白云重重叠叠,同湖面上的波澜连成一片,看上去浮云很低,所以说"云脚低"。④迷人眼：使人眼花缭乱。⑤行不足：百游不厌。⑥白沙堤：即今白堤，又称沙堤、断桥堤，在西湖东畔，唐朝以前已有。

（选自《白居易集笺校》，上海古籍出版社，1988年版）

【交流之窗】

　　白居易与元稹并称，史称"元白"，是唐代新乐府运动的倡导者，提倡"文章合为时而著，诗歌合为事而作"。他的诗歌明白晓畅，通俗易懂，这首诗歌更是自然清丽。在杭州期间，他写了很多湖光山色的题咏作品。西湖美景当属盛夏，作者别出心裁，在春天同样看到西湖的独特韵味，春天的西湖，景色旖旎，气候宜人，动静之中，更具生意，美不胜收。写西湖之美的作品，你会想到哪些呢？

第七节　黄沙百战穿金甲，不破楼兰终不还（边塞征战诗）

● 本节导读

边塞征战诗词是边塞征战生活的艺术写照，它表达的内容极其丰富：可以抒发渴望建功立业、报效国家的豪情壮志；可以状写戍边将士的乡愁、家中思妇的别离之情；可以表现塞外戍边生活的单调艰辛、连年征战的残酷艰辛；可以宣泄对黩武开边的不满、对将军贪功启衅的怨情；可以惊叹描摹边地绝域的奇异风光和民风民俗。诗中流露的也可能是矛盾的复杂的情感：慷慨从军与久戍思乡的无奈，卫国激情与艰苦生活的冲突，献身为国与痛恨庸将无能的悲慨。

边塞诗词题材广泛，内容丰富。因为每个朝代的不同时期或盛或衰，诗词中所表现出来的情调或高昂或低沉，而每个诗人前往边塞的原因不同，目的不同，所抒发出的感情也千差万别，有褒有贬。

如果要描述边塞征战诗的发展史，先秦时代所产生的现存于《诗经》中的边塞征战诗处于其初期是毫无疑问的。初期的边塞诗尽管发育还不够完善，但已表现出它固有的特色，并对后代边塞诗的发展产生了深远的影响。

汉魏南北朝时期的边塞诗反映边地战争的艰苦和征人思妇的相思之苦。诗歌体裁以乐府诗为主。隋代的边塞诗中的边塞题材较为普遍，甚至出现多位诗人同题唱和边塞诗的盛况。诗歌体裁既有歌行体又有近体绝句。虽数量不多，但都促进了边塞诗的发展。

到了唐代，边塞诗的创作和艺术成就达到了顶峰。边塞诗是唐代诗歌的主要题材，是唐诗当中思想性最深刻、想象力最丰富、艺术性最强的一部分。一些有切身边塞生活经历和军旅生活体验的作家，以亲历的见闻来写作；另一些诗人用乐府旧题来进行翻新的创作。参与人数之多，诗作数量之大，为前代所未见。其创作贯穿初唐、盛唐、中唐、晚唐四个阶段。其中，初唐、盛唐边塞诗多为昂扬奋发的格调，艺术性最强。

盛唐边塞诗的美学风格包含了雄浑、磅礴、豪放、浪漫、悲壮、瑰丽等各个方面。盛唐边塞诗体现了一种阳刚之美。在边塞诗中，一方面以夸张、对比、衬托的手法对战争残酷、环境恶劣进行展示，其诗句如"战士军前半生死""黄沙百战穿金甲""孤城落日斗兵稀"等。另一方面，边塞诗更凸显了人面对战争时奔涌出的巨大精神力量。其中既有不屈的意志和必胜的信心，保家卫国的豪情，还有在战场上建立功名的壮志。其诗句如"不破楼兰终不还""愿为腰下剑，只为斩楼兰""相看白刃血纷纷，死节从来岂顾勋"。这两个方面既是对立的，又是统一的，这种对立统一所产生的张力使诗句具有永不泯灭的魅力。诗句中洋溢着的崇高感，成为中华民族的最强音。

击鼓

《诗经·国风·邶风》

击鼓其镗①,踊跃用兵。土国城漕②,我独南行。
从孙子仲,平陈与宋③。不我以归④,忧心有忡⑤。
爰居爰处,爰丧其马⑥。于以求之,于林之下。
"死生契阔⑦",与子成说⑧。执子之手,"与子偕老"。
于嗟阔兮,不我活⑨兮。于嗟洵⑩兮,不我信兮。

【注释】①镗(tāng):鼓声。其镗:即"镗镗"。②土:挖土。国:指都城。城:修城。漕:卫国的城市。③平:平定两国纠纷。谓救陈以调和陈宋关系。陈、宋:诸侯国名。④不我以归:是不以我归的倒装,有家不让回。⑤有忡:忡忡,忧虑不安的样子。⑥爰(yuán)居爰处?爰丧其马:哪里可以住,我的马丢在那里。爰:哪里。丧:丧失,此处言跑失。⑦契阔:聚散、离合的意思。契:合。阔:离。⑧成说(yuè):约定、成议、盟约。⑨活:借为"佸",相会。⑩洵:久远。

(选自《先秦诗鉴赏辞典》,上海辞书出版社,1998年版)

【交流之窗】

这是《诗经》中的一首典型的战争诗,是一位远征异国、长期不得归家的士兵唱的一首思乡之歌。反复读一读这句"死生契阔,与子成说。执子之手,与子偕老",你认为它表现的是战士之间的感情还是夫妻之间的感情?

九歌·国殇①

屈 原

　　操吴戈兮被犀甲②，车错毂兮短兵接③。旌蔽日兮敌若云，矢交坠兮士争先。凌余阵兮躐④余行，左骖殪兮右刃伤⑤。霾两轮兮絷四马⑥，援玉枹兮击鸣鼓⑦。天时怼兮威灵怒⑧，严杀尽兮弃原野⑨。
　　出不入兮往不反⑩，平原忽兮路超远。带长剑兮挟秦弓⑪，首身离兮心不惩。诚既勇兮又以武，终刚强兮不可凌。身既死兮神以灵⑫，子魂魄兮为鬼雄⑬。

【注释】①国殇：指为国捐躯的人。②操吴戈兮被（pī）犀甲：手里拿着吴国的戈，身上披着犀牛皮制作的甲。吴戈：一说为盾名。③车错毂（gǔ）兮短兵接：敌我双方战车交错，彼此短兵相接。④躐（liè）：践踏。⑤左骖（cān）殪（yì）兮右刃伤：左边的骖马倒地而死，右边的骖马被兵刃所伤。⑥霾（mái）两轮兮絷（zhí）四马：战车的两个车轮陷进泥土被埋住，四匹马也被绊住了。霾：通"埋"。⑦援玉枹（fú）兮击鸣鼓：手持镶嵌着玉的鼓槌，击打着声音响亮的战鼓。⑧天时怼（duì）兮威灵怒：天地一片昏暗，连威严的神灵都发起怒来。⑨严杀尽兮弃原野：在严酷的厮杀中战士们全都死去，他们的尸骨都丢弃在旷野上。⑩出不入兮往不反：出征以后就不打算生还。反：通"返"。⑪秦弓：指良弓。战国时，秦地木材质地坚实，制造的弓射程远。⑫神以灵：指死而有知，英灵不泯。神：指精神。⑬鬼雄：战死了，魂魄不死，即使做了死鬼，也要成为鬼中的豪杰。

（选自《先秦诗鉴赏辞典》，上海辞书出版社，1998年版）

【交流之窗】
　　这是一首追悼阵亡士卒的挽诗。"兮"字的使用是楚辞的特征，在诗中是表停顿，像一首歌中的换气一样。我们在诵读过程中可以体会到楚国将士的英雄气概和爱国精神，以及对雪洗国耻所寄予的热望。

从军行

王昌龄

青海长云暗雪山①，孤城②遥望玉门关。
黄沙百战穿金甲，不破楼兰③终不还。

【注释】①青海：指青海湖，在今青海省。唐朝大将哥舒翰筑城于此，置神威军戍守。长云：层层浓云。雪山：即祁连山，山巅终年积雪。②孤城：即玉门关。③楼兰：汉时西域国名，即鄯善国，在今新疆维吾尔自治区鄯善县东南一带。西汉时楼兰国王与匈奴勾通，屡次杀害汉朝通西域的使臣。此处泛指唐西北地区常常侵扰边境的少数民族政权。

（选自《唐诗大辞典》，凤凰出版社，2003年版）

【交流之窗】

这是唐代诗人王昌龄的组诗作品之一。本诗表现战士们为保卫祖国矢志不渝的崇高精神。想一想，诗的前两句所写之景对表达诗人的思想感情有什么作用？

凉州词

王 翰

王翰（生卒年不详），字子羽，唐代边塞诗人。

葡萄美酒夜光杯①，欲饮琵琶②马上催③。
醉卧沙场④君莫笑，古来征战几人回。

【注释】①夜光杯：用白玉制成的酒杯，光可照明，这里指华贵而精美的酒杯。据《海内十洲记》所载，为周穆王时西胡所献之宝。②琵琶：这里指作战时用来发出号角的声音时用的。③催：催人出征。④沙场：平坦空旷的沙地，古时多用以指战场。

（选自《唐诗大辞典》，凤凰出版社，2003年版）

【交流之窗】

"古来征战几人回"，你读后感觉作者是好战还是反战？为什么不直接描写战争的场面而是写出战前饮酒送行？"葡萄美酒""夜光杯""琵琶"这几个意象有什么特殊的意味？

从军北征

李 益

李益（748—约829），字君虞，陇西姑臧（今甘肃武威）人。唐代诗人，以边塞诗作名世，擅长绝句，尤其工于七绝。

天山雪后海风寒，横笛偏吹行路难①。
碛②里征人三十万，一时回首月中看。

【注释】①行路难：乐府曲调名，多描写旅途的辛苦和离别的悲伤。②碛（qì）：沙漠的意思。这里指边关。

（选自《唐诗大辞典》，凤凰出版社，2003年版）

【交流之窗】

这首诗描绘出了一个壮阔又悲凉的行军场景，在哀怨的笛声中传递出深沉悲凉的征人思乡情。不过，除了笛声，你还能从哪些方面感受到征人的思乡之情呢？

示儿

陆 游

死去元知①万事空②,但悲不见九州同。
王师北定中原日,家祭无忘告乃翁③。

【注释】①元知:原本知道。元:通"原",本来。在苏教版等大部分教材中本诗第一句为"死去元知万事空",但在人教版等教材中为"死去原知万事空",因为元与原是通假字,所以并不影响本诗的意境。②万事空:什么也没有了。③乃翁:你的父亲,指陆游自己。

(选自《剑南诗稿校注》,上海古籍出版社,2005年版)

【交流之窗】

此诗是陆游绝笔,作于宋宁宗嘉定三年(1210),既是诗人的遗嘱,也是诗人发出的最后的抗战号召。此年陆游一病不起,临终之前,留下《示儿》一诗,表达了诗人对于将死的无奈,但内心仍然期盼早日收复失地,自己在九泉之下也可瞑目。这首诗歌作者直接抒情,毫不修饰,这也许正是诗人奋斗一生的最后遗言吧!

第八节　折戟沉沙铁未销，自将磨洗认前朝
　　　　（咏史怀古诗）

● 本节导读

咏史与怀古都是以历史题材为咏写对象，对历史人物的功过、历史事件的成败等，发表议论，或抒发感慨，或者借古以讽今，或者发思古之幽情。但还是有所侧重，咏史诗多针对具体历史事件或历史人物有所感慨或有所感悟而作；而怀古诗多是登临旧地，在游览古迹时有感而作。

古，是指一种古迹，"怀古"是指登临游览，触景生情，由于受历史遗迹的诱发而抒发感慨。怀古往往跟登临主体结合在一起。在艺术表现上，往往要写景，写这个古迹的地理环境、景物景观，从而情景交融。

"咏史"就是翻阅古书，拾点旧说，针对特定的人或事，可能是针对一个历史事件，可能是针对一个历史人物，借此抒发作者的思考、态度，抒发情怀或讽刺时政，从而表达自己的独到见地。咏史诗长于议论精辟，不一定要写景，不表现现在的时空场景。

但是读懂咏史怀古诗还是需要方法和基础的，我们从三个方面做一些引导。

一、弄清史实，疏通文义

读懂咏史怀古诗，对作品所涉及的史实和人物一定要有所了解，这就要求我们积累一定的历史知识。

如刘禹锡的《乌衣巷》："朱雀桥边野草花，乌衣巷口夕阳斜。旧时王谢堂前燕，飞入寻常百姓家。"乌衣巷在南京，东晋时是高门士族的聚居区，晋朝王导、谢安两大家族居住此地，其子弟都穿乌衣，因此得名。朱雀桥在秦淮河上，和南岸的乌衣巷相邻，昔日繁华鼎盛，而今野草丛生，荒凉残照。以燕栖旧巢唤起人们想象，昔日的王谢权门现在已成为寻常百姓之家；今昔对比，感慨沧海桑田，人生多变，令人叹惋再三。如果不了解这些历史知识，就很难深入地理解蕴涵于其中的诗意。

二、领悟感情，触发共鸣

诗家怀古咏史，大致有两种情况：一种是对历史作理性的冷静的剖

析，通过昔盛今衰、古今变化来借古讽今；一种是感慨个人的身世，抓住的只是历史的一些影子，通过赞扬古人建功立业的事迹，表达自己建功立业的心情，同时，委婉地对现实进行批评，感情成分较浓。在鉴赏怀古诗词时要抓住历史人物或事件与时局和诗人自己身世之间的连接点。

如杜甫《咏怀古迹》，杜甫为什么追念王昭君呢？对此，我们可以这样找到二者的对接点：一是王昭君出塞与杜甫"漂泊西南天地间"的凄苦经历，二是王昭君美冠后宫而不得恩宠与杜甫"古来材大难为用"的悲剧命运。诗中的明妃就是诗人自己，诗人的状况就像当年明妃的遭遇。抓住此对接点，就不难揣摩出诗作的含义。

三、分析技巧，体察诗心

咏史怀古诗歌的写作一般是先叙事写景，极力铺垫；后议论抒情，点明主旨。还有一些只叙述对比而不加议论，留有充分想象发挥的空间，引发读者的思考。不同的写法，是由不同的主题所决定的。

怀古咏史诗的写法多样，有以景衬情的，如苏轼的《念奴娇·赤壁怀古》；有议论引发的，如清人刘献庭的"敢惜妾身归异国，汉家长策在和番"（《王昭君》），对汉元帝统治的无能作了辛辣的讽刺；有用典的，如《咏怀古迹》。在章法上，或作正反对比，或是侧面烘托，不一而足。这方面我们在后几章中会有更详尽的引证和解说。

咏史

班　固

班固(32—92)，字孟坚，扶风安陵(今陕西咸阳市东北)人。东汉著名史学家、文学家。

三王德弥薄。惟后用肉刑①。太苍令有罪。就递长安城。自恨身无子。困急独茕茕。小女痛父言。死者不可生。上书诣阙下。思古歌鸡鸣。忧心摧折裂。晨风扬激声。圣汉孝文帝。恻然感至情。百男何愦愦②。不如一缇萦。

【注释】①肉刑：唐尧、虞舜之后，后代的君王德行渐薄，刑罚苛峻，尤以肉刑为剧。②愦愦：烦乱，纷乱。

（选自《先秦汉魏晋南北朝诗》，中华书局，1988年版）

【交流之窗】

废除肉刑本是国家大事，但促使宅心仁厚的汉文帝下定决心付诸实行的，却是一个十几岁的小女孩。班固的独特之处，正在于他把国事和家事做了一个"嫁接"，从而彰显了"谁说女子不如男"的主题。但是，作者写诗的目的仅仅是如此吗？关注班固的生平和家庭情况，再读最后两句，你就明白作者之意了。

咏史（其一）

左 思

弱冠弄柔翰①。卓荦观群书②。著论准过秦。作赋拟子虚。边城苦鸣镝③。羽檄④飞京都。虽非甲胄⑤士，畴昔⑥览穰苴。长啸激清风，志若无东吴。铅刀贵一割⑦。梦想骋良图。左眄⑧澄江湘。右盼定羌胡。功成不受爵⑨。长揖归田庐。

【注释】①柔翰：毛笔。这句是说二十岁就擅长写文章。②卓荦（luò）：才能卓越。这句是说博览群书，才能卓异。荦：同跞。③鸣镝（dí）：响箭，本是匈奴所制造，古时发射它作为战斗的信号。这句是说边疆苦于敌人的侵犯。④檄（xí）：檄文，用来征召的文书，写在一尺二寸长的木简上，上插羽毛，以示紧急，所以叫"羽檄"。这句是说告急的文书驰传到京师。⑤胄：头盔。甲胄士：战士。这句是说自己虽不是战士。⑥畴昔：往时。⑦铅刀贵一割：用汉班超上疏中的成语。铅质的刀迟钝，一割之后再难使用。用来比喻自己才能低劣。这句是说自己的才能虽然如铅刀那样迟钝，但仍有一割之用。⑧眄（miǎn）：看。⑨爵：禄位。

（选自《先秦汉魏晋南北朝诗》，中华书局，1988年版）

【交流之窗】

名为咏史，实为咏怀，借古人古事来浇诗人心中之块垒。组诗以深厚的社会内容，熔铸着左思的平生理想。在读的过程中，你能体会到左思的理想境界是什么呢？

燕昭王①

陈子昂

南登碣石馆②，遥望黄金台③。
丘陵尽乔木，昭王安在哉？
霸图④怅已矣，驱马复归来。

【注释】①燕昭王：战国时期燕国有名的贤明君主，善于纳士，使国势衰败的燕国逐渐强大起来，并且打败了当时的强国齐国。②碣石馆：即碣石宫。燕昭王时，梁人邹衍入燕，昭王筑碣石亲师事之。碣：齐胸高的石块。③黄金台：位于碣石馆附近。相传燕昭王置金于台上，在此延请天下奇士。未几，召来了乐毅、剧辛等贤豪之士，昭王亲为推毂，国势骤盛。④霸图：宏图霸业。

（选自《唐诗别裁集》，上海古籍出版社，1979年版）

【交流之窗】

除了《登幽州台歌》，这首诗也是陈子昂登临山顶时抒发的感慨。在体会朴实的语言、豪迈的情怀的同时，想一想，作者为什么渴望燕昭王的归来呢？

八阵图①

杜 甫

功盖②三分国③，名成八阵图。
江流石不转④，遗恨失吞吴⑤。

【注释】①八阵图：由八种组成的阵势图形，用来操练军队或作战。②盖：超过。③三分国：指三国时魏、蜀、吴三国。④石不转：指涨水时，八阵图的石块仍然不动。⑤失吞吴：是吞吴失策的意思。

（选自《唐诗别裁集》，上海古籍出版社，1979年版）

【交流之窗】

这是作者初到夔州时作的一首咏怀诸葛亮的诗，在内容上，既是怀古，又是抒怀，情中有情，言外有意，在绝句中别树一帜。在阅读时，可以结合杜甫的《蜀相》进行比较鉴赏。

金铜仙人辞汉歌

李 贺

魏明帝青龙元年八月，诏宫官①牵车西取汉孝武捧露盘仙人，欲立置前殿。宫官既拆盘，仙人临载，乃潸然泪下。唐诸王孙②李长吉遂作《金铜仙人辞汉歌》。

茂陵刘郎秋风客，夜闻马嘶③晓无迹。
画栏桂树悬秋香④，三十六宫土花碧。
魏官牵车指千里，东关⑤酸风⑥射眸子。
空将汉月出宫门，忆君清泪如铅水⑦。
衰兰送客⑧咸阳道，天若有情天亦老⑨。
携盘独出月荒凉，渭城已远波声⑩小。

【注释】 ①宫官：指宦官。②唐诸王孙：李贺是唐宗室之后，故称"唐诸王孙"。③夜闻马嘶：传说汉武帝的魂魄出入汉宫，有人曾在夜中听到他坐骑的嘶鸣。④桂树悬秋香：八月景象。秋香：指桂花的芳香。⑤东关：车出长安东门，故云东关。⑥酸风：令人心酸落泪之风。⑦铅水：比喻铜人所落的眼泪，含有心情沉重的意思。⑧衰兰送客：秋兰已老，故称衰兰。客：指铜人。⑨天若有情天亦老：意为面对如此兴亡盛衰的变化，天如果有人的情感，也会因为常常伤感而衰老。⑩波声：指渭水的波涛声。

（选自《唐诗别裁集》，上海古籍出版社，1979年版）

【交流之窗】

本诗借金铜仙人辞汉的史事来抒发家国之痛。悲愁是诗的感情基调,围绕这个基调,我们要体会诗歌是怎样渲染意境的。我们也可以把毛泽东的《七律·人民解放军占领南京》找出来与这首诗比较一番,体会"天若有情天亦老"一句在各自诗中的意味。

桂枝香·登临送目

王安石

王安石(1021—1086),字介甫,号半山,抚州临川(今江西抚州)人。北宋著名思想家、政治家、文学家。为"唐宋八大家"之一。

登临送目①,正故国晚秋,天气初肃②。千里澄江似练③,翠峰如簇④。征帆去棹残阳里,背西风酒旗斜矗。彩舟云淡,星河鹭起,画图难足⑤。

念往昔,繁华竞逐⑥,叹门外楼头⑦,悲恨相续⑧。千古凭高对此,谩嗟荣辱⑨。六朝旧事随流水,但寒烟衰草凝绿⑩。至今商女,时时犹唱,《后庭》遗曲。

【注释】①登临送目:登山临水,举目望远。②初肃:天气刚开始萧肃。肃:萎缩,肃杀,形容草木枯落,天气寒而高爽。③千里澄江似练:形容长江像一匹长长的白绢。④如簇:这里指群峰好像丛聚在一起。簇:丛聚。⑤画图难足:用图画也难以完美地表现它。⑥繁华竞逐:(六朝的达官贵人)争着过豪华的生活。⑦门外楼头:指南陈亡国惨剧。语出杜牧《台城曲》:"门外韩擒虎,楼头张丽华。"韩擒虎是隋朝开国大将,统兵伐陈,他已带兵来到金陵朱雀门(南门)外,陈后主尚与他的宠妃张丽华于结绮阁上寻欢作乐。陈后主、张丽华被韩俘获,陈亡于隋。门:指朱雀门。楼:指结绮阁。⑧悲恨相续:指六朝亡国的悲恨,接连不断。⑨谩嗟荣辱:空叹历朝兴衰。荣:兴盛。辱:灭亡。这是作者的感叹。⑩"六朝"两句:意谓六朝的往事像流水般消逝了,如今只有寒烟笼罩衰草,凝成一片暗绿色,而繁华无存了。六朝:指三国吴、东晋、南朝宋、齐、梁、陈六个朝代。它们都建都金陵。

[选自《唐宋词鉴赏辞典（唐·五代·北宋卷）》，上海辞书出版社，1988年版]

【交流之窗】

此词寄托了作者对当时朝政的担忧和对国家政治大事的关心。但是，作者为什么要赞美金陵的景物呢？这与作者所想表达的历史兴亡的感喟有何联系？

咏史

龚自珍

金粉①东南十五州，万重恩怨属名流。
牢盆②狎客操全算，团扇才人踞上游③。
避席畏闻文字狱④，著书都为稻粱谋⑤。
田横⑥五百人安在，难道归来尽列侯？

【注释】①金粉：妇女化妆用品，用作繁华绮丽之意。②牢盆：煮盐器，代指盐商，此诗中实指主管盐务的官僚。③踞上游：指占据高位。④文字狱：反动统治者迫害知识分子，以文字犯忌，罗织罪名。⑤稻粱谋：只考虑维持生计。⑥田横：秦末群雄之一，原为齐国贵族，在陈胜吴广起义后，田横与田儋、田荣也反秦自立，兄弟三人先后占据齐地为王。后刘邦统一天下，田横不肯称臣于汉，率门客逃往海岛，刘邦派人招抚，田横被迫赴洛阳，在途中自杀。

（选自《龚自珍诗集编年校注》，龚自珍著，上海古籍出版社，2013年版）

【交流之窗】

这首诗写出了清代一些知识分子的典型心情。清前期曾屡兴文字狱，大量知识分子因文字获罪被杀。在这种酷虐的专制统治下，大多数知识分子不敢参与集会，言行十分谨慎，唯恐被牵累。阅读此诗时，要仔细体会隐伏在诗歌中的思想。

第九节　多情自古伤离别，更那堪冷落清秋节（离情送别诗）

● 本节导读

在浩如烟海的中国古代诗歌中，送别诗是十分重要的一个内容。古时候由于交通不便，通讯极不发达，亲人朋友之间往往一别数载难以相见，所以古人特别看重离别。离别之际，人们往往设酒饯别，折柳相送，有时还要吟诗话别，因此离情别绪就成为古代文人一个永恒的主题。

送别诗是古诗词中的一个大类。它一般是按时间地点来描写景物，表达离愁别绪，从而体现作者的思想感情。送别诗中常用的意象有：长亭、杨柳、夕阳、酒、秋等。诗词题目往往有"赠、别、送"等字眼。送别内容有写夫妻之别、亲人之别、友人之别，也有写同僚之别，甚至写匆匆过客之别。所用的手法常常是直抒胸臆或借景抒情。同时还要掌握其他艺术特点，有的格调豪放旷达，有的深婉含蓄，有的直露，有的蕴藉，有的用语浅近不事雕琢。

因各人的情况不同，故送别诗所写具体内容及思想倾向往往有别，大致可以分为：谢别、恋别、壮别和阔别等几种。

不过还有很多种分类的方法，根据送别诗所写具体内容及思想倾向，可以分为以下几种：依依不舍的留念、离愁别恨；情深意长的勉励和赞颂；坦陈心志的告白，借以一吐胸中积愤或表明心志。

纵观古代的送别诗，赠别也罢，留别也好，俱是由眼前景而触发心中情，是寓情于景、寓景于情，是真情的流露、心志的坦陈。

送魏二

王昌龄

醉别江楼橘柚香,江风引雨入舟凉。
忆君遥在潇湘①月,愁听清猿②梦里长。

【注释】①潇湘:潇水在零陵县与湘水会合,称潇湘。泛指今湖南一带。②清猿:即猿。因其啼声凄清,故称。

(选自《唐诗大辞典》,凤凰出版社,2003年版)

【交流之窗】

想象分别后的满怀愁绪,自然能联想到作者送别魏二时的感伤。有话不直说,似乎自古以来就是中国文人的特质,但对友情的珍惜的确有时很难开口,不是吗?

送别

王 维

下马饮君酒①,问君何所之②?
君言不得意,归卧③南山陲。
但④去莫复问,白云无尽时。

【注释】①饮君酒:劝君饮酒。饮:使……喝。②何所之:去哪里。之:往。③归卧:隐居。④但:只。

(选自《唐诗大辞典》,凤凰出版社,2003年版)

【交流之窗】

　　这是首送友人归隐的诗,采用问答的方式从友人口中说出归隐的原因,也表现了诗人复杂的思想感情。全诗语言看似平淡无奇,但最后两句却顿增诗意,你能说出其中的深意吗?

送别

王之涣

　　王之涣(688—742),唐诗人。字季凌。晋阳(今山西太原市西南)人,后徙绛。官衡水主簿,文安县尉。豪放不羁,常击剑悲歌。其诗善写边塞风光,意境雄浑,多为当时乐工制曲歌唱,名动一时。

　　杨柳东门树,青青夹御河。
　　近来攀折苦,应为别离多。

　　【注释】①东门:即长安青门,唐朝时出京城多东行者,多用于送别。②青青:指杨柳的颜色。③攀折:古代折柳送别的习俗。④苦:辛苦,这里指折柳不方便。

（选自《唐诗别裁集》,上海古籍出版社,1979年版）

【交流之窗】

　　这首送别小诗,清淡如水,短小精悍,款款流露出依依惜别的深情,诗人往往看似在写景,但实际却有表达送别之意,结合本节导语,你能从前两句诗中看出来吗?最后两句中,有一个字衬托了诗人的送别深情,想想这个字是什么?正是如此,诗人折或者不折杨柳,内心的悲楚恐怕都已到了无以复加的地步。

长相思·吴山青

林　逋

林逋(967—1029),字君复,又称和靖先生,钱塘(今浙江杭州)人。北宋著名诗人。

吴山青,越山青。两岸青山相送迎,谁知离别情。
君泪盈,妾泪盈。罗带同心结①未成,江头潮已平②。

【注释】①同心结:将罗带系成连环回文样式的结子,象征定情。②潮已平:指江水已涨到与岸相齐。

[选自《唐宋词鉴赏辞典(唐·五代·北宋卷)》,上海辞书出版社,1988年版]

【交流之窗】

本词描绘一女子与情人诀别的情景,临别之际,泪眼相对,哽咽无语。为什么这人间常有的离别,却使他们如此感伤?仔细读读最后两句,你就能从中找到原因。另外,林逋的《长相思》思的是何人?他不是"梅妻鹤子"吗?找找作者的生平经历,思考这个问题。

踏莎行·候馆梅残

欧阳修

候馆①梅残，溪桥柳细，草薰②风暖摇征辔③。离愁渐远渐无穷，迢迢④不断如春水。

寸寸柔肠，盈盈⑤粉泪⑥，楼高莫近危阑倚。平芜⑦尽处是春山，行人更在春山外。

【注释】①候馆：迎宾候客之馆舍。②草薰：小草散发的清香。③征辔（pèi）：行人坐骑的缰绳。④迢迢：形容遥远的样子。⑤盈盈：泪水充溢眼眶之状。⑥粉泪：泪水流到脸上，与粉妆和在一起。⑦平芜：平坦地向前延伸的草地。

[选自《唐宋词鉴赏辞典（唐·五代·北宋卷）》，上海辞书出版社，1988年版]

【交流之窗】

围绕"离愁"，欧阳修营造了怎样的环境？难道仅是眼前之景令人悲戚伤感？仔细体会最后两句，今人唐圭璋《唐宋词简释》赞曰："平芜已远，春山则更远矣，而行人又在春山之外，则人去之远，不能目睹，惟存想象而已。写来极柔极厚。"

卜算子·送鲍浩然之浙东

王 观

王观(1035—1100),字通叟,宋代词人,与高邮的秦观并称二观。

水是眼波横①,山是眉峰聚②。欲问行人去那边?眉眼盈盈处③。
才始④送春归,又送君归去。若到江南赶上春,千万和春住。

【注释】①水是眼波横:水像美人流动的眼波。古人常以秋水喻美人之眼,这里反用。眼波:比喻目光似流动的水波。②山是眉峰聚:山如美人蹙起的眉毛。③眉眼盈盈处:一说比喻山水交汇的地方,另有说是指鲍浩然前去与心上人相会。盈盈:美好的样子。④才始:方才。

[选自《唐宋词鉴赏辞典(唐·五代·北宋卷)》,上海辞书出版社,1988年版]

【交流之窗】

词贵缘情。这首小词正是用它所表现的真挚感情来打动读者的心弦的。尤其是开篇的两句比喻,你觉得作者为何将山水比作眉眼?和下文的想象有什么联系?

第十节　夕阳西下，断肠人在天涯
　　　　（羁旅思乡诗）

● 本节导读

在古代，有的诗人，或因谋求仕途，或被贬赴任途中，或游历名山大川，或探亲访友。长期客居他乡，滞留他处，处境困顿，心情郁闷，遂将所见、所闻、所感，写成诗篇。

羁旅诗又称为记行诗、行旅诗，是指诗人因各种原因远离家国，用诗歌的形式反映客居异乡的艰难、漂泊无定的辛苦并引发对亲人的思念，对故乡的思归，对自我人生如寄处境的感慨等内容的诗歌。而思乡，实际是思念家，思念家人，就是思念家乡亲人，睹物思人。因此，羁旅思乡诗主要就是写客居他乡的游子漂泊凄凉孤寂的心境以及对家乡、亲人的思念。

羁旅诗，多抒发绵绵的乡愁，对亲人无尽的思念和郁郁不得志之情。中国在先秦时期的《诗经》《楚辞》中已经有了羁旅诗歌，到了汉朝尤其是汉末乱世出现了很多创作羁旅诗的羁旅诗人，羁旅诗歌得到很快发展，之后经过三国两晋南北朝的发展，到唐代，羁旅诗发展已经成为一种成熟的文学样式，成为唐诗中的一个重要门类。关注羁旅诗，也要关注诗歌中的历史大背景以及诗人的个人背景和遭遇。

月夜

杜 甫

今夜鄜①州月，闺中只独看。
遥怜②小儿女，未解③忆长安。
香雾云鬟湿，清辉玉臂寒④。
何时倚虚幌⑤，双照⑥泪痕干。

【注释】①鄜（fū）州：今陕西省富县。当时杜甫的家属在鄜州的羌村，杜甫在长安。②怜：想。③未解：尚不懂得。④香雾云鬟（huán）湿，清辉玉臂寒：想象妻子独自久立，望月怀人的形象。⑤虚幌：透明的窗帷。⑥双照：与上面的"独看"对应，表示对未来团聚的期望。

（选自《唐诗大辞典》，凤凰出版社，2003年版）

【交流之窗】

这是作者被禁于长安时望月思家之作。但是诗人为什么不写自己如何思念，却想象自己的儿女和妻子？这样写和直接表达思念有什么区别？

闻雁

韦应物

故园渺①何处？归思方②悠哉。
淮南秋雨夜，高斋③闻雁④来。

【注释】①渺（miǎo）：仔细地察看。②方：刚开始。③高斋：楼阁上的书房。④闻雁：听到北来的雁叫声。

（选自《唐诗别裁集》，上海古籍出版社，1979年版）

【交流之窗】

诗人在秋雨之夜、归思正深之际，听到自远而近的雁叫声，有感而作此诗。搜集关于"雁"的诗句，体会一下这些诗想通过"雁"表达哪些情感。

回乡偶书

贺知章

贺知章（659—约744），字季真，晚年自号四明狂客，越州永兴（今浙江杭州市萧山区西）人。唐代著名诗人、书法家。

少小离家老大①回，乡音②无改鬓毛③衰④。
儿童相见不相识，笑问客从何处来。

【注释】①老大：年纪大了，老了。②乡音：家乡的口音。③鬓毛：额角边靠近耳朵的头发。④衰（cuī）：减少，疏落。

（选自《唐诗大辞典》，凤凰出版社，2003年版）

【交流之窗】

这是作者致仕还乡时所作，结合作者经历更能深感其情。诗中既抒发了久客伤老之情，又充满久别回乡的亲切感，虽为晚年之作，却富于生活情趣。你也可以联系本节的其他羁旅思乡诗，能否体会到告老还乡的释然？

新年作

刘长卿

刘长卿(？—约789)，字文房，河间(今属河北)人。唐代诗人。

乡心新岁切，天畔独潸然①。
老至居人下②，春归在客先③。
岭猿同旦暮，江柳共风烟。
已似长沙傅④，从今又几年？

【注释】①潸(shān)然：流泪的样子。②居人下：指官人，处于人家下面。③"春归"句：春已归而自己尚未回去。④长沙傅：指贾谊。他曾受谗被贬为长沙王太傅，这里借以自喻。

（选自《唐诗别裁集》，上海古籍出版社，1979年版）

【交流之窗】

从这首诗可以看出，诗人的处境如何？作者的无限离愁及失意悲愤之情是借景抒发还是直抒胸臆？

少年游

柳　永

参差烟树霸陵桥①，风物②尽前朝。衰杨古柳，几经攀折，憔悴楚宫腰③。

夕阳闲淡秋光老，离思满蘅皋④。一曲《阳关》⑤，断肠声尽，独自凭兰桡⑥。

【注释】①霸陵桥:在长安东(今陕西西安)。古人送客至此,折杨柳枝赠别。②风物:风俗。③楚宫腰:以楚腰喻柳。楚灵王好细腰,后人故谓细腰为楚腰。④蘅皋(héng gāo):长满杜蘅的水边陆地。⑤阳关:为古人送别之曲。⑥兰桡(ráo):兰桡指代船。桡:即船桨。

[选自《唐宋词鉴赏辞典(唐·五代·北宋卷)》,上海辞书出版社,1988年版]

【交流之窗】

我们读过柳永的《雨霖铃》,那一层一层的离愁给人留下了抹不去的印象。这首词是柳永作为"西征客"来到汉唐旧都长安,又在霸桥这一个传统的离别之地与友人分袂。他徘徊在桥上,所见之景、所闻之音皆令人心生别情。结合注释,我们把这些意象找出来体会一番。

旅夜书怀

杜 甫

细草微风岸,危樯①独夜舟②。
星垂平野阔③,月涌大江流。
名岂文章著④,官应老病休⑤。
飘飘⑥何所似,天地一沙鸥。

【注释】①危樯(qiáng):高竖的樯杆。危:高。樯:船上挂风帆的樯杆。②独夜舟:是说自己孤零零的一个人夜泊江边。③星垂平野阔:星空低垂,原野显得格外广阔。④名岂:这句连下句,是用"反言以见意"的手法写的。杜甫确实是以文章而著名的,却偏说不是,可见另有抱负,所以这句是自豪语。休官明明是因论事见弃,却说不是,是什么老而且病,所以这句是自解语了。⑤官应老病休:官倒是因为年老多病而被罢退。应:认为是。⑥飘飘:飞翔的样子,这里含有"飘零""漂泊"的意思,因为这里是借沙鸥以写人的漂泊。

(选自《杜甫集校注》,上海古籍出版社,2016年版)

【交流之窗】

永泰元年（765），杜甫辞去节度参谋的职务，返回成都草堂居住。同年四月，严武去世，杜甫在成都的依靠也随之失去，此时杜甫只能携带家室由成都乘舟东下，经嘉州、榆州至忠州。这首诗大约作于途中，作者的漂泊无依，跃然纸上。尤其颈联更是道出心酸，名声不该因文笔著称，当是"致君尧舜上"抱负的实现，如今却不得其志。最后一句，以景结情，更是余味无穷。

水调歌头·明月几时有

苏　轼

丙辰①中秋，欢饮达旦，大醉，作此篇，兼怀子由。

明月几时有？把酒问青天。不知天上宫阙②，今夕是何年。我欲乘风归去，又恐琼楼玉宇，高处不胜寒。起舞弄清影③，何似在人间？

转朱阁，低绮户④，照无眠。不应有恨，何事长向别时圆⑤？人有悲欢离合，月有阴晴圆缺，此事古难全。但愿人长久，千里共婵娟⑥。

【注释】①丙辰：指1076年（宋神宗熙宁九年）。这一年苏轼在密州（今山东省诸城市）任太守。②天上宫阙（què）：指月中宫殿。阙：古代城墙后的石台。③弄清影：意思是月光下的身影也跟着做出各种舞姿。弄：赏玩。④转朱阁，低绮（qǐ）户，照无眠：月儿移动，转过了朱红色的楼阁，低低地挂在雕花的窗户上，照着没有睡意的人（指诗人自己）。⑤不应有恨，何事长（cháng）向别时圆：（月儿）不该（对人们）有什么怨恨吧，为什么偏在人们分离时圆呢？何事：为什么。⑥千里共婵（chán）娟（juān）：只希望两人年年平安，虽然相隔千里，也能一起欣赏这美好的月光。共：一起欣赏。婵娟：指月亮。

（选自《东坡乐府笺》，上海古籍出版社，2009年版）

【交流之窗】

苏轼和弟弟苏辙都才华横溢，却性格迥异，苏轼如他的名字一样，是车上的扶栏，看到的是远处，因此也是不甘寂寞，敢为天下先，由此得罪权势，一生坎坷。而苏辙较为保守，凡事谨慎，因此也就没有那么多波折。兄弟二人一生聚少离多，但二人患难与共，相互扶持，令人感动。此词是苏轼中秋望月思念苏辙所作，表达了诗人对苏辙的无限怀念。词人先用文字勾勒出一种皓月当空、亲人千里、孤高旷远的境界，诗人大醉，不禁感慨世事难遂人愿的感慨，月之圆缺与人之悲欢都是自然之常态，所以难以排解的相思在作者的笔下也多了一份旷达，最终的情感寄托明月，与弟弟千里共赏圆月，以抒思念。

第十一节　妆罢低声问夫婿，画眉深浅入时无
（托物言志诗）

● 本节导读

　　托物言志，就是诗人不直接表露自己的思想、感情，而是采用象征、兴寄等手法，把自己的某种理想和人格融于某种具体事物。好的托物言志诗，应该具有什么特点呢？

　　首先，既然是咏物诗，当然要能逼真地写出所咏之物的特征，并能深入其里，摄取出事物的神韵、品格来，要做到"神似"。唐人李商隐的一首长题七绝，《韩冬郎即席为诗相送，一座尽惊。他日余方追吟"连宵侍坐徘徊久"之句，有老成之风。因成二绝寄酬，兼呈畏之员外》。内容是：十岁裁诗走马成，冷灰残烛动离情；桐花万里丹山路，雏凤清于老凤声。此诗的第三、第四两句，采用了比喻手法，将韩冬郎父子比作凤凰，以"雏凤清于老凤声"表明青出于蓝，抽象的道理从而转化为具体的形象。光这样还不够生动。诗人又联想到，传说中凤凰产在丹山，它爱栖息的是梧桐树。经过想象的驰骋，使之构成这样一幅令人神往的图景，遥远的丹山道上，美丽的桐花覆盖四野，花丛中不时传来雏凤清脆圆润的鸣声，应和着老凤苍亮的呼叫，显得更为悦耳动听。多么富有诗情画意的写照。看了这幅图画，冬郎的峥嵘年少和峻拔诗才不都跃然纸上了吗？

　　其次，在欣赏咏物诗时，要注意作者在描摹的事物中所寄托的感情。如明人于谦17岁时写的《石灰吟》：千锤万凿出深山，烈火焚烧若等闲。粉骨碎身全不怕，要留清白在人间。诗的首句写石灰的来之不易，铿锵有力的字句中寄寓了千锤百炼才能造就人才的深意。次句以拟人化的手法表现了石灰临难不惧、处变不惊的不凡气度，从中也寄寓了少年于谦不畏艰险的性格。第三句诗人再次以拟人化的手法充分表现了石灰不怕粉身碎骨的崇高精神和甘愿献身的美德。同样，从中也展示了诗人不怕牺牲、视死如归的英雄情怀。诗的末句"要留清白在人间"是前三句的收结与归宿，是全诗的画龙点睛之笔。石灰何以能如前面所吟唱的那样，关键在于它具有"要留清白在人间"的志向，这也是诗人的志向和理想。

再者，要注意分析咏物诗的写作技巧。手法的不同，往往能反映出所咏之物与诗人自我形象融合的深浅程度。如本节所选之诗黄巢落第后所作的《菊花》：待到秋来九月八，我花开后百花杀。冲天香阵透长安，满城尽带黄金甲。作者亲切地称"菊花"为"我花"，显然把它作为广大被压迫人民的象征。那么，与之相对应的"百花"自然是喻以腐朽的封建统治集团。诗的第三、第四两句极写菊花盛开的壮丽情景，整个长安城，都开满了带着"黄金甲"的菊花，它们散发出阵阵浓郁香气，直冲云天，浸透全城。思想的深刻、想象的奇特、设喻的新颖、辞采的壮丽、意境的阔大，都可谓前无古人，正因为这样，作者笔下的菊花也就一变过去那种幽独淡雅的静态美，显示出一种豪迈粗犷、充满战斗气息的动态美。它既非"孤标"，也不止"丛菊"，而是花开满城，占尽秋光，散发出阵阵浓郁的战斗芳香，所以用"香阵"来形容。因此这首诗，无论意境、形象、语言、手法都有"奇"的特点，使人于诗作中读出诗人的高大形象，精神为之一振，耳目为之一新。

　　总之，优秀的古典诗词作者在创作托物言志这一类作品时，总是能够通过细致的观察和悉心的体验，进而准确地寻觅出能表达自己思想情感以及作品主旨的客观对象，即找准言"志"之"物"。

秋夜望单飞雁

庾 信

庾(yǔ)信(513—581),字子山,南北朝时期文学家、诗人。

失群寒雁声可怜,夜半单飞在月边。
无奈人心复有忆①,今暝②将③渠④俱不眠。

【注释】①有忆:有所思念。②暝:夜。③将:与。④渠:它,指雁。

(选自《先秦汉魏晋南北朝诗》,中华书局,1988年版)

【交流之窗】

还记得上一节《闻雁》一诗吗?我们再来了解一下"雁"这个意象。雁是候鸟,一年之间,定时地南来北往,容易引起乡思;雁一般又是合群飞翔的,看见单飞之雁,也更容易引起个人的身世之悲;时节又当秋夜,正是北雁南归之时,所以感时触景,倍增愁苦。

不第①后赋菊

黄 巢

黄巢(?—884),唐末农民大起义领袖。曹州冤句(今山东曹县西北)人。

待到秋来九月八②,我花开后百花杀③。
冲天香阵透长安,满城尽带黄金甲④。

【注释】①不第:科举落第。②九月八:九月九日为重阳节,有登高赏菊的风俗,说"九月八"是为了押韵。③杀:草木枯萎。④黄金甲:指金黄色铠甲般的菊花。

(选自《全唐诗》,中华书局,1960年版)

【交流之窗】

本诗的最后一句变成了一部电影的名字，但这位农民起义领袖却是想赋予菊花以英雄风貌与高洁品格，把菊花作为广大被压迫人民的象征，以百花喻指反动腐朽的封建统治集团，形象地显示了农民革命领袖果决坚定的精神风貌。全诗想象奇特，气魄雄伟。

梅花

王安石

墙角数枝梅，凌寒①独自开。
遥②知不是雪，为③有暗香④来。

【注释】①凌寒：冒着严寒。②遥：远远地。③为（wèi）：因为。④暗香：指梅花的幽香。

（选自《全宋诗》，北京大学出版社，1991年版）

【交流之窗】

诗中以梅花的坚强和高洁品格喻示那些像诗人一样坚持操守、主张正义、不畏排挤和打击的人。想想"墙角""凌寒"以及"数""独"在诗歌中的作用。

画菊

郑思肖

郑思肖（1241—1318），字忆翁，福州连江（今属福建）人。宋末诗人、画家。

花开不并①百花丛，独立疏篱②趣未穷。
宁可枝头抱香死③，何曾吹落北风④中。

【注释】①不并：不合，不靠在一起。②疏篱：稀疏的篱笆。③抱香死：菊花凋谢后不落，仍系枝头而枯萎，所以说抱香死。④北风：寒风，此处语意双关，亦指元朝的残暴势力。

（选自《全宋诗》，北京大学出版社，1991年版）

【交流之窗】

都是咏物诗，都是咏菊诗，本诗的菊的形象有哪些特质？好像诗句处处都是写菊，但又处处不仅是写菊，你能体会到这种自然属性与诗人情怀的暗合吗？

墨梅①

王 冕

王冕（1287—1359），字元章，号煮石山农，诸暨（今属浙江）人。元朝著名画家、诗人、篆刻家。

我家②洗砚池边树，朵朵花开淡墨③痕。
不要人夸颜色好，只留清气④满乾坤。

【注释】①墨梅：用水墨画的梅花。②我家：因王羲之与王冕同姓，所以王冕便认为王姓自是一家。③淡墨：水墨画中将墨色分为四种，如清墨、淡墨、浓墨、焦墨。这里是说那朵朵盛开的梅花，是用淡淡的墨迹点化成的。④清气：所谓的清气，于梅花来说自然是清香之气，但此处也暗喻人之清高自爱的精神，所谓清气就是雅意，就是正见，就是和合之气。

（选自《竹斋集》，王冕著，西泠印社出版社，2011年版）

【交流之窗】

了解王冕，你能更好地体会这首诗。他出身贫寒，幼年替人放牛，靠自学成为诗人、画家。他以画梅著称，尤工墨梅。诗中的墨梅劲秀芬芳、卓然不群，同时也反映了作者的高尚情趣和淡泊名利的胸襟，鲜明地表明了他不向世俗献媚的坚贞、纯洁的操守。

精卫

顾炎武

顾炎武(1613—1682)，初名绛，字宁人，江苏昆山人。明末清初的杰出的思想家、经学家、史地学家和音韵学家，与黄宗羲、王夫之并称为明末清初"三大儒"。

万事有不平，尔①何空自苦；
长将一寸身，衔木到终古②？
我愿平东海，身沉心不改；
大海无平期，我心无绝时。
呜呼！君不见，西山衔木众鸟多，鹊来燕③去自成窠。

【注释】①尔：指精卫。②终古：永远。③鹊、燕：比喻无远见、大志，只关心个人利害的人。

（选自《顾炎武全集》，上海古籍出版社，2011年版）

【交流之窗】

先了解一则传说。相传，精卫鸟是炎帝的女儿，被东海吞噬了生命。她的灵魂变成了一只精卫鸟，锲而不舍不知疲倦地从高山采集石子和树枝衔在嘴里丢向东海。顾炎武在这首诗里把自己比喻为精卫鸟，决心以精卫鸟填海的精神，实现自己抗清复明和编写巨著的大业。想一想，在其他领域里，精卫填海的精神有哪些体现？

第三章
说破源流万法通
——诗歌的艺术手法

⊙ 陈连强绘

一首诗歌，为了能更好地表情达意，需运用恰当的艺术手法。因此，分析语言、理解诗歌内容，必须认识艺术手法类型和作用。艺术手法的类别众多，分类和表述方法也不尽一致。为了便于大家理解和掌握，提高诗歌的鉴赏水平，我们把它分为如下四种类别：

　　1. 抒情手法。抒情又分两类：一是直接抒情，又叫直抒胸臆；一是间接抒情。间接抒情又分为：借景（包含借景抒情、情景交融、以乐写哀等）、借事（即事抒情，或通过细节抒情）、借物（托物言志，寄托，象征）、借史（借古讽今，吊古伤怀）。

　　2. 描写手法。如正面描写，侧面描写，渲染，烘托，对比、衬托，白描，虚实等。

　　3. 结构手法。起兴、开门见山、卒章显志、欲扬先抑、画龙点睛等。

　　4. 修辞手法。比喻、比拟、借代、夸张、对偶、对比、双关、对仗、反复、用典等。

第一节　晴空一鹤排云上，便引诗情到碧霄
（抒情手法）

● 本节导读

抒情手法是古典诗词中非常重要的手法，诗词是抒情的载体，意象也往往是为了达到某种抒情效果而服务的。就抒情的方式而言，可分直抒胸臆（直接抒情）和间接抒情（手法常是借景抒情、情景交融、托物言志等）。

所谓直接抒情，即作者在文中把内心强烈的感情不加掩饰地直接叙述出来，让强烈的感情激流直接倾泻而出。而间接抒情往往是含蓄蕴藉，将情感通过其他载体表现出来，常见的方法有借景抒情、托物言志、吊古伤今等。就借景抒情来说，其通过对实景的描写来抒发作者的感情，主要围绕景情的关系展开。而托物言志主要是通对事物的描写和叙述，表达自己的志向和意愿。这种手法的作品，要抓住事物的特点和环境，这往往是抓住作者想要寄托的志向的线索。而情景交融在景物描写中融入了作者的主观感情，使诗歌达到"物我合一"，分不清哪是"景"，哪是"情"，往往是一切景语皆情语。而抒情手法中很独特的一类也要重点强调，即乐景写哀，它属于反衬手法中的一种，表面上写的是一种欢乐的场景，而实际上是借此来表达一种悲哀、凄楚的情绪。有的诗歌往往以景而结，情感自在于景中，这是以景结情，诗歌在议论或抒情的过程中，戛然而止，转为写景，以景代情作结，这样做的好处是使得诗歌"言有尽而意无穷"，颇具余味。

学习诗词，一定要学会体会作者的情感，情感是一首诗歌的灵魂，也是读者和作者灵魂对话的前提，当情感产生了共鸣，纵然相隔千年万年，也会体会其喜怒哀乐，真正明白诗词的魅力，初高中学生在诗歌的学习中应当学会通过手法进入情感，披文入情，与古人对话，感受文学的魅力。

春望

杜 甫

国破山河在①,城春草木深。
感时花溅泪,恨别鸟惊心。
烽火连三月,家书抵万金。
白头搔②更短,浑欲不胜簪③。

【注释】①国:国都,指长安(今陕西西安)。破:陷落。山河在:旧日的山河仍然存在。②白头:这里指白头发。搔:用手指轻轻地抓。③浑:简直。欲:想,要,就要。胜:受不住,不能。簪:一种束发的首饰。古代男子蓄长发,成年后束发于头顶,用簪子横插住,以免散开。

(选自《杜甫集校注》,上海古籍出版社,2015年版)

【交流之窗】

所谓"一切景语皆情语",杜甫描绘的眼前景物,实际上是抒发物是人非的历史感,将感情寄寓于景物,借助景物反托情感,营造了一片荒凉的气氛。"国破"和"城春"两个相反的意象,形成强烈的反差,更增其悲凉。诗歌讲究的是含蓄蕴藉,有情感往往不会直接倾诉,而是借助景物来传达。

南园十三首（其一）

李 贺

花枝草蔓眼中开，小白长红①越女腮。
可怜日暮嫣香②落，嫁与春风不用媒。

【注释】①小白长红：指花有小有大，颜色各种各样。越女：习称春秋时越国美女西施，这里泛指美女。②嫣香：娇艳芳香，指花。

（选自《李长吉歌诗编年笺注》，中华书局，2012年版）

【交流之窗】

这首诗歌借物抒情，写花实则喻人，联系诗人的境况，诗人当时不过二十出头，正是风华正茂，却被统治者忽视，怀才不遇，不胜悲凄。细思此诗，便知诗人的良苦用心。遇到类似的写景咏物之作，要明确作者的情感，首先要抓住景物的形态和特征，看看是否另有寄托。

郊行即事

程 颢

程颢（1032—1085），北宋哲学家、教育家。字伯淳，学者称明道先生。洛阳（今属河南）人。嘉祐进士。神宗时为太子中允监察御史里行。反对王安石新政。曾和弟弟程颐学于周敦颐，同为北宋理学的奠基者，世称"二程"。

芳原绿野恣行①时，春入遥山②碧四围。
兴③逐乱红④穿柳巷，困临流水坐苔矶。

莫辞盏酒十分醉,只恐风花一片飞。

况是清明好天气,不妨游衍⑤莫忘归。

【注释】①恣行:尽情游赏。②遥山:远山。③兴:乘兴,随兴。④乱红:指落花。⑤游衍:是游玩溢出范围的意思。

（选自《二程集》,中华书局,2004年版）

【交流之窗】

"二程"诗歌,富含哲思,此诗由郊外踏春而生春游之感。面对杳然流去的落花,诗人想到了时间的珍贵,想到了聚少离多的世事,最后表达出要与朋友及时行乐、珍惜眼前的愿望。

浣溪沙·漠漠轻寒上小楼

秦　观

漠漠轻寒①上小楼,晓阴无赖似穷秋②,淡烟流水画屏幽③。

自在飞花轻似梦,无边丝雨细如愁,宝帘闲挂④小银钩。

【注释】①漠漠:像轻寒一样的冷漠。轻寒:薄寒,有别于严寒和陡峭春寒。②晓阴:早晨天阴着。无赖:词人厌恶之语。穷秋:秋天走到了尽头。③淡烟流水:画屏上轻烟淡淡,流水潺潺。幽:意境悠远。④宝帘:缀着珠宝的帘子,指华丽的帘幕。闲挂:很随意地挂着。

（选自《淮海居士长短句笺注》,上海古籍出版社,2008年版）

【交流之窗】

此词以婉曲之笔,描写了一位女子的淡淡闲愁。在生活中,每个人都会有着一份属于自己的闲愁。此种情感从心底无端地产生,说不清也拂不去,难以排遣。诗歌化实为虚,飞花似梦,丝雨如愁,化有形为无形,此情此景,凄婉迷离。能否说一下哪一句是虚实结合呢?

节妇吟·寄东平李司空师道①

张　籍

张籍（约767—约830），唐代诗人。字文昌，苏州（今属江苏）人。少时侨寓和州乌江（今安徽和县东北）。贞元进士，历任太常寺太祝、水部员外郎、国子司业等职，故世称张水部或张司业。

君知妾有夫，赠妾双明珠。
感君缠绵意，系在红罗襦。
妾家高楼连苑起②，良人执戟明光里③。
知君用心如日月，事夫誓拟同生死。
还君明珠双泪垂，恨不相逢未嫁时。

【注释】①节妇：能守住节操的妇女，特别是对丈夫忠贞的妻子。吟：一种诗体的名称。李司空师道：李师道，时任平卢淄青节度使。②高楼连苑起：耸立的高楼连接着园林。苑：帝王及贵族游玩和打猎的风景园林。起：矗立着。③良人：旧时女人对丈夫的称呼。执戟：指守卫宫殿的门户。戟：一种古代的兵器。明光：本汉代宫殿名，这里指皇帝的宫殿。

（选自《张籍集系年校注》，中华书局，2011年版）

【交流之窗】

这是一首具有双层内涵的唐诗。从表象上看描写了一位忠于丈夫的妻子，拒绝了一位多情男子的追求，守住了妇道。这实际上是张籍在受到藩镇高官李师道征召后，委婉的拒绝诗，诗人以妇人自比，含蓄地表达了自己忠于朝廷、不被藩镇高官拉拢的决心。

登金陵凤凰台

李 白

凤凰台①上凤凰游,凤去台空江自流。
吴宫花草埋幽径,晋代衣冠成古丘②。
三山③半落青天外,二水中分白鹭洲④。
总为浮云能蔽日⑤,长安不见使人愁。

【注释】①凤凰台:在金陵凤凰山上。②晋代:指东晋,南渡后也建都于金陵。衣冠:指的是东晋文学家郭璞的衣冠冢。③三山:山名。④二水:一作"一水"。指秦淮河流经南京后,西入长江,被横截其间的白鹭洲分为二支。白鹭洲:古代长江中的沙洲,洲上多集白鹭,故名。⑤浮云能蔽日:比喻谗臣当道障蔽贤良。

(选自《李白集校注》,上海古籍出版社,2007年版)

【交流之窗】

李白登上金陵凤凰台,凭高吊古,抒发了自己内心的感受,历史的沧桑,眼前的景物和诗人内在的感受,交织一起,忧国伤时的怀抱溢于言表。登临之作往往是见古思今,或者借古讽今,或者怀古抒情,总之,把握其情感是理解登临诗的不二法门。

[双调]沉醉东风

关汉卿

关汉卿（约生于金末，卒于元），元戏曲作家。号已斋叟，大都（今北京）人，又有祁州（治今河北安国）人、解州（治今山西运城市西南解州镇）人诸说。历代皆以"关（汉卿）、马（致远）、郑（光祖）、白（朴）"并称为"元曲四大家"。

咫尺的天南地北，霎时间月缺花飞。手执着饯行杯，眼阁着别离泪，刚道得声保重将息，痛煞煞教人舍不得。好去者，望前程万里！

（选自《汇校详注关汉卿集》，中华书局，2006年版）

【交流之窗】

这首曲描写了送别的场面，抒发了诗人对好友的不舍之情，所谓"诗庄，词媚，曲俗"，曲的特点在于语言的直白，风格的爽朗，不像诗词般含蓄曲折，而是毫不修饰，其情感真挚动人。比较一下柳永的《雨霖铃》，是否各具特色呢？

鹧鸪天·送人

辛弃疾

唱彻阳关①泪未干，功名余事且加餐②。浮天水送无穷树，带雨云埋一半山。

今古恨，几千般，只应离合是悲欢。江头未是风波恶③，别有人间行路难④！

【注释】①唱彻阳关：唱完送别的歌曲。②余：多余。加餐：多吃饭。③未是：还不是。④别有：更有。

（选自《稼轩词注》，岳麓书社，2005年版）

【交流之窗】

诗歌满怀伤感，虽是送别之作，但按照辛弃疾的性格，送别很难给他带来这样的伤感。仕途、世事的感慨一直郁积胸中，在此送别之时，压抑的情感一触而发。词人和陆游一样，都希望对国家有所作为，然世态炎凉，令作者壮志难酬，一任岁月蹉跎。

示长安君①

王安石

少年离别意非轻②，老去相逢亦怆情。
草草杯盘③供笑语，昏昏灯火话平生。
自怜湖海三年隔，又作尘沙万里行。
欲问后期何日是？寄书应见雁南征。

【注释】①示长安君：写给长安君看。长安君：王文淑，是作者的大妹妹，受到了长安县君的封号。②意非轻：情意不是轻的。③草草：随便准备的。杯盘：指的是酒和菜。

（选自《王荆文公诗集笺注》，上海古籍出版社，2010年版）

【交流之窗】

此诗作于嘉祐五年（1060），王安石将要出使辽国。王安石与他的妹妹王文淑感情很深，这次相聚，已经相隔三年，而刚刚见面，却要马上分别，想起两人年龄已老，不知何时再能相会，无限伤怀，直述笔端。

第二节　自在飞花轻似梦，无边丝雨细如愁
（描写手法）

● 本节导读

写景状物是古代诗歌中常见的内容之一，作者通过描写景物，可以渲染气氛，抒发情感，深化中心，推动情节发展。我们欣赏诗歌，除了读懂字面语意，提升思想素质和审美情感，还要关注诗人用语言写景状物的形式与技巧。

描写手法主要分正面描写和侧面描写。正面描写是把镜头直接对准描写对象进行刻画，或写肖像，或写语言，或写心理。侧面描写，又叫间接描写，是从侧面烘托人物形象，通过对周围人物或环境的描绘来表现所要描写的对象，以使其鲜明突出。诗词创作中，诗人往往喜欢借助一些侧面描写，达到正面描写无法替代或者很难达到的艺术效果，提高诗歌的审美魅力。正如清人刘熙载在《艺概·诗概》中说："山之精神写不出，以烟霞写之；春之精神写不出，以草树写之。"

鉴赏古代诗歌中的描写，首先要了解有哪些常见的鉴赏角度，主要是正面描写和侧面描写中的衬托、动静结合、色彩的渲染、点面结合、虚实相生、远近高低观察角度的变化等。各种手法之间可能有交错运用的现象，比如以动衬静、色彩的对比也可以是反衬。其次要善于根据诗歌中所描写的景物事物特点和人物形象，去探究作者是利用什么手法技巧达到这一表现目的的。

夜雨寄北①

李商隐

君问归期未有期,巴山夜雨涨秋池。
何当共剪西窗烛②,却话巴山夜雨时!

【注释】①寄北:写诗寄给北方的人。诗人当时在巴蜀(现在四川省),他的亲友在长安,所以说"寄北"。这首诗表达了诗人对亲友的深刻怀念。②剪西窗烛:剪烛,剪去燃焦的烛芯,使灯光明亮。这里形容深夜秉烛长谈。"西窗话雨""西窗剪烛"用作成语,所指也不限于夫妇,有时也用以写朋友间的思念之情。

(选自《玉溪生诗集笺注》,上海古籍出版社,1998年版)

【交流之窗】

写身在此地,而想彼地之思的作品,如《涉江采芙蓉》在前人作品中不乏其例;而写身处今日而回忆过去的作品,为数更多。但把二者统一起来的还是这首李商隐的《夜雨寄北》,这首诗歌虚实相生,情景交融,构成了完美的意境。

青玉案·凌波不过横塘路

贺 铸

凌波不过横塘路,但目送,芳尘去。锦瑟华年谁与度?月桥花院,琐窗朱户,只有春知处。
飞云冉冉蘅皋①暮,彩笔②新题断肠句。试问闲愁都几许③?一川烟草,满城风絮,梅子黄时雨。

【注释】①蘅皋（héng gāo）：长着香草的沼泽中的高地。②彩笔：比喻有写作的才华。事见南朝江淹故事。③试问闲愁都几许：都几许，有多少。试问：一说"若问"。闲愁：一说"闲情"。

（选自《贺铸词集》，上海古籍出版社，2013年版）

【交流之窗】

"一川烟草，满城风絮，梅子黄时雨"。词人用博喻的修辞手法将无形变有形，化抽象为具体，变无可捉摸的闲愁为客观存在自然景物，与李煜"问君能有几多愁"相似，这也显示了词人在抽象概念描写上的超凡才华。其实词的内容很有意思，是一首邂逅相思词，那么哪里可以看出是邂逅一位女子呢？可否找出来呢？

约客①

赵师秀

赵师秀（1170—1219），南宋诗人。字紫芝、灵芝号灵秀、天乐，永嘉（治今浙江温州）人。绍熙进士。曾任上元县主簿、筠州推官。诗学唐代贾岛、姚合一派，反对江西派的艰涩生硬。与徐照、徐玑、翁卷并称"永嘉四灵"。

黄梅时节②家家雨，青草池塘处处蛙。
有约不来过夜半，闲敲棋子落灯花③。

【注释】①约客：约请客人来相会。②黄梅时节：农历四五月间，江南梅子黄了，熟了，大都是阴雨连连的时候，成为"梅雨季节"，所以称江南雨季为"黄梅时节"。意思就是夏初江南梅子黄熟的时节。③落灯花：旧时以油灯照明，灯心烧残，落下来时好像一朵闪亮的小花。落：使……掉落。灯花：灯芯燃尽结成的花状物。

（选自《永嘉四灵诗集》，浙江古籍出版社，1985年版）

【交流之窗】

"青草池塘处处蛙"句最为精妙,诗人从淫雨霏霏,自然而然地转到了此起彼伏的片片蛙声。动静结合,处处蛙声,正烘托了当时周遭环境的清静。诗人生活的闲适和安逸跃然纸上。

山居秋暝

王 维

空山新雨后,天气晚来秋。
明月松间照,清泉石上流①。
竹喧归浣女②,莲动下渔舟。
随意春芳歇,王孙自可留③。

【注释】①清泉石上流:写的正是雨后的景色。②竹喧:竹林中笑语喧哗。喧:喧哗,这里指竹叶发出沙沙声响。浣(huàn)女:洗衣服的姑娘。浣:洗涤衣物。③王孙:原指贵族子弟,后来也泛指隐居的人。留:居。此句反用淮南小山《招隐士》"王孙兮归来,山中兮不可久留"的意思,王孙实亦自指。反映出无可无不可的襟怀。

(选自《王维集校注》,中华书局,2012年版)

【交流之窗】

王维的诗歌正是"诗中有画"的代表,诗歌中泉水、青松、翠竹、青莲,诗人选取的意象正体现了自己的高尚情操,这其实是诗人理想境界的环境烘托,王维虽侧重写物,然以物明志,表达了自己对高洁的追求。

闻乐天授江州司马

元 稹

残灯无焰影憧憧,此夕闻君谪九江。
垂死病中仍怅望,暗风吹雨入寒窗。

(选自《元稹集》,中华书局,1982年版)

【交流之窗】

元稹是白居易的好友,当他听闻白居易被贬官,内心无疑是痛苦的,诗人并未直接说出,而是通过景物的渲染,以及自己听后的反应,表现了诗人与白居易真挚的友谊。看全诗虽然首句和末句都是景物描写,看似客观,实际上都是景中寓情。残灯、风雨、寒窗几个意象,你想到了什么样的意境呢?

白雪歌送武判官①归京

岑 参

北风卷地白草折，胡天②八月即飞雪。
忽如一夜春风来，千树万树梨花③开。
散入珠帘湿罗幕④，狐裘不暖锦衾⑤薄。
将军角弓不得控，都护铁衣冷难着。
瀚海阑干百丈冰，愁云惨淡万里凝。
中军置酒饮⑥归客，胡琴琵琶与羌笛。
纷纷暮雪下辕门⑦，风掣⑧红旗冻不翻。
轮台东门送君去，去时雪满天山路。
山回路转不见君，雪上空留马行处。

【注释】①武判官：名不详。判官：官职名。唐代节度使等朝廷派出的持节大使，可委任幕僚协助判处公事，称判官，是节度使、观察使一类的僚属。②胡天：指塞北的天空。③梨花：春天开放，花作白色。这里比喻雪花积在树枝上，像梨花开了一样。④珠帘：用珍珠串成或饰有珍珠的帘子。形容帘子的华美。罗幕：用丝织品做成的帐幕。形容帐幕的华美。⑤狐裘(qiú)：狐皮袍子。锦衾(qīn)：锦缎做的被子。形容天气很冷。⑥中军：称主将或指挥部。饮：动词，宴饮。⑦辕门：军营的门。这里指帅衙署的外门。⑧风掣(chè)：红旗因雪而冻结，风都吹不动了。

（选自《岑参集校注》，上海古籍出版社，2004年版）

【交流之窗】

诗人的观察力和感受力颇为敏锐，边塞奇观，波澜壮阔，在诗人大笔挥洒与细节勾勒结合、真实的白描与奇妙的联想相辅的艺术创造下，边地瑰丽的自然风光得以再现，充满浓郁的边地生活气息如在眼前。"千树万树梨花开"这句很经典，也很形象，生活在南方的孩子是很难体会这一句所描绘的雪后景色的，有机会冬天去一趟北方，一切便会豁然开朗！正是"读万卷书，行万里路"。

逢雪宿芙蓉山主人①

刘长卿

日暮②苍山远③,天寒白屋贫。
柴门闻犬吠,风雪夜归人。

【注释】①芙蓉山主人:芙蓉山,各地以芙蓉命山名者甚多,这里大约是指湖南桂阳或宁乡的芙蓉山。②日暮:傍晚的时候。③苍山远:青山在暮色中影影绰绰显得很远。

(选自《刘随州诗集》,广陵书社,2014年版)

【交流之窗】

本诗当作于刘长卿被贬睦州司马期间,诗歌从字面内容来看,用极其凝练的诗笔,描画出一幅旅客暮夜投宿、山家风雪人归的寒山夜宿图。若仔细品味,当是作者的自我写照,自己被陷害,希望能够在冷酷的现实中获得些许光明。

第三节　绿杨烟外晓寒轻，红杏枝头春意闹
（结构手法）

● 本节导读

中国古代诗歌的美体现在内外兼美。内，指的是诗的情感和意境，外则是辞采、声律和诗的结构。诗歌的内在美必须借助外在的文辞、结构等形式实现。美好的情感、可贵的思想也需要美的形式，才能获得读者的普遍认可甚至共鸣。我们在诗歌中也能发现许多在结构上的讲究之处。这里我们尝试把诗歌中结构方面的"章法"略作梳理和归类，以期能使人们从更多的角度发现诗歌之美。

所谓起兴，就是在诗歌中，诗人为了含蓄委婉，往往先用其他的形象来开始，然后引出所要描写的对象。"兴"也叫"起兴"。南宋朱熹在《诗集传》中是这样解释的："兴者，先言他物，以引起所咏之词也。"也就是人们常说的托物起兴，即先言他物，然后借以联想，引出诗人所要表达的事物、思想、感情。在古代诗歌中，"兴"有时又兼有了比喻、象征、烘托等较有实在意义的用法。如《诗经·关雎》中的"关关雎鸠，在河之洲；窈窕淑女，君子好逑"。关雎和鸣，既是先言的其他形象，也可以比喻男女间的和谐恩爱。后来的汉魏乐府中的《焦仲卿妻》，"孔雀东南飞，五里一徘徊"也是起兴。

其次是"开门见山"，指的是诗歌直截了当入题的一种写法。它的表达角度，可以是开头直叙本事，也可以起笔点题；可以开宗明义揭示主旨，也可以单刀直入点明情感。这种结构手法入题快捷，干脆利落，不蔓不枝。

而首尾照应是指诗歌内部的伏笔照应，也叫呼应，是古典诗歌常见的一种结构形式。一首诗不论律诗还是绝句，都应有头有尾，前后内容就要有内在联系，前面交待过的话，后面得有照应；后边要照应的话，前边得先可以有个交待，形成一个有机的整体，这样，诗歌前后才能情节连贯、脉络清晰、结构紧凑，使读者容易掌握全诗的脉络。

再说说"卒章显志"，诗言情，诗言志，诗歌总把"言志"当作重要

内容来表达，而卒章显志是诗歌言志的一种结构方式，就是指在诗歌的结尾表达自己的心志或情怀。唐代杰出的现实主义大诗人白居易在《新乐府序》中说："诗歌要首句标其目，卒章显其志。"这种结构方式可以增加诗歌的深刻性、感染力和结构美。

诗歌中"画龙点睛"的艺术是以最精炼的语言，最传神的描写，表现最丰富的内涵。"画龙"不易，"点睛"更难，这不仅仅是技巧的问题，还和诗人的思想、情操以及洞察事物的能力紧密相关。

重章叠句指上下句或上下段用相同的结构形式反复咏唱的一种结构方式。它与诗歌中的铺垫，都可以渲染气氛，形成"山雨欲来"的情势，促使读者产生期待、盼望的急迫心情，这样就大大增强了作品的吸引力。

总之，诗歌结构，就是诗人对作品内容的组织安排。体现在人、事、场景的布局，局部与整体的协调，首尾的照应，段落的过渡，线索的安排，详略虚实的设计，时空动静的调度等等。对诗歌整体结构的把握，既能够涉及诗歌写作的构思，又可以涉及诗歌即景抒情、由事转议等方面，对深入理解诗人作品的内涵起到了非常关键的作用。

秋思

张 籍

洛阳城里见秋风,欲作①家书意万重②。
复恐匆匆说不尽,行人③临发④又开封⑤。

【注释】①作:写。②意万重:形容要表达的意思很多。③行人:这里指送信的人。④临发:将要出发。⑤开封:把封好的信拆开。

（选自《唐诗别裁集》,上海古籍出版社,1979年版）

【交流之窗】

此诗以秋风起兴,这是自《诗经》以来常用的手法。找到诗中的一处细节描写,想想这样的细节是如何突出渲染诗人的归思的?

和晋陵陆丞早春游望

杜审言

杜审言（约645—约708）,字必简,唐代诗人,"诗圣"杜甫的祖父。

独有宦游人①,偏惊物候②新。
云霞出海曙,梅柳渡江春。
淑气③催黄鸟,晴光转绿蘋。
忽闻歌古调④,归思欲沾巾。

【注释】①宦游人:离家做官的人。②物候:指自然界的气象和季节变化。③淑气:和暖的天气。④古调:指陆丞写的诗,即题目中的《早春游望》。

（选自《唐诗别裁集》,上海古籍出版社,1979年版）

【交流之窗】

此诗写诗人宦游异乡的伤感。诗开门见山,发出感慨,说明离乡宦游,对异土之"物候"才有"惊新"之意。再揣摩一下中间二联,诗人写江南新春景色,有什么意味?尾联为何情绪有此突变?

舟中晓望①

孟浩然

挂席东南望,青山水国遥。
舳舻争利涉②,来往接风潮。
问我今何适,天台③访石桥。
坐看霞色晓,疑是赤城④标。

【注释】①这首《舟中晓望》,记录了诗人约在开元十五年自越州水程往游天台山的旅况。②舳舻:一种方长船。"利涉",出自《易经》"利涉大川",意思是,卦象显吉,宜于远航。③天台:天台山是东南名山,石桥尤为胜迹。④赤城:赤城山在天台县北,属于天台山的一部分,山中石色皆赤,状如云霞。

(选自《唐诗大辞典》,凤凰出版社,2003年版)

【交流之窗】

这首诗写了诗人乘船去往天台山途中的所见所感,表达了诗人内心的愉悦。首联开篇破题,点出"望"字,表现了诗人急于到达目的地的心情,是全篇的精神之所在,可以说是开门见山。你还能找到类似的运用了开门见山手法的诗歌吗?

赋得暮雨送李胄①

韦应物

楚江微雨里,建业暮钟时。
漠漠②帆来重,冥冥③鸟去迟。
海门深不见,浦树远含滋。
相送情无限,沾襟④比散丝⑤。

【注释】①赋得:分题赋诗,分到的什么题目,称为"赋得"。这里分得的题目是"暮雨",故称"赋得暮雨"。李胄,一作李曹,又作李渭,其人,其事,以及他与韦应物的关系,似已无考。从此诗看,想必两人的交谊颇深。②漠漠:水汽迷茫的样子。③冥冥:天色昏暗的样子。④沾襟:打湿衣襟。此处为双关语,兼指雨、泪。⑤散丝:指细雨,这里喻流泪。

(选自《唐诗大辞典》,凤凰出版社,2003年版)

【交流之窗】

这是一首送别诗,虽是送别,却重在写暮雨之景。首联写送别之地,以雨开头,扣紧"雨""暮"主题。二、三两联渲染朦胧暗淡的景色;暮雨中舟行江上,鸟飞空中,不见海门,境界开阔,极为邈远。末联写离愁无限,以"散丝"呼应开篇之雨。全诗前后呼应,浑然一体。

茅屋为秋风所破歌

杜 甫

八月秋高风怒号,卷我屋上三重茅,茅飞渡江洒江郊。高者挂罥[1]长林梢,下者飘转沉塘坳。南村群童欺我老无力,忍能对面为盗贼,公然抱茅入竹去,唇焦口燥呼不得!归来倚杖自叹息。俄顷[2]风定云墨色,秋天漠漠向昏黑。布衾[3]多年冷似铁,娇儿恶卧踏里裂。床头屋漏无干处,雨脚如麻未断绝。自经丧乱[4]少睡眠,长夜沾湿何由彻!安得广厦千万间,大庇[5]天下寒士俱欢颜!风雨不动安如山。呜呼!何时眼前突兀[6]见此屋,吾庐独破受冻死亦足!

【注释】①挂罥(juàn):挂着,挂住。罥:挂。②俄顷(qǐng):不久,一会儿,顷刻之间。③布衾(qīn):布质的被子。衾:被子。④丧(sāng)乱:战乱,指安史之乱。⑤大庇(bì):全部遮盖、掩护起来。庇,遮盖,掩护。⑥突兀(wù):高耸的样子,这里用来形容广厦。

(选自《唐诗大辞典》,凤凰出版社,2003年版)

【交流之窗】

诗歌的大部分是写实式的叙事,诉述自家之苦,情绪含蓄压抑;后一段是理想的升华,直抒忧民之情,情绪慷慨激昂。没有前面的层层铺叙,最后几句的抒情自然没有水到渠成之感,抑扬曲折的情绪变换,完美地体现了此诗"卒章显志"的特点。

行路难

李　白

金樽①清酒斗十千，玉盘珍羞②直万钱。
停杯投箸③不能食，拔剑四顾心茫然。
欲渡黄河冰塞川，将登太行雪满天。
闲来垂钓坐溪上，忽复乘舟梦日边④。
行路难，行路难！
多歧路，今安在？
长风破浪⑤会有时，直挂云帆济沧海。

【注释】①金樽（zūn）：古代盛酒的器具，以金为饰。②珍羞：珍贵的菜肴。羞：同"馐"，美味的食物。③投箸：丢下筷子。④闲来垂钓碧溪上，忽复乘舟梦日边：这两句暗用典故：姜太公吕尚曾在渭水的磻溪上钓鱼，得遇周文王，助周灭商；伊尹曾梦见自己乘船从日月旁边经过，后被商汤聘请，助商灭夏。吕尚和伊尹都曾辅佐帝王建立不朽功业，诗人借此表明自己对从政仍有所期待。⑤长风破浪：比喻实现政治理想。

（选自《唐诗三百首》，中华书局，2009年版）

【交流之窗】

这首诗和《茅屋为秋风所破歌》一样，最后两句成了脍炙人口的名句。通读全诗，再体会结尾二句，你能感受到，经过前面的反复回旋以后，境界顿开，作者唱出了高昂乐观的调子，表现了自己的理想抱负终将实现的决心。

闺怨

王昌龄

闺中少妇不知愁,春日凝妆①上翠楼。
忽见陌头杨柳色,悔教②夫婿觅封侯。

【注释】①凝妆:盛妆。②悔教:悔使。

(选自《唐诗三百首》,中华书局,2009年版)

【交流之窗】

全诗先抑后扬,耐人寻味。一位少妇心理发生了一系列的细微变化:有愁,知愁,掩愁,解愁,触愁,悔愁。想想最后一句情绪的斗转,是不是揭示了这位少妇的真实内心?

玉楼春·春景

宋 祁

宋祁(998—1061),字子京,开封雍丘(今河南杞县)人。北宋著名文学家、史学家、词人。

东城渐觉风光好①,縠皱波纹迎客棹②。
绿杨烟外晓寒轻③,红杏枝头春意闹④。
浮生长恨欢娱少⑤。肯爱千金轻一笑⑥?
为君持酒劝斜阳⑦,且向花间留晚照⑧。

【注释】①东城:泛指城市之东。②縠皱波纹:指波纹粼粼,宛若有皱的縠纱。縠:绉纱一类的丝织品。③晓寒轻:谓早晨稍稍有点寒气。④红杏枝头春意闹：形容满树杏花红艳艳争相怒放，非常热闹。⑤浮生：漂浮不定的短暂人生。一些古人持有"浮生若梦"的消极人生观，认为人生在世应及时行乐。⑥肯爱千金轻一笑：意谓怎么肯爱惜千金而轻视一笑？⑦为君持酒劝斜阳：我为你把着酒劝住夕阳。君：你。此句含有惜春之意。⑧且向花间留晚照：且挽留夕阳的余光在花间多待一会儿。晚照：傍晚的太阳。

（选自《全宋诗》，北京大学出版社，1991年版）

【交流之窗】

这首词为宋祁的成名之作。其中"红杏枝头春意闹"一句，更为千古传唱的佳句，词人故此而得"红杏尚书"之美誉。王国维《人间词语》评此句云："着一'闹'字面境界全出。"当然，我们也可以从修辞的角度鉴赏这个"闹"字。

丑奴儿·书博山道中壁

辛弃疾

少年①不识愁滋味，爱上层楼。爱上层楼，为赋新词强说愁。
而今识尽②愁滋味，欲说还休③。欲说还休，却道天凉好个秋。

【注释】①少年：指年轻的时候。②识尽：尝够，深深懂得。③欲说还休：想说终于没有说。

[选自《唐宋词鉴赏辞典（南宋·辽·金郑）》，上海辞书出版社，1988年版]

【交流之窗】

此词通篇言愁，表达了作者受到排挤、报国无门的痛苦之情。全词构思新巧，平易浅近。仔细体会前后处境的对比，我们一定会想象"而今"到底是什么时间。这个说不清的时间跨度，不正是此诗的含蓄蕴藉之处吗？

题柳亭送别图

徐 渭

徐渭(1521—1593),初字文清,后改字文长,山阴(今浙江绍兴)人。明代著名文学家、书画家、戏曲家、军事家。

东边一棵树,西边一棵树。
南边一棵树,北边一棵树。
纵有碧丝千万条,哪能绾①得行人住?

【注释】①绾:控制。

(选自《明诗别裁集》,上海古籍出版社,2013年版)

【交流之窗】

诗作先是层层铺垫,蓄势待发,而后破势而出。远景推成近景,近景化为特写,便纵有长长的嫩黄碧绿的柳丝,又怎能牵住离别之人?

临洞庭湖赠张丞相

孟浩然

八月湖水平,涵虚混太清①。
气蒸云梦泽,波撼岳阳城。
欲济②无舟楫,端居③耻圣明。
坐观垂钓者,徒有羡鱼情④。

【注释】①涵虚混太清:形容湖水与天空浑然一体。②济:渡河。③端居:

平常居处，闲居。④坐观垂钓者，徒有羡鱼情：眼睁睁地看着钓鱼的人，自己心里也想得到鱼，却又苦于没有渔具，空存想望。这里比喻想做官而没有途径。

（选自《唐诗别裁集》，上海古籍出版社，1979年版）

【交流之窗】

作为干谒诗，最重要的是要写得得体，称颂对方要有分寸，不失身份，措辞要不卑不亢，不露寒乞相，才是第一等文字。思考前四句描写洞庭湖的壮丽景象和磅礴的气势对作者表达求仕之情有何帮助？如果你是明主贤君，看到尾联时，有何体会？

第四节　只恐夜深花睡去，故烧高烛照红妆
（修辞手法）

● 本节导读

　　古人说："言之无文，行而不远。"其中的"文"就是文采，就是语言的生动形象。语言的文采主要靠修辞来实现。文学作品中，散文中有修辞，戏剧中有修辞，小说中有修辞，同样，在诗歌中也有修辞。那么，在短小精悍的诗歌中，常用的修辞手法有哪些？修辞又能有什么样的妙用，起到什么样的效果呢？

　　诗歌中常用的修辞有以下几种：

　　1. 比喻：用一种事物或情景来比作另一种事物或情景。可分为明喻、暗喻、借喻。比喻有突出事物特征，把抽象的事物形象化的作用。如："遥望洞庭山水色，白银盘里一青螺。"（刘禹锡《望洞庭》）诗歌巧妙地以"螺"作比，将皓月银辉下的山比做银盘里的青螺，色调淡雅，山水浑然一体。比喻除使诗歌所描绘的意象更加形象生动外，还可体现出意象的情态特征。

　　2. 借代：借用相关的事物来代替所要表达的事物。借代可用部分代表全体，具体代替抽象，用特征代替人。借代的运用使语言简练、含蓄。如："知否，知否？应是绿肥红瘦。"（李清照《如梦令》）诗中用"绿"和"红"两种颜色分别代替叶和花，写叶的茂盛和花的凋零。

　　3. 夸张：对事物的形象、特征、作用、程度等作扩大或缩小的描述。有更突出、更鲜明地表达事物的作用。如："白发三千丈，缘愁似个长。"（李白《秋浦歌》）。愁生白发，诗人用夸张的手法写白发竟有"三千丈"那么长，可见愁思的深重。

　　4. 对偶：用结构相同、字数相同的一对句子或短语来表达两个相对或相近的意思。从形式看，语言简练，整齐对称；从内容看，意义集中含蓄。如："无边落木萧萧下，不尽长江滚滚来。"（杜甫《登高》）从篇法结构来讲，这首诗四联八句，句句皆对仗，对得圆浑自然，不见斧凿之痕。"无边落木"对"不尽长江"使诗的意境显得广阔深远，"萧萧"的

落叶声对"滚滚"的水势更使人觉得气象万千。更重要的是,从这里感受到诗人韶华易逝,壮志难酬的苦痛。

5. 比拟:把物当作人来描写叫拟人,把人当作物来描写叫拟物。比拟有促使读者产生联想,使描写的人、物、事表现得更形象、生动的作用。如:"霜禽欲下先偷眼,粉蝶如知合断魂。"(林逋《山园小梅》)这一联采用拟人的手法。"先偷眼"极写白鹤爱梅之甚,它还未来得及飞下,就迫不及待地先偷看梅花几眼;"合断魂"一词写粉蝶因爱梅而至消魂,把粉蝶对梅的喜爱之情夸张到极点。

6. 排比:把内容紧密关联、结构相同或相似、语气一致的几个句子或短语接连说出来。如:"枯藤老树昏鸦,小桥流水人家,古道西风瘦马。"(马致远《天净沙》)纯用名词组合,构成典型环境。

7. 设问:先提出问题,接着自己把看法说出。问题引入,带动全篇,中间设问,承上启下,结尾设问,深化主题,令人回味。如:"问人间谁是英雄?有酾酒临江,横槊曹公。"(元曲小令,阿鲁威作)以设问开篇,点明题旨,领起下面分层次地叙述三国人物的英雄业绩。

8. 反问:用疑问的形式表达确定的意思。用来加强语气,表达强烈感情。如:"江东弟子今虽在,肯为君王卷土来?"(王安石《叠题乌江亭》)使用反问句式,语气冷峻,强调了历史之必然。

9. 通感:又叫"移觉",是把不同感官的感觉沟通起来,借联想引起感觉转移,"以感觉写感觉"。通感可以使读者各种感官共同参与对审美对象的感悟,克服审美对象知觉感官的局限,从而使文章产生的美感更加丰富和强烈。如:"凤吹声如隔彩霞,不知墙外是谁家。重门深锁无寻处,疑有碧桃千树花。"(唐代郎士元《听邻家吹笙》)一个"疑"字,以视觉意象写听觉感受,写出了似真似幻的感觉,别具一格。

10. 互文:是指古代作家在写作时为了增强某种表达效果,把本应该合在一起说的话临时拆开,使同句或相邻句中所用的词相互补充,相互渗透,理解时又应该合在一起的一种修辞方法。互文修辞的运用能收到笔墨经济,以少胜多,表意委婉,耐人寻味的艺术效果。有单句互文,如"秦时明月汉时关"(王昌龄《出塞》)、"烟笼寒水月笼沙"(杜牧《泊秦淮》)、"主人下马客在船"(白居易《琵琶行》)。也有上下句互文,如"将军百战死,壮士十年归。"(《木兰诗》)"花径不曾缘客扫,蓬门今始为君开"（杜甫《客至》）。

11．对比：是把具有明显差异、矛盾和对立的意思或事物，或把事物的两个方面放在一起作比较，让读者在比较中分清好坏、辨别是非的修辞手法。运用这种手法，有利于充分显示事物的矛盾，突出被表现事物的本质特征，加强文章的艺术效果和感染力。如："陶尽门前土，屋上无片瓦。十指不沾泥，鳞鳞居大厦。"（北宋梅尧臣《陶者》）通过陶者和富家的强烈鲜明的对比，深刻揭露了封建社会制度的极端不合理，表达了对劳动人民的深切同情。

12．用典：也叫用事，引用古籍中的故事、词句、人物、事件，来表达作者的思想感情，包括对现实生活中某些问题的立场和个人愿望等，也叫借古抒怀或借古讽今。用典可以或鲜明强烈，或含蓄曲折地表达自己的情感，使语言精炼，内容丰富，增强作品的表现力和感染力。古诗词中的用典有以下几种情形：①点化前人语句；②引用神话故事；③运用历史故事。使用方法有明用、暗用和翻用三种。

13．双关：又叫隐语（谐音）。在一定的语言环境中，借助语音或语义的联系，使语句同时关涉两种事物，这种言在此而意在彼的修辞方式叫双关。双关可使语言表达得含蓄、幽默，而且能加深寓意，给人以深刻印象。双关有意义双关和谐音双关两种。利用词的同义，有意使语句具有双重意义叫作意义双关。如："春蚕到死丝方尽，蜡炬成灰泪始干。"表面上指蚕丝和蜡泪，实指"相思"和"眼泪"。利用词的同音，有意使语句具有双重意义叫谐音双关。如"道是无晴却有晴"中的"晴"表面上是晴天的晴，内含感情的"情"。

14．反复：是根据表达需要，有意让一个句子或词语重复出现的修辞方法。又叫叠字、叠词或叠句。反复的作用主要有两种，一是增强语言的韵律感，音节流畅，增强语言的音乐美；二是起强调作用，使作品更加生动形象，思想感情的表达更为绵密曲折。例句如北宋欧阳修词《蝶恋花》："庭院深深深几许，杨柳堆烟，帘幕无重数。"李清照词《声声慢》："寻寻觅觅，冷冷清清，凄凄惨惨戚戚。"

兰溪棹歌

戴叔伦

戴叔伦（732—789），唐代诗人，字幼公，润洲金坛（今属江苏）人。其诗多表现隐逸生活和闲适情调。

凉月如眉挂柳湾，越中山色镜中看。
兰溪三日桃花雨，半夜鲤鱼来上滩。

（选自《唐诗鉴赏辞典》，上海辞书出版社，2004年版）

【交流之窗】

这是一首富于民歌风味的船歌。全诗以清新灵妙的笔触写出了兰溪的山水之美及渔家的欢乐之情。诗歌主要运用比喻的修辞手法，以眉喻月，不仅绘出了月亮的形状，也体现出了它的清秀和春雨过后凉爽宜人的气候。以镜喻兰溪之水，除了能写出兰溪水之清澈明静外，还能反衬出什么呢？

出塞

王昌龄

秦时明月汉时关，万里长征人未还。
但使龙城飞将在，不教胡马度阴山。

（选自《唐诗大辞典》，凤凰出版社，2003年版）

【交流之窗】

这首诗被称为唐人七绝的压卷之作，应当是王昌龄早年赴西域时所作。首句勾勒出一幅冷月照边关的苍凉景象。运用了互文的手法，"秦、汉、关、月"四字交错使用，意思是明月还是秦汉时的明月，边关还是秦汉时的边关，可是守边御敌鏖战万里的征人还没有回来。全诗不仅写出了长期的边防战争给人民和将士带来无限灾难与痛苦，也表达了诗人复杂而丰富的情感。你能准确读出这些情感吗？

赠汪伦

李　白

李白乘舟将欲行，忽闻岸上踏歌声。
桃花潭水深千尺，不及汪伦送我情。

（选自《唐诗大辞典》，凤凰出版社，2003年版）

【交流之窗】

　　诗人即将乘舟远行，却忽然听到岸上有人踏地为节拍，边走边唱地前来送行。只闻其声，不见其人，人未到而声先闻。这样的送别安排，表现出李白和汪伦这两位朋友怎样的性格特征？"桃花潭水深千尺，不及汪伦送我情"运用了什么修辞手法？表现了作者怎样的思想情感？

春思

李　白

燕草如碧丝，秦桑低绿枝。
当君怀归日，是妾断肠时。
春风不相识，何事入罗帏？

（选自《唐诗大辞典》，凤凰出版社，2003年版）

【交流之窗】

这是一首较为著名的描写思妇心绪的诗。诗中运用了多种艺术手法,来刻画人物复杂细腻的心态。标题中的"春"字语带双关,既指自然界的春天,又喻青年男女之间的爱情。开头两句,以相隔遥远的燕秦春天景物起兴,写独处秦地的思妇触景生情,终日思念远在燕地卫戍的夫君,盼望他早日归来。同时以"丝"(思)、"枝"(知)谐音,连接异地男女之间的思念情怀。诗的最后两句运用拟人手法,捕捉了思妇在春风吹入闺房,掀动罗帐的一刹那的心理活动,表现了她忠于所爱、坚贞不二的高尚情操。这些手法,你能读出哪几种?

暮热游荷池上(其三)

杨万里

细草摇头忽报侬①,披襟拦得②一西风。
荷花入暮犹愁热,低面深藏碧伞③中。

【注释】 ①细草摇头:指微风吹来。侬:我。②披襟:敞开衣襟。拦得:挡住,承受。③碧伞:指荷叶。

(选自《宋诗鉴赏辞典》,上海辞书出版社,1987年版)

【交流之窗】

天气炎热的时候,你的心情会怎么样呢?在一个酷暑的傍晚,诗人来到荷池上,忽然一阵凉风吹来,细草摇头,荷花藏入荷叶之中,人的心情自然也变得愉悦。这么一件寻常普通不过的事情,在作者的笔下,却变得鲜活灵动,富有情趣。这一切,皆源于拟人手法的巧妙运用。"细草摇头"好像是在告诉我们微风吹来的消息,"荷花"躲藏于荷叶之中,似是"愁热",却呈现一副娇羞之态,可爱至极。

海棠

苏 轼

东风袅袅泛崇光,香雾空蒙月转廊。
只恐夜深花睡去,故烧高烛照红妆。

(选自《宋诗鉴赏辞典》,上海辞书出版社,1987年版)

【交流之窗】

　　这是一首咏物诗,是苏轼被贬黄州期间所作。"月转廊"指月亮已转过回廊那边去了,照不到这海棠花,暗示夜已深,人无寐。当然我们也可从中读出一层隐喻:处江湖之僻远,不遇君王恩宠。后两句运用拟人手法,写赏花者的心态。当月华再也照不到海棠的芳容时,诗人顿生满心怜意:海棠如此芳华灿烂,怎忍心让她独自栖身于昏昧幽暗之中呢?如此盛放的花儿,居然无人欣赏,岂不让她太伤心失望了吗?花儿孤寂、冷清得想睡去,那我如何独自打发这漫漫长夜?能够倾听花开的声音的,只有我;能够陪我永夜心灵散步的,只有这寂寞的海棠!通过这些暗喻和拟人的手法,我们除了感受到诗人对花的喜爱与呵护,是不是也能体味到些许贬居生活的郁郁寡欢?

竹枝词

刘禹锡

杨柳青青江水平,闻郎江上唱歌声。
东边日出西边雨,道是无晴却有晴。

(选自《唐诗鉴赏辞典》,上海辞书出版社,2004年版)

【交流之窗】

这是一首描写青年男女爱情的诗歌。结尾一句的"晴"与"情"同音,用双关手法,既写了江上多变的春日天气,又把一个初恋少女在杨柳青青、江平如镜的清丽的春日里听到情郎的歌声时的迷惑、眷恋和希望等起伏难平的心理活动巧妙地描绘出来,十分贴切自然。

如梦令·昨夜雨疏风骤

李清照

⊙李清照 王博绘

李清照（1084—约1151），南宋词人。号易安居士，齐州章丘（今山东章丘西北）人。父李格非为当时著名学者，夫赵明诚为金石考据家。

　　昨夜雨疏风骤。浓睡不消残酒。试问卷帘人，——却道"海棠依旧"。知否，知否？应是绿肥红瘦！

[选自《唐宋词鉴赏辞典（唐·五代·北宋卷）》，上海辞书出版社，1988年版]

【交流之窗】

　　这是李清照的早期词作。最后三句后人评价甚高。这几句综合运用了多种修辞手法，从整体看是设问，"知否，知否？"是反复。"绿""红"是借代，"绿"代指叶，"红"代指花。"肥""瘦"是拟人，"肥"指叶儿经雨水洗过之后绿色更加鲜亮润泽，茂盛肥大；"瘦"指花儿被雨水扑打而凋谢稀少。"绿肥红瘦"又暗含对比，"绿""红"是两种颜色的对比；"肥""瘦"是两种状态的对比。这四字还含有比喻，"红瘦"比喻春天的渐渐消逝，而"绿肥"又比喻绿叶成荫的盛夏的即将来临。这几句形象地写出了作者对大自然、对春天的热爱，也流露了作者对春天将逝的惋惜苦闷之情。

第四章
横看成岭侧成峰
——诗歌的鉴赏方法

⊙ 邢永峰绘

第四章 横看成岭侧成峰

青年时代是人生的黄金时代，也是诗情大发的时代。通过前面三章，我们掌握了一些诗歌的基本知识，对古代诗歌有了更深的了解，是不是希望更进一步的品味诗词的韵味，提高诗歌的鉴赏水平呢？

诗歌鉴赏是每一个中国人必修的一门基本功，但由于存在着文字、历史、社会、习俗等隔阂，许多人都因为诗歌的难懂而只能望诗兴叹。那么诗歌鉴赏有没有什么窍门和捷径呢？

其实，中国古代诗歌经过几千年的积淀，就像中国京剧一样，形成了一些基本的套路和程式，掌握这些基本套路和程式，就能尽快读懂诗歌，找到分析鉴赏的角度，提升诗歌阅读鉴赏的水平，从而更好地汲取古代诗歌的精华，扩大知识面，提高自身素养。本章我们主要从六个方面来学习怎样鉴赏诗歌，请跟着我们的步伐，一起来打开诗歌殿堂的大门，品味诗词的韵味吧！

第一节　折取一枝入城去，使人知道已春深
（解读文辞，感知诗意）

● 本节导读

　　诗歌包含的知识丰富，鉴赏的角度千头万绪，我们从哪儿去寻找诗歌鉴赏的"切入点"和"突破口"呢？诗歌是语言的艺术，著名语言学家王力说"没有语言就没有文学"。诗歌语言不同于散文和小说的语言。它具有简洁生动、精警含蓄、富有韵律等特点，准确解读文辞，理解诗歌语言的含义，是鉴赏诗歌的前提和基础。所以解读"诗家语"是诗歌鉴赏的第一步。

　　那么，如何读懂"诗家语"呢？

　　一、注意标题

　　题目是诗歌的眼睛，或提示诗歌的内容，或点明写作对象，或表明观点，或暗含感情，读懂了标题，就能从整体上把握诗歌内容。如朱庆馀的"洞房昨夜停红烛，待晓堂前拜舅姑。妆罢低声问夫婿，画眉深浅入时无"。初读感觉是在写新婚嫁娘的娇羞忐忑，若结合标题"近试上张水部"，就能明白这是朱庆馀参加考试前呈献给考官水部员外郎张籍，以试探底细的诗，自然又别有一番韵味。

　　二、注意关键字词

　　诗中的关键字词是解读诗歌的突破口。在解读诗歌时，应重点分析以下几类词语：

　　1. 动词：动词往往是诗句表意的重心，特别是具有"多重含义"的动词。如"羌笛何须怨杨柳，春风不度玉门关。"中"怨"字明显用了拟人手法，既是曲中之情，又是吹笛人之心。"感时花溅泪，恨别鸟惊心。"中"溅""惊"二字，不仅用字新鲜，而且体现了诗人感时恨别的内心痛苦。

　　2. 修饰语：大部分为形容词，也包括一些副词、助词。如"黄河远上白云间，一片孤城万仞山"。一个"孤"字，写尽环境之孤苦，由此可达人心。王昌龄《闺怨》："闺中少妇不知愁，春日凝妆上翠楼。忽见陌头杨柳色，悔教夫婿觅封侯。"一个"忽"字将少妇由兴冲冲地登楼赏景到思念丈夫，不禁

伤感的情绪变化写得淋漓尽致,耐人寻味。

3. 叠词:叠词作用不外两种,一是增强语言的韵律感,二是起强调作用。如刘禹锡《〈竹枝词〉其一》:"杨柳青青江水平,闻郎江上唱歌声。"李清照《声声慢》:"寻寻觅觅,冷冷清清,凄凄惨惨戚戚。"李煜《浪淘沙》:"帘外雨潺潺,春意将阑,罗衾不暖五更寒。"杜甫《登高》:"无边落木萧萧下,不尽长江滚滚来。"这些叠词,使诗文不仅韵律和谐优美,而且生动形象,使人有身临其境之感。

4. 表颜色的词:这些词有时作谓语用,有时作定语用,有时作主语或宾语用。颜色一般表现心情,增强描写的色彩感和画面感,渲染气氛。如"过春风十里,尽荠麦青青"。(《扬州慢》姜夔)"红藕香残玉簟秋。"(《一剪梅》李清照)"映阶碧草自春色,隔叶黄鹂空好音。"(《蜀相》杜甫)等。

5. 改变词义或词性的词:诗人为了炼字、炼意的需要,常常改变了诗词中某些词语的词性,这些地方,往往就是一首诗的"诗眼"或一首词的"词眼",要详加分辨。例如:周邦彦"风老莺雏,雨肥梅子","老""肥"为形容词的使动用法,一个"老"字,让黄口雏鸟从昂首待哺的娇憨,慢慢丰了一身羽毛,再到展翅离巢,长大变老的形态,呼之欲出,鲜活生动,浓酽醉人。一个"肥"字,写出了梅子从青青小小的羞涩,到黄黄肥肥的圆甜,那黄中晕红的丰润,叫人垂涎!既写出了动态,又写出了形态。

6. 隐含情感的词:如辛弃疾《西江月·遣兴》:醉里且贪欢笑,要愁那得工夫。近来始觉古人书,信着全无是处。昨夜松边醉倒,问松"我醉何如"。只疑松动要来扶,以手推松曰"去!"。全词三见"醉"字,显然是借酒浇愁,"醉"中隐含着太多的悲愤、辛酸和无奈。

7. 数量词:数量词对事物起修饰限制作用,用得恰当能准确地交待时空关系,营造氛围,扣住诗的主旨。如"千山鸟飞绝,万径人踪灭"中"千""万"数词的运用,写出了背景的阔大凄清,有力烘托出下文的"孤舟"与"独钓",具有震撼力。又如"前村深雪里,昨夜一枝开",诗中的"一"字与诗题"早"字丝丝入扣,是数字用得极妙的典型。

三、注意语序颠倒的句子

诗歌中常常为了声律的要求,感情表达或修辞的需要,常常将语序倒装。只有还原正常的语序,才能准确理解诗歌。常见的倒装的类型有:

1. 主语后置。崔颢《黄鹤楼》诗："晴川历历汉阳树，芳草萋萋鹦鹉洲。"

2. 宾语前置。杜甫《月夜》诗："香雾云鬟湿，清辉玉臂寒。"

3. 主宾换位。叶梦得《贺新郎》词："秋色渐将晚，霜信报黄花。"卢纶《塞下曲》诗："林暗草惊风，将军夜引弓。"

4. 定语后置。李白《梦游天姥吟留别》诗："我欲因之梦吴越，一夜飞渡镜湖月。"

5. 状语后置。"人面不知何处去，桃花依旧笑春风。"

四、了解诗中的用典

用古语、典故状物、写景、伤时、感事、酬谊、抒情，是中国古典诗词艺术的传统和特点。读一首诗或词，若不把其中的古语、典故等原委弄明白，就不能理解全诗（词）的含义，更谈不上领略其意境和艺术构思。如白居易《放言五首》其一：

> 赠君一法决狐疑，不用钻龟与祝蓍。
> 试玉要烧三日满，辨材须待七年期。
> 周公恐惧流言日，王莽谦恭未篡时。
> 向使当初身便死，一生真伪复谁知。

这是白居易遭权贵所忌，被贬谪为江州司马，赴任途中唱和他的好朋友元稹的一组政治抒情诗。这诗除了以"试玉""辨材"作比喻，表示受诬陷的人应经得起时间的考验，自会澄清事实，辨明真伪外，还举了两个历史故事。一个是周公佐成王，当时曾有人怀疑他有篡权的野心，但历史证明他对成王一片赤诚；一个是西汉末年王莽"爵位愈尊，节操愈谦"，但历史证明，他的谦恭是假，代汉篡权才是他的真面目。读者若不弄清这两个典故，就很难理解这首诗所包含的深刻哲理。

郊兴

王 勃

空园歌独酌①,春日赋闲居②。
泽兰侵小径,河柳覆长渠。
雨去花光③湿,风归叶影④疏。
山人⑤不惜醉,唯畏绿尊⑥虚。

【注释】①独酌:指乐府杂歌谣辞《独酌谣》。②闲居:指潘岳《闲居赋》。③花光:花的色泽。④叶影:树叶的影像。⑤山人:隐居在山中的士人,作者自况。⑥绿尊:酒杯。

[选自《全唐诗(卷五十六)》,中华书局,1960年版]

【交流之窗】

这首诗用词精炼,哪些词是解读诗句的突破口呢?标题的"郊兴"、首联的"空园""赋闲"等词告诉我们什么?颔联的"侵""覆"写出了兰草和柳条的什么特征?用"湿"写雨去之后的光色,用"疏"写风停之后的叶影,把春景的动态之美写得生动传神。尾联的"不惜"和"畏"除了写出诗人对春光的无限陶醉和眷恋外,还蕴含怎样的情感呢?能否感受到作者对隐逸生活的向往和热爱呢?

江畔独步寻花①

杜 甫

黄四娘家花满蹊,千朵万朵压枝低。
留连戏蝶时时舞,自在娇莺恰恰啼。

【注释】 ①本诗为诗人在成都西郊友人资助的草堂落成时所作。

(选自《唐诗鉴赏辞典》,上海辞书出版社,2004年版)

【交流之窗】

在饱经离乱之后,诗人的草堂落成,暂时有了安身的处所,心情自然是愉悦的。所以眼中的景物自然也是赏心悦目的。"花"不仅"满蹊",而且"千朵万朵""压低"了树枝。用"戏""舞"来写蝶的嬉戏欢游,翩翩起舞;用"娇"来写莺的啼声轻软。从这一幅幅生机勃勃的春景图中,我们是不是也感受到作者轻松愉悦、自由自在的心情?

孤桐

王安石

天质自森森,孤高几百寻。
陵霄不屈己①,得地本虚心。
岁老根弥壮,阳骄叶更阴。
明时思解愠②,愿斫五弦琴③。

【注释】 ①陵霄:直上云霄。又作"凌霄"。②明时:政治清明的时代。愠:疾苦、怨愤。③五弦琴:桐木是造琴的上好材料。《孔子家语》:帝舜曾一面弹着五弦琴，一面唱"南风之熏兮，可以解吾民之愠兮"。

[选自《全宋诗（第十册）》，北京大学出版社，1992年版]

【交流之窗】

这是一首咏物诗，从诗句中，我们可以读出梧桐的哪些自然特点？枝叶茂盛、高耸入云、虚心、越曝晒越茁壮这些自然特点又被作者赋予了哪些社会属性和人文精神？咏物诗少不了要托物言志，联系作者为变法而遭受的种种打击，你能否感受到他志存高远，正直不屈，经历的磨难越多，斗志越坚定，为了天下苍生，不惜粉身碎骨的精神和气概？

粤秀峰晚望同黄香石诸子

谭敬昭

谭敬昭（生卒年均不详），清代诗人，字子晋，号康侯，广东阳春人。

江上青山山外江，远帆片片点归艭①。
横空老鹤南飞去，带得钟声到海幢②。

【注释】①艭（shuāng）：小船。②海幢（zhuàng），即海幢寺。

（选自《元明清诗鉴赏辞典》，上海辞书出版社，1994年版）

【交流之窗】

要读懂这首诗，首先要抓住题目中的"晚望"二字。"归艭""钟声"暗示了"晚"的含义。"江""青山""远帆""老鹤"，则是诗人晚望之景。诗人和好友傍晚时分驻足粤秀峰，放眼望去，青翠苍郁的越秀山，矗立在珠江之上；烟波浩渺的珠江，横流在越秀山之外。山水相得，如诗如画，极富情趣。最后一句的"带"字采用了拟人手法，赋予"老鹤"人的动作，不说钟声远播，而说老鹤带钟声到海幢，使画面具有动感，出人意料、耐人寻味。

卜算子·黄州定慧院①寓居作

苏 轼

缺月挂疏桐，漏断②人初静。谁见幽人③独往来？缥缈④孤鸿影。
惊起却回头，有恨无人省⑤，拣尽寒枝不肯栖，寂寞沙洲冷。

【注释】①定惠院：在湖北黄冈县东南。②漏：古代盛水滴漏计时的器具。漏断：漏壶水滴尽了，指夜已深。③幽人：幽居之人，苏轼自谓。④缥缈：隐约、高远的样子。⑤省：明白。

[选自《唐宋词鉴赏辞典（唐·五代·北宋卷）》，上海辞书出版社，1988年版]

【交流之窗】

词中"缺月""疏桐""幽人""孤鸿""寒枝"等意象与"独""缥缈""恨""寂寞""冷"等表感情色彩的词结合在一起，你感受了一种怎样的意境？那只"拣尽寒枝不肯栖"，最后栖息在寂寞凄冷的沙洲的孤鸿，是不是作者孤芳自赏，不愿与世俗同流的生活态度的写照呢？

诉衷情·当年万里觅封侯

陆 游

当年万里觅封侯，匹马戍梁州。关河梦断何处，尘暗旧貂裘。
胡未灭，鬓先秋，泪空流。此生谁料，心在天山，身老沧洲①。

【注释】①沧洲：滨水的地方，古时常用以称隐士的居处。陆游晚年居于绍兴镜湖边的三山。

[选自《唐宋词鉴赏辞典（南宋·辽·金卷）》，上海辞书出版社，1988年版]

【交流之窗】

这是陆游晚年的作品,此时作者已年近七十。"当年"两句,回忆早年在抗金前线的战斗生活,匹马征万里,你是否感受到诗人金戈铁马、驰骋疆场、飒爽英姿、卓越不凡的英姿和气概?"关河梦断""貂裘尘暗"却展现了现实的凄凉。这种对比有何用意呢?下阕抒写了敌人尚未消灭,自己衰鬓先斑的慨叹,让我们感受到诗人壮志未酬、报国无门的深沉幽愤。

鹧鸪天·代人赋

辛弃疾

晚日寒鸦一片愁,柳塘新绿却温柔。若教眼底无离恨,不信人间有白头。

肠已断,泪难收。相思重上小红楼。情知已被山遮断,频倚阑干不自由。

[选自《唐宋词鉴赏辞典(南宋·辽·金卷)》,上海辞书出版社,1988年版]

【交流之窗】

这首词描写的是一位内心充满"离恨"与"相思"的思妇形象。"柳塘新绿",点明季节为早春;"晚日寒鸦",点明时间是傍晚。写景的同时,又蕴含着怎样的情感?"若教""不信"两句,言外之意是什么?下阕写女主人公的典型动作,"难收""重上""情知""频倚"等词,写出了主人公怎样的情感?词的题目虽然是"代人赋",这其中有没有诗人自己的苦闷愁思呢?

[正宫]鹦鹉曲·侬家鹦鹉洲边住

白贲

白贲（约1270—1330前），元代散曲作家。字无咎，先世为太原元水人，后迁钱塘（今杜州）。

侬家鹦鹉洲边住①，是个不识字渔父②。浪花中一叶扁舟，睡煞③江南烟雨。觉来时满眼青山暮④，抖擞绿蓑归去。算从前错怨天公，甚也有安排我处⑥。

【注释】①侬：吴语方言，即"我"。鹦鹉洲：在今武汉市汉阳西南长江中。②父：对老年男人的称呼。③睡煞：睡得沉酣香甜。煞：表示极度之词。④觉来时满眼青山暮：醒来时感到满眼青山都染上了暮色。⑥甚也有安排我处：指天公安排我作了渔父。甚，此处做"是"讲。

（选自《元曲鉴赏辞典》，上海辞书出版社，1990年版）

【交流之窗】
这是一首流传甚广、脍炙人口的作品。全曲语言很明白，但意思很含蓄，耐人寻味。乍看此曲是礼赞隐逸生活的，实际上作者却是在抒发怀才不遇的愤懑。说自己是个"不识字"的渔夫，实际上是对社会的愤激之语。"算从前错怨天公"的"算"字，是"勉强承认"的意思，实际上内心还是"怨"的。为什么"怨天公"？作者没有明讲。后一句"甚也有安排我处"，"甚"字也带有勉强承认的语气，表面承认，实际是否定的，我们可以推知作者实质上对天公的安排极为不满，暗含着怀才不遇的怨愤。

第二节　羌笛何须怨杨柳，春风不度玉门关
（解析意象，品味意境）

● 本节导读

解读文辞，可以帮助我们感知诗意。但要真正读懂诗歌，我们还得去解析诗歌的意象，品味诗歌的意境。那什么是"意象"，什么是"意境"呢？

"意象"和"意境"是诗歌鉴赏中的两个重要概念。

吟诵"大漠孤烟直，长河落日圆""明月松间照，清泉石上流""枯藤老树昏鸦，小桥流水人家"这些诗句时，脑海里便闪现出一个个物象——"大漠""孤烟""明月""清泉""枯藤""老树"，同时我们可以感受到诗人或壮丽、或幽美、或凄凉的情感。这种带有作者情感的物象，就是"意象"。在意象中，意是潜在的，但却是主导的，决定着意象的性质。"象"与"意"是有机统一的。

意境是诗人通过种种意象的创造和连缀所构成的一种充满诗意的艺术境界。"昔我往矣，杨柳依依。今我来思，雨雪霏霏。"这是诗经里一个著名的句子，他借助"杨柳""雨雪"等意象，告诉我们，一个游子出门时还是春天，杨树柳树依依飘扬，而回来时却已经是雨雪交加的冬天了。寥寥几字，展现了一幅"哀婉凄切"的别离画面。这幅画给人的这种"哀婉凄切"的氛围和感觉，就是这首诗的"意境"。

从形式上看，意象与词句相关，是可以感知的，实在的，具体的；意境是意象与意象的组合而形成的一种氛围或者让人产生想象的一种境界，与全篇对应，是要体悟的、抽象的。

王弼曾言："言者所以明象，得象而忘言；象者所以存意，得意而忘象。"意思是说，鉴赏诗歌，要通过品析语言，明了意象；通过解析意象，去品味意境。

怎样解析意象，品味意境呢？

一、把握意象特征，积累一些常用意象

中国古典诗词意象密度大，内涵丰富，是诗人表情达意的重要载体。

这些意象,有许多为不同的诗人所习用,他们概括性强,含义稳定,不可随意改变。诗歌意象具有文化传承的特点,一个常用意象,无论在任何诗人的笔下,都有相同或相近的意思。如无论是李白的"举头望明月,低头思故乡",杜甫的"露从今夜白,月是故乡明",还是张九龄的"海上生明月,天涯共此时","月亮"都是思乡的代名词;无论是柳永的"杨柳岸晓风残月",王维的"客舍青青柳色新",还是陆游的"满城春色宫墙柳","柳"都是离情的象征。谈到"菊花",我们会想到坚强、清高的品格,说起"梧桐",我们会感到凄凉悲伤,写到"鸿雁"我们就用来表现书信或思乡之情……积累这些知识,会给我们读懂诗歌带来很大的便利。

当然,常用意象的使用有时也很复杂。有些物类的意象是比较单一的,比如鹧鸪鸟的形象就和旅途的艰险及离愁别绪相连,梅总是傲寒不屈的象征,但也有些意象具有多重象征意义。如燕子的意象,在古诗词中或惜春伤秋,或感伤时事,或寄情相思,或渲染离愁,其意象之丰富是极为突出的。也有同一个意思,可以用多个意象来表现,如古诗词常用"船""浮萍""孤雁""飞蓬"等来表现"漂泊"之意。而且,一首作品中,作者常常会用多种意象,通过巧妙的组合,使之欲表现的情感更为丰富多彩,这就需要我们在鉴赏时结合作品具体分析了,切不可只知其一,不问其他。

二、注意把握意象之间内在的深层次的联系

意象与意象的组合构成意境,意境展现作者的思想情感。因此中国古典诗词创作中,十分强调意象的组合,目的是把若干个体意象组织成综合的意象,表达更广阔的思绪情怀,使读者感受到综合的美。所以鉴赏古典诗歌要在积累常见意象的基础上,注意把握古诗词意象组合的基本特点。

1. 注意意象组合的方式

意象的组合方式有很多种,常见的有:①动静组合,如"明月松间照,清泉石上流。竹喧归浣女,莲动下渔舟";②虚实组合,如"春色满园关不住,一枝红杏出墙来";③点面组合,如"千山鸟飞绝,万径人踪灭。孤舟蓑笠翁,独钓寒江雪";④对比组合,如"塞上长城空自许,镜中衰鬓已先斑";⑤悲乐组合,如"春花秋月何时了?往事知多少。小楼昨夜又东风,故国不堪回首月明中。"⑥名词组合,如"桃李春风一杯酒，江湖夜雨十年灯"。

2. 注意意象之间的内在逻辑联系

一首诗从字面看是词语的连缀，从艺术构思的角度看则是意象的组合。在中国古典诗歌特别是近体诗和词里，意象可以直接拼合，无须中间的媒介。起连接作用的虚词，如连词、介词可以省略，因而意象之间的逻辑关系不是很确定。一个意象接一个意象，一个画面接一个画面，有类似电影蒙太奇的艺术效果。鉴赏时，要注意弄清意象之间的内在逻辑联系。如温庭筠《商山早行》中"鸡声茅店月，人迹板桥霜"。"鸡声""茅店"和"月"的关系是什么？"鸡声"是报晓的鸡声，"月"是晓天的残月，这两个意象属于同一个时间。另外，"鸡声"是从"茅店"传来的，残"月"也低挂在"茅店"的屋角上，耳闻的鸡声和目睹的残月又是属于同一个地点的。三个意象直接拼合，不仅交代了时间地点，而且渲染了环境氛围，表现了一个早行旅人的孤独感和空旷感。理清了关系，是不是就读懂了诗歌？

3. 注意意脉的流动和转换

意象和意象之间从字面上看，有时有联系，一看便知。有的表面上看没有联系，意象与意象之间留有许多空白。但在这些空白之间，象断意连，潜藏着作者思想情感变化的脉络，这就是"意脉"（孙绍振语）。意脉贯通，达到某种整体性，首尾相连，使整首诗达到有机的统一，远近相对，息息相通，不可句摘，增一字则太多，减一字则太少，构成人们津津乐道的意境。鉴赏诗歌，要注意感知这种意脉的流动和转换。

如大家熟悉的李白的《静夜思》："床前明月光，疑是地上霜。举头望明月，低头思故乡。"

这首诗一读就懂，可究竟妙在何处，你能说出个所以然来吗？如果能把握作者意脉的流动和转换，问题就迎刃而解。全诗的关键词是第二句的"疑"，游子在外漂泊，夜宿旅馆，见地上月光，怀疑有霜，因为这一"疑"，把"月光"和"霜"勾连起来，为探求原因，自然的引出下面"举头"的动作，这里有个因果关系，因有所疑，乃举头望月。看到"月光"这个象征团圆的意象后，原来的目的忘记了，潜意识的乡愁被唤醒了，头就低下了。这说明，作者内心的乡愁是多么的深沉而敏感。在有意无意间，它都会被触动，把原来的思路打断，意脉发生了转换，而诗歌的韵味也就由此产生了。

暮过山村

贾 岛

贾岛(779—843),唐代诗人。字浪仙。一作词仙,范阳(治今河北涿洲人)。初落拓为僧,名无本,后还俗,屡举进士不第。曾任长江主簿,世称贾长江。官终普州司仓参军。"推敲"的典故即由其斟酌的诗句"僧推月下门"或"僧敲月下门"而来。

数里闻寒水①,山家②少四邻。
怪禽啼旷野,落日恐行人③。
初月④未终夕,边烽不过秦⑤。
萧条⑥桑柘外,烟火⑦渐相亲。

【注释】①寒水:此指清冷的流水。②山家:山野人家。③恐:此处为使动用法,使……惊恐。行人:出行的人。④初月:新月。⑤边烽:边境上报告战事的烽火。秦:指今陕西南部一带。⑥萧条:此处为稀疏之意。⑦烟火:指炊烟,泛指人烟。

(选自《唐诗鉴赏辞典》,上海辞书出版社,2004年版)

【交流之窗】

你有过傍晚时分独自一人在山间行走的经历吗?设想一下,一个秋天的黄昏,你路过一座山村,远远便听到山涧的潺潺流水声,看到稀稀落落的人家,听到怪禽在荒漠凄寂的旷野上鸣叫,夕阳下山,山区渐渐暗黑下来,你会有一种怎样的感觉?经过萧疏荒凉的山区旷野,终于隐隐约约地看到山村人家宅边常种的桑树、柘树和茅舍上升起的袅袅轻烟,此时你的心情又会怎样?阅读此诗,要注意细心体会诗人内心细腻的情感变化。

春行即兴①

李 华

李华（715?—774），字遐叔，赵州赞皇（今河北赞皇）人，唐代文学家，散文家，诗人。

宜阳城下草萋萋，涧水东流复向西。
芳树无人花自落，春山一路鸟空啼。

【注释】①此诗写于安史之乱后。

（选自《唐诗鉴赏辞典》，上海辞书出版社，2004年版）

【交流之窗】

春天郊外游览，一路走来，见芳草萋萋，山花烂漫，鸟语婉转，你会有一种什么样的感觉？春天来了，"芳草""涧水""树木""山林""花鸟"这些意象会带给你怎样的心情？可是如果国运衰落，人烟稀少，花只是"自落"，鸟只能"空啼"，无人欣赏，无人倾听，你又会是一番怎样的感受？全诗以乐景写哀情，以热闹写空寂，表现了诗人一种怎样的情感？

谒荆公①不遇

方惟深

方惟深（1040—1122），字子通，福建莆田人，宋代诗人。

春江渺渺抱墙流，烟草茸茸一片愁。
吹尽柳花人不见，春旗②催日下城头。

【注释】①荆公：指王安石。②春旗：春日之旗。

[选自《全宋诗（第15册）》，北京大学出版社，1993年版]

【交流之窗】

满怀兴致去拜访朋友而没有遇到，往往是让人沮丧的一件事。古往今来，写这类题材的诗歌很多。这首诗，诗人选用了哪些意象？怎样来表达访友不遇的孤寂、怅惘之情的呢？诗中"渺渺""茸茸"两个叠词，写出了景物的什么特点？有何作用？

东坡①

苏 轼

雨洗东坡月色清，市人行尽野人行。
莫嫌荦确②坡头路，自爱铿然曳杖声。

【注释】①此诗为苏轼贬官黄州时所作。《东坡》是苏轼在黄州居住与躬耕之所。②荦确：山多大石。

[选自《全宋诗（第14册）》，北京大学出版社，1993年版]

【交流之窗】

诗歌第一句描绘出一幅雨后东坡月夜图，"雨洗""清"等词语营造了一种怎样的气氛？从中可以看出作者怎样的精神境界？读罢全诗，你的眼前是否有宁静清幽的月下东坡、崎岖坎坷的山间小路？耳畔是否回响着手杖碰撞在石头上发出的响亮有力的声音？你是否看到一个乘着月色悠然徐行的坚守信念、乐观旷达的诗人？

渔歌子①

张志和

张志和(生卒年不详),字子同,初名龟龄,号玄真子。唐代诗人。

西塞山前白鹭飞,桃花流水②鳜鱼肥。
青箬笠,绿蓑衣,斜风细雨不须归。

【注释】①渔歌子:原是曲调名,后来人们根据它填词,又成为词牌名。
②桃花流水:桃花盛开的季节正是春水盛涨的时候,俗称桃花汛或桃花水。

[选自《唐宋词鉴赏辞典(唐·五代·北宋卷)》,上海辞书出版社,1988年版]

【交流之窗】

词开头两句写垂钓的地方和季节,选用了山、水、鸟、花、鱼等意象,这些意象勾勒了一个什么样的环境?营造了一种怎样的意境?词的后几句写烟波上垂钓,最后一句的"斜风细雨"既是实写景物,又另含深意,你觉得它的含义是什么?全词通过对自然风光和渔人垂钓的描写,寄托了作者一种怎样的情怀和意趣?

忆秦娥·箫声咽

李 白

箫声咽①。秦娥梦断②秦楼月。秦楼月。年年柳色，灞陵③伤别。

乐游原④上清秋节⑤。咸阳古道音尘⑥绝。音尘绝。西风残照，汉家陵阙⑦。

【注释】①咽：呜咽，形容箫管吹出的曲调低沉而悲凉，呜呜咽咽如泣如诉。②梦断：梦被打断，即梦醒。③灞陵：在今陕西省西安市东，是汉文帝的陵墓所在地。当地有一座桥，为通往华北、东北和东南各地必经之处。④乐游原：又叫"乐游园"，在长安东南郊，是汉宣帝乐游苑的故址，其地势较高，可俯视长安城，在唐代是游览之地。⑤清秋节：指农历九月九日的重阳节，是当时人们重阳登高的节日。⑥音尘：一般指消息，这里是指车行走时发出的声音和扬起的尘土。⑦汉家：汉朝。陵阙：皇帝的坟墓和宫殿。

[选自《唐宋词鉴赏辞典（唐·五代·北宋卷）》，上海辞书出版社，1988年版]

【交流之窗】

这首诗的意象很多，秦楼月、灞陵柳、乐游原、咸阳古道、汉家陵阙，光是地点就换了好几处，有人说它是"几幅长安素描的合订本"。把这些孤立的意象连在一起的线索是什么？诗人仿佛是站在历史长河中间的一座孤岛上，正向着遥远的时间与空间茫然地举目四望，他把一些破碎的回忆与印象编织成这首词。诗人借助这些意象，想要表达一种怎样的情思？是他对长安这座古都的凭吊，对古代文明的追怀？还是对盛世的留恋和对前途的茫然？亦或是对盛与衰、古与今、悲与欢的反思？

临安春雨初霁

陆　游

世味①年来薄似纱，谁令骑马客②京华。
小楼一夜听春雨，深巷明朝卖杏花。
矮纸③斜行闲作草④，晴窗⑤细乳⑥戏分茶⑦。
素衣⑧莫起风尘叹⑨，犹及清明可到家。

【注释】①世味：人世滋味，社会人情。②客：客居。③矮纸：短纸、小纸。④草：指草书。⑤晴窗：明亮的窗户。⑥细乳：沏茶时水面呈白色的小泡沫。⑦分茶：宋人的一种饮茶法，注汤后用箸搅茶乳。⑧素衣：原指白色的衣服，这里是诗人对自己的谦称。⑨风尘叹：因风尘而叹息。暗指不必担心京城的不良风气会污染自己的品质。

（选自《宋诗选注》，生活·读书·新知三联书店，2002年版）

【交流之窗】

诗的颔联是千古名句，"小楼""深巷"的意象，营造了一种怎样的氛围？"春雨""杏花"的意象，又告诉了我们什么？诗人躺在深巷小楼里，春天的脚步随着雨声来到深巷，进入小楼，给诗人带来一个不眠之夜，诗人设想明天早晨该能听到深巷传来的卖花声了。从这两句构成的意境中，你能否感受到春天到来的喜悦、流光易逝的感喟和诗人客居临安的寂寞？

鹊桥仙·夜闻杜鹃

陆 游

　　茅檐人静，蓬窗灯暗，春晚连江风雨。林莺巢燕总无声，但月夜、常啼杜宇。

　　催成清泪，惊残①孤梦，又拣深枝飞去。故山②犹自不堪听，况半世、飘然羁旅！

【注释】①惊残：惊醒。②故山：即家乡。

（选自《全宋词》，中华书局，1965年版）

【交流之窗】

　　在古诗中，"杜鹃"这个意象一般与什么样的情感联系在一起呢？陆游当时客居成都，心情本来就不大好，又"夜闻杜鹃"，你们想想这会惊动他哪一根敏感的神经，触发他怎样的思绪呢？词的上片描述杜鹃夜啼的环境。"茅檐""蓬窗""灯暗""连江风雨"这些意象寄寓着怎样的情感？写"林莺巢燕"又有何作用？下片写夜闻杜鹃的感受，"催""残""又""犹自""况"这些词语，营造了一种怎样的意境？从中你体会到作者怎样的情感？

第三节　又是江南好风景，落花时节又逢君
（知人论世，了解背景）

● 本节导读

鲁迅曾说："世间有所谓'就事论事'的办法，现在就诗论诗，或者也可以说是无碍的罢。不过我总以为倘要论文，最好是顾及全篇，并且顾其作者的全人，以及他所处的社会状态，这才较为确凿。要不然，是很容易近于说梦的。"这是告诉我们，在欣赏、吟咏古人的诗歌作品时，不仅要解读文辞，读懂诗歌的语言，解析意象，品味意境，感知诗歌的思想感情，更应该深入探究他们的生平和为人，全面了解他所生活的环境和时代，与作者成为心灵相通的好朋友。这就是我们常说的"知人论世"。

知人论世要注意哪些方面呢？

1. 诗人性格不同，诗歌风格各异

不同的诗人，由于其生长的时代、人生的经历、个人的性格等方面的不同，其作品风格也会呈现出截然的不同。例如：

三曹诗风苍凉雄健；张九龄诗风委婉蕴藉；孟浩然诗风语淡味重、恬静浑健；王维诗风恬淡含蓄，气韵生动（"诗中有画"）；王昌龄诗风雄健浑厚且情思婉约；高适、岑参诗风雄浑奇拔；韦应物诗风清新典雅；韩愈诗风气势磅礴、奇特新颖；贾岛诗风萧瑟悲愁；李贺诗风忧郁激愤；元稹诗风艳丽浅近；白居易诗风平白清新，雅俗共赏；刘禹锡诗风清峻明朗；李商隐诗风清丽俊逸；杜牧诗风含蓄绰约；李煜词风颓靡伤感、细腻感人；欧阳修词风清丽明媚、语近情深；范仲淹词风苍凉悲壮；晏殊词风明朗疏淡；苏轼词风雄健豪放；柳永词风缠绵悱恻；黄庭坚词风流畅自然；秦观词风情真意切；李清照词风婉约凄切；杨万里词风新鲜活泼；陆游词风雄浑奔放、明朗流畅；辛弃疾词风气势雄壮；姜夔词风精心刻意、清妙秀远等等。

当然，这些概括不一定精当，我们应通过自己的鉴赏活动，加强对作家作品的感性认识，从而归纳出各个作家的风格。这样我们在鉴赏同一作家的作品时，就能更加轻易便捷，得出的结论才可能感触更深，记得更牢。

2. 诗人境遇不同，诗歌感情有别

我们说某一诗人具有某种风格，是不是就意味着这位诗人的所有作品都具有这种格调呢？显然不是。诗人一生的思想感情不是一成不变的，写于不同时期、不同地点的作品，也会呈现出不同的思想感情和基调。

例如，苏轼是豪放词派的代表人物，他的悼亡词《江城子》（十年生死两茫茫）却悲戚哀婉，感人至深，应不在李清照《声声慢》之下。反过来，婉约派代表人物李清照的《绝句》（生当作人杰）所展现出来的雄奇豪放，颇有巾帼不让须眉的气概。

又如杜甫诗集中现存三首《望岳》诗，第一首《望岳》作于青年时期，描写泰山的雄伟磅礴，表现了"会当凌绝顶，一览众山小"的豪情壮志，字里行间洋溢着蓬勃向上的朝气，风格遒劲峻洁、气魄雄放；第二首是中年时期的作品，写西岳华山，杜甫被贬为华州掾，年高位卑，政治理想濒临破灭，已经萌生了退隐学道的念头，故以华山之顶比白帝之居，表现了理想无可实现的失意彷徨，诗风委婉曲折，沉郁顿挫；第三首则作于晚年，望的是南岳衡山，此时杜甫已经57岁，政治理想幻灭导致的愤懑怨恨，已渐趋平静，杜甫最关心的事情，已经由自身的政治抱负，变为李唐王朝的制度重建，典赡雍容、厚重忠忱。这三首诗前后跨越了30年，旨趣、风格的不同，恰好能代表杜甫在青年、中年、暮年三个时期的心态。咏泰山的《望岳》正代表杜甫青年时期光芒四射、积极进取的人生；咏华山的《望岳》正代表杜甫中年时期失意彷徨、动极思静的人生；咏衡山的《望岳》可代表杜甫晚年时期内敛安命、与人为善的人生。诗人的人生和社会时世都发生了沧桑巨变，因此三首同题诗中也渗透着作者不同阶段的人生情怀和社会理想。

3. 诗人所处时代不同，精神面貌迥异

诗人都是特定时代的产物，其作品必然带有深深的时代烙印。古代诗人，尤其是一些大家的名作，往往反映了那个特定时代的社会风气和时代精神。我们要深入欣赏和把握其中的内容和旨趣，最好还要全面了解作者所处时代的政治、经济、文化、思想、宗教、风俗等背景知识。只有这样，才能洞察作品中所表现出的情志和反映现实的深度和广度。否则，就可能只见树木，不见森林，误解作品的精神，错误地拔高或贬低作品的思想境界。如同样是边塞诗,盛唐时期,豪迈、勇敢、一往无前,即使是艰苦战争,也壮丽无比;即使是出征远戍,也爽朗明快;即使是壮烈牺牲,也死而无悔。到了中晚唐,虽然也仍保持着昂扬向上的基调,但不免夹杂了多少悲壮,多少惋伤。而宋代,尽管仍然洋溢着一股爱国热情,但更多的是报国无门的愤懑,归家无望的哀痛。与盛唐时相比不免更多一些凄厉,更多一些惆怅。

总之,我们在欣赏吟咏古人的诗歌作品时,应该尽量利用现存的各种史传材料和后人的评述,全面把握作者的心灵历程和精神世界。结合题目和注释等,弄清作品创作的具体时间,全面了解作者所处时代的政治、经济、文化、思想、宗教、风俗等背景知识。深入探究他们的生平和为人,全面了解他所生活的环境和时代,与作者成为心灵相通的朋友。这就是知人论世的欣赏方法。

少年行四首

王 维

一

新丰美酒斗十千①,咸阳②游侠多少年。
相逢意气为君饮,系马高楼垂柳边。

二

出身仕汉羽林郎③,初随骠骑④战渔阳。
孰知不向边庭苦⑤,纵死犹闻侠骨香⑥。

三

一身能擘两雕弧⑦,虏骑千重只似无。
偏坐金鞍调白羽⑧,纷纷射杀五单于⑨。

四

汉家君臣欢宴终,高议云台⑩论战功。
天子临轩赐侯印,将军佩出明光宫。

【注释】①新丰:在今陕西省临潼县东北,盛产美酒。斗十千:指美酒名贵,价值万贯。②咸阳:这里用来代指唐朝都城长安。③出身:出任。羽林郎:官名,为皇家禁军之一种。④骠骑:官名,即骠骑将军。⑤孰知不向:"孰不知向"的倒置。孰,谁。"苦"又作"死"。⑥纵:纵然。此二句说这些游侠少年明知去边庭会受苦,却情愿赴死于边庭,以求流芳百世。⑦擘:张,分开。一作"臂"。雕弧:饰有雕画的良弓。⑧白羽:指箭,尾部饰有白色羽翎。⑨五单于:原指汉宣帝时匈奴内乱争立的五个首领。汉宣帝时,匈奴内乱,自相残杀,诸王自立分而为五。这里比喻骚扰边境的少数民族诸王。⑩云台：东汉洛阳宫中的座台，明帝时，曾将邓禹等二十八个开国功臣的像画在台上，史称"云台二十八将"。

[选自《全唐诗（卷128）》，中华书局，1960年版]

【交流之窗】

王维生活在盛唐，早年对功名亦充满热情和向往，有一种积极进取的生活态度。所以笔下的少年游侠形象，自然具有强烈的英雄主义色彩，和盛唐其他诗人创造的形象一样，实际上是时代理想的人格化写照。诗中的少年将军，英姿勃发，有着仗剑纵横的不羁，有着豪迈狂荡的生命飞舞！英雄豪侠飞扬燃烧着的如火如荼的生命激情，诠释着"盛唐之音"真谛。

陇西行四首（其二）

陈　陶

陈陶（约812—约885），字嵩伯，号三教布衣，晚唐诗人。

誓扫匈奴①不顾身，五千貂锦②丧胡尘。
可怜无定河③边骨，犹是春闺④梦里人。

【注释】①匈奴：指西北边境部族。②貂锦：这里指战士，指装备精良的精锐之师。③无定河：在陕西北部。④春闺：这里指战死者的妻子。

（选自《唐诗大辞典》，凤凰出版社，2003年版）

【交流之窗】

同是边塞诗，时代不同，风格各异。中晚唐时期，唐朝国势开始衰微，虽然诗人们仍保持着昂扬向上的基调，边疆将士也忠勇敢战，誓死杀敌，奋不顾身，但常常战斗激烈，伤亡惨重。唐代长期的边塞战争给人民带来了深重的痛苦和灾难。这首诗中，是不是少了盛唐的雄壮豪迈，多了些悲壮和婉伤？

客至①

杜 甫

舍南舍北皆春水,但见②群鸥日日来。
花径③不曾缘客扫,蓬门④今始为君开。
盘飧市远无兼味⑤,樽酒家贫只旧醅⑥。
肯⑦与邻翁相对饮,隔篱呼取尽余杯。

【注释】①客至:客指崔明府,杜甫在题后自注:"喜崔明府相过"。明府,唐人对县令的称呼。相过,即探望、相访。②但见:只见。此句意为平时交游很少,只有鸥鸟不嫌弃能与之相亲。③花径:长满花草的小路。④蓬门:用蓬草编成的门户,以示房子的简陋。⑤飧(sūn):这里泛指菜。市远:离市集远。兼味:多种美味佳肴。无兼味:谦言菜少。⑥樽酒句:古人好饮新酒,杜甫以家贫无新酒感到歉意。樽:酒器。旧醅:隔年的陈酒。⑦肯:能否允许,这是向客人征询。

[选自《全唐诗(卷226)》,中华书局,1960年版]

【交流之窗】

　　杜甫的诗歌大多忧国忧民,沉郁顿挫。但杜甫的这首诗却清新明快,别具风格。鉴赏时要注意结合作者写作的具体时间和情境分析。这首诗作于诗人入蜀之初,成都草堂落成之后。杜甫历尽颠沛流离,终于结束了长期漂泊的生涯,在成都西郊浣花溪头盖了一座草堂,暂时定居下来了。此时客人来访,自然欣喜有加。诗中哪些词句表现了作者内心的喜悦呢?

如梦令①·常记溪亭日暮

李清照

常记②溪亭③日暮，沉醉不知归路。兴尽④晚回舟，误入藕花深处。争渡⑤，争渡，惊起一滩鸥鹭⑥。

【注释】①如梦令：词牌名，又名"忆仙姿""宴桃源"。五代时后唐庄宗李存勖创作。②常记：长久记忆。③溪亭：临水的亭台。④兴尽：尽了酒宴兴致。⑤争：怎，怎么。⑥鸥鹭：泛指水鸟。

[选自《唐宋词鉴赏辞典（唐·五代·北宋卷）》，上海辞书出版社，1988年版]

【交流之窗】

你们有过外出游玩而找不着路的情况吗？那时心情会是如何呢？《如梦令》这首词是李清照早期的作品，大约是她十六岁初到汴京时所作，也有可能是她的处女之作。全词写的是一次外出游玩的经历，境界优美怡人，风格清新明快，不事雕琢。读罢这首词，你是否能领会一个活泼少女的那种率真与浪漫的情趣和心境？

一剪梅·红藕香残玉簟秋

李清照

红藕香残玉簟秋。轻解罗裳，独上兰舟。云中谁寄锦书来？雁字回时，月满西楼。

花自飘零水自流。一种相思，两处闲愁。此情无计可消除，才下眉头，却上心头。

[选自《唐宋词鉴赏辞典（唐·五代·北宋卷）》，上海辞书出版社，1988年版]

【交流之窗】

同一个作家,在不同时期,其作品风格与感情基调也有可能会有很大差别。这首《一剪梅》和前一首在风格上就有很大差别。这是李清照婚后不久,写给离家外出的丈夫赵明诚的。作者以女性特有的敏感捕捉稍纵即逝的事物,将抽象而不易捉摸的思想感情表现得具体可感而又耐人寻味,抒发了凄凉独处时哀婉悱恻的内心感受。

渔家傲·天接云涛连晓雾

李清照

天接云涛连晓雾,星河①欲转千帆舞。仿佛梦魂归帝所。闻天语②,殷勤问我归何处?

我报路长③嗟日暮,学诗漫④有惊人句。九万里风鹏正举。风休住,蓬舟吹取三山⑤去!

【注释】①星河:银河。②天语:天帝的话语。③报,回答。路长:意仿《离骚》上的"路漫漫其修远兮,吾将上下而求索"。④漫:徒然、空自的意思。⑤吹取:吹得,吹到。三山:传说中国渤海仙人居住的蓬莱、方丈、瀛洲三座仙山。

[选自《唐宋词鉴赏辞典(唐·五代·北宋卷)》,上海辞书出版社,1988年版]

【交流之窗】

李清照是婉约派代表作家,她的词多半写闺情幽怨,风格是含蓄、委婉的。但这首词却一反其婉约风格,是一首豪放的词,她把真实的生活感受融入梦境,把屈原《离骚》、庄子《逍遥游》以至神话传说谱入宫商,使梦幻与生活、历史与现实融为一体,构成气度恢宏、格调雄奇的意境,充分显示了作者性情中豪放不羁的一面。所以"知人论世"不能笼统而论,一定要结合具体写作背景分析。

水龙吟·次韵章质夫杨花词①

苏 轼

似花还似非花,也无人惜从教②坠。抛家傍路,思量却是,无情有思③。萦损柔肠④,困酣娇眼⑤,欲开还闭。梦随风万里,寻郎去处,又还被、莺呼起⑥。

不恨此花飞尽,恨西园、落红难缀⑦。晓来雨过,遗踪何在,一池萍碎。春色⑧三分,二分尘土,一分流水。细看来,不是杨花,点点是离人泪。

【注释】①次韵:用原作之韵,并按照原作用韵次序进行创作,称为次韵。章质夫:即章楶(jié),建州浦城(今属福建)人。时任荆湖北路提点刑狱,常与苏轼诗词酬唱。②从教:任凭。③无情有思(sì):言杨花看似无情,却自有它的愁思。用唐韩愈《晚春》诗:"杨花榆荚无才思,唯解漫天作雪飞。"这里反用其意。思:心绪,情思。④萦:萦绕、牵念。柔肠:柳枝细长柔软,故以柔肠为喻。化用唐白居易《杨柳枝》诗:"人言柳叶似愁眉,更有愁肠如柳枝。"⑤困酣:困倦之极。娇眼:美人娇媚的眼睛,比喻柳叶。古人诗赋中常称初生的柳叶为柳眼。⑥"梦随"三句:化用唐金昌绪《春怨》诗:"打起黄莺儿,莫教枝上啼。啼时惊妾梦,不得到辽西。"⑦落红:落花。缀:连结。⑧春色:代指杨花。

[选自《唐宋词鉴赏辞典(唐·五代·北宋卷)》,上海辞书出版社,1988年版]

【交流之窗】

苏轼是"豪放"词派的开创者,其词风清雄旷达,与诗的气脉相通。这首词是苏轼因"乌台诗案"被贬谪居黄州的第二年所作,与他的代表作《念奴娇·赤壁怀古》写于同一时期。你觉得这两首词的风格是否相同?作者要表达的思想感情是什么呢?

[双调·蟾宫曲]问人间谁是英雄

阿鲁威

阿鲁威（生卒年不详），字叔重，号东泉，蒙古人，元代散曲家。

问人间谁是英雄？有酾酒①临江，横槊曹公②。紫盖黄旗③，多应借得，赤壁东风。更惊起南阳卧龙④，便成名八阵图⑤中。鼎足三分，一分西蜀，一分江东。

【注释】①酾酒：斟酒。②槊：兵器，马上用的长矛。曹公：曹操。③紫盖黄旗：指云气，古人附会为王者之气的象征。这里指东吴孙权赤壁一战，借助东风，建立王业。④南阳卧龙：指诸葛亮，他胸怀奇才，隐居南阳卧龙岗，徐庶称他为卧龙。⑤八阵图：相传是诸葛亮推演兵阵的遗迹，是在沙滩上聚石成堆，共有八个军阵图形。

（选自《元曲鉴赏辞典》，上海辞书出版社，1990年版）

【交流之窗】

阿鲁威不但是一位成就较高的散曲作家，还是著名学者、教育家。他曾任翰林侍读学士。曾因卷入平江路总管道童案而受罪，虽不久后冤情明了，但仍闲居杭州。这是一首咏史怀古之作。作者追慕了哪些英雄？他们有哪些功绩？通过缅怀这些英雄的功绩，作者想表达一种怎样的情感？

第四节　千岩万转路不定，迷花倚石忽已暝
　　　　（联想想象，置身诗境）

● 本节导读

　　诗歌大多篇幅短小，语言简练，意象之间的跳跃性大，情绪起伏，出语新警，诗思奇妙。怎样阅读这样的作品呢？我们要善于运用联想和想象，来补足省略，使诗歌中的"一鳞半爪""断帛裂锦"形成一个完整的意境，从而体会作者的思路和情感，使欣赏者与作品之间实现情感的"共鸣"。

　　我们来看看张籍的这首《秋思》："洛阳城里见秋风，欲作家书意万重，复恐匆匆说不尽，行人临发又开封。"

　　诗歌表现的是行客思念故乡的感情。"见秋风"是"作家书"的缘起，可见作者一开始的心情是平静的，甚至是愉悦的，那是什么样的秋风引发了"意万重"的思乡之情呢？是见到了"秋风"。那又是什么样的秋风能引发诗人如此浓重的思乡之情呢？它应该是包含肃杀之气，使木叶黄落，百卉凋零，给自然界和人间带来一片秋容秋态的。羁留异乡的游子，见到这一派凄凉摇落之景，不可避免地要勾起孤子凄寂情怀，引起对家乡、亲人的悠长思念了。

　　诗人因见秋风而生乡思，于是欲作家书。可这"意万重"的家书怎么写呢？是嘱咐家人注意身体？是提醒家人添加衣服？是告诉家人自己的归期？还是诉说自己的思念？……作者没有明言，让我们去尽情地联想和想象吧。家书还是写了，却是匆匆着笔，意犹未尽。那为何要"匆匆"呢？可能是自己思虑太多，以致迟迟不能下笔；也许是那个"行人"是在行期在即时遇到的，就要上马或上船，捎信人是这样行色匆匆，写信人就不得不匆匆落笔。由于匆匆落笔，万重心意一下子很难表达清楚，所以"行人临发又开封"了。

　　我们运用联想和想象，把诗歌中省略的内容补足，诗人的急遽之情，匆忙之色，思乡之切，就栩栩然如在目前了。

　　鉴赏古代诗歌，由于诗人们的生活离我们已很久远，很多生活场景是我们陌生的、不熟悉的，我们怎么样才能进入诗人营造的意境中呢？

　　首先，我们可以联想自己的生活体会和审美经验，置身已有的生活情

境中，和诗人取得共鸣。例如我们本来有某种审美体验，但是是模糊的、潜在的，找不到合适的语言去表达，忽然读到一首诗，说出了我们想说却说不出的审美感受，我们就会回忆起相似的经历和画面，置身于曾经经历的场景之中，与诗人产生心灵的共鸣。

　　如读陶渊明的表现劳动生活、描写田园风光的诗歌，联系我们在农村生活、劳动的经历，就会产生亲切感。又如读杜甫的《登岳阳楼》中"昔闻洞庭水，今上岳阳楼"两句，很多读者都认为这写出了杜甫内心的喜悦之情：以前就一直向往着洞庭水，今天终于登上了岳阳楼。自己盼望的事情终于实现了，自然应该高兴才是。真的是这样吗？我们有没有类似的经历呢？小时候喜欢一件事情或一样东西，可是因为各种客观原因愿望一直没有实现，后来历经坎坷，终于实现了，可已物是人非，热情不再。如渴望爷爷奶奶给我们买一件礼物而不能如愿，后来自己见到这件礼物了，而爷爷奶奶却已经离我们而去了。那么此时睹物思人，又怎么可能高兴得起来呢？这样联想，我们就自然能置身诗歌的意境，体会杜甫登上岳阳楼时的一声长叹，和这长叹里一团忧国忧民、伤时伤世的感慨了。

　　古典诗歌的内容宏大，而我们每个人的经历体会毕竟有限，特别是年轻人，切身的经历体会就更少，而且有些作品所描写的是我们很少看到和经历过的情景，甚至根本就不是生活中的现存之物、实有之景，而是神奇的传说、光怪陆离的想象。我们在阅读这类作品时，又该怎么办呢？

　　这时，我们要充分发挥自己的想象力，善于借助电影、电视、图片、绘画等艺术内容，构想出诗人为我们描绘的奇幻世界，从而获得一种新奇的审美体验。

　　如读李白的《梦游天姥吟留别》，我们可以联想《西游记》等电视画面，体会仙人出场，老虎鼓瑟，鸾凤驾车的惊心动魄。读《蜀道难》中"连峰去天不盈尺，枯松倒挂倚绝壁。飞湍瀑流争喧豗，砯崖转石万壑雷"几句，我们可以想象这样一组电视画面：开始是山峦起伏，连峰接天的远景图画；接着平缓地推出枯松倒挂绝壁的特写；而后，随之而来的是一组快镜头：飞湍、瀑流、悬崖、转石，配合着万壑雷鸣的音响，飞快地从眼前闪过，惊险万状，目不暇接。这样，我们就能仿佛置身其境，体会那种势若排山倒海的强烈艺术效果，感受蜀道的雄奇险要了。

雨晴

王 驾

王驾(851—?),晚唐诗人,字大用,自号守素先生,河中(今山西永济)人。

雨前初见花间蕊,雨后全无叶底花。
蜂蝶纷纷过墙去,却疑春色在邻家。

(选自《唐诗鉴赏辞典》,上海辞书出版社,2004年版)

【交流之窗】

这是一首即兴诗,诗中摄取的景物很简单,也很平常,但平中见奇,饶有诗趣。作者"疑"什么?为什么会"疑"呢?自家满园落红残叶,一片衰败,蜂蝶纷纷离去,那么邻家是否真的春意盎然?

寻隐者不遇

贾 岛

松下问童子,言师采药去。
只在此山中,云深不知处。

[选自《全唐诗(卷574)》,中华书局,1960年版]

【交流之窗】

贾岛"推敲"的故事世人皆知。因而也有人批评他的诗过分陷于字句的"推敲",只是在用字方面下功夫,往往有佳句而无佳篇。而此诗却刚好相反,在谋篇构思方面煞费苦心，无佳句却是佳篇。此诗首句写寻者问童子，后三句都是童子的答话，诗人采用了寓问于答的手法，你能展开联想和想象，把诗人的问话补充出来，进而体会诗人焦虑急切的心情和对隐者的钦慕景仰之情吗？诗中的苍"松"白"云"，除了交代隐居的环境，还有没有别的隐喻之意呢？

闺意献张水部[①]

朱庆馀

朱庆馀，名可久，以字行，越州（治今浙江绍兴）人。宝历进士，官秘书省校书郎。其诗辞意清新，描写细致。应试时曾进诗于张籍，有"画眉深浅入时无"之句，为籍所赏识。

洞房昨夜停红烛[②]，待晓堂前拜舅姑[③]。
妆罢低声问夫婿，画眉深浅入时无[④]？

【注释】①又名《近试上张水部》。张水部：即张籍，曾任水部员外郎。②停红烛：让红烛通宵点着。停：留置。③舅姑：公婆。④入时无：是否时髦。这里借喻文章是否合适。

（选自《唐诗大辞典》，凤凰出版社，2003年版）

【交流之窗】

一个新媳妇，新婚之际要去拜见公婆，内心会是一种怎样的焦急和不安？作者临考之际，描写一个新媳妇的惴惴不安的心情，来献给水部员外郎张籍，他又想表达什么呢？

梦游天姥吟留别

李 白

海客谈瀛洲①,烟涛微茫信②难求。越人语天姥,云霞明灭或可睹。天姥连天向天横,势拔③五岳掩赤城④。天台四万八千丈,对此欲倒东南倾。

我欲因之梦吴越,一夜飞度镜湖月。湖月照我影,送我至剡溪。谢公宿处今尚在,渌水荡漾清猿啼。脚著谢公屐,身登青云梯。半壁见海日,空中闻天鸡。千岩万转路不定,迷花倚石忽已暝。熊咆龙吟殷岩泉,慄深林兮惊层巅。云青青兮欲雨,水澹澹兮生烟。

列缺⑤霹雳,丘峦崩摧。洞天石扉,訇然中开。青冥浩荡不见底,日月照耀金银台。霓为衣兮风为马,云之君兮纷纷而来下。虎鼓瑟兮鸾回车,仙之人兮列如麻。

忽魂悸以魄动,怳惊起而长嗟。惟觉时之枕席,失向来之烟霞。

世间行乐亦如此,古来万事东流水。别君去兮何时还,且放白鹿青崖间,须行即骑访名山。安能摧眉⑥折腰事权贵,使我不得开心颜!

【注解】①瀛洲:神山名。②信:果真。③拔:超越。④赤城:山名。⑤列缺:闪电。⑥摧眉:低眉。

(选自《唐诗鉴赏辞典》,上海辞书出版社,2004年版)

【交流之窗】

还记得《西游记》等影视作品中神仙出现的场面吗?那迷人境界,瑰丽的画面,光怪陆离、变化莫测的场景,一定会令你惊心炫目,印象深刻。读李白的这首游仙诗,你的脑海中一定会重现这些画面。从幽静的湖月到壮观的海日,从千岩万转的道路到令人惊恐战栗的深林层巅,再到色彩缤纷的神仙世界,你是不是也对李白奇特的想象、缤纷多彩的艺术形象和新奇的表现手法深深叹服呢?

新晴

刘 攽

刘攽（1023—1089），字贡父，号公非，临江新喻（今江西新余）人，北宋史学家。

青苔满地初晴后，绿树无人昼梦馀。
惟有南风旧相识，偷开门户又翻书。

（选自《宋诗选注》，生活·读书·新知三联书店，2002年版）

【交流之窗】

　　诗的最后两句运用拟人手法，将南风人格化，通过一系列动作描写，表现了久雨初晴后宁静恬适的心情，以及对南风"恶作剧"的亲切喜爱之情，别有一番韵味。李白《春思》诗说："春风不相识，何事入罗帷。"本诗说南风是我的老朋友，是反用其意。唐人薛能《老圃堂》诗道："昨日春风欺不在，就床吹落读残书。"一本正经地埋怨春风吹落他正在阅读的书，本诗的构思与薛诗相近，但称南风为老朋友，说它招呼不打一声，推门而入又翻书，比薛诗更见机趣活泼。联想相似的诗句对比阅读，可以加深对诗句的理解。你还能联想到哪些相关的诗句呢？

鹧鸪天·家住苍烟落照间

陆 游

　　家住苍烟落照间，丝毫尘事不相关。斟残玉瀣①行穿竹，卷罢黄庭②卧看山。
　　贪啸傲③，任衰残，不妨随处一开颜。元④知造物心肠别，老却英雄似等闲！

【注释】①玉瀣(xiè)：美酒。②黄庭：道家经典著作，论养生之道。③啸傲：放歌长啸，傲然自得。④元：通假字，同"原"，本来。

[选自《唐宋词鉴赏辞典（南宋·辽·金卷）》，上海辞书出版社，1988年版]

【交流之窗】

词的上阕写自己居住环境的优美纯净和生活的闲适惬意。下阕开头三句展现了一种超然旷达的生活情趣，可是末尾两句却陡然一转，流露出一股按捺不住的抑郁不平、愤然不满之气。为什么会出现这种矛盾呢？我们自己有没有这样的生活体验：明明内心抑郁不平，却在人前故作旷达超然？

望江南·多少恨

李 煜

多少恨，昨夜梦魂中。还似旧时游上苑，车如流水马如龙，花月正春风。

[选自《唐宋词鉴赏辞典（唐·五代·北宋卷）》，上海辞书出版社，1988年版]

【交流之窗】

李煜字重光，是五代十国时南唐国君，史称李后主。宋军破南唐都城后，李煜降宋，被俘至汴京。这首诗是他被俘后所作，全诗通篇写梦，他梦到了什么？梦中有些怎样的景象？这是在对往日繁华生活的眷念吗？

鹧鸪天·室人降日①,以此奉寄

魏 初

魏初(生卒年均不详),字太初,号青崖。元代宏州顺圣(今张家口阳原东城)人。好读书,尤长于春秋;为文简,而有法。少辟中书省掾吏,亲老告归,隐居教授。中统起,为国史院编修寻擢监察御史,疏陈时政,多见赏纳。官至南台御史中丞。

去岁今辰却到家,今年相望又天涯。一春心事闲无处,两鬓秋霜细有华。

山接水,水明霞,满林残照见归鸦。几时收拾田园了,儿女团栾②夜煮茶?

【注释】①室人降日:妻子生日。②团栾(luán):团聚

(选自《元明清词鉴赏辞典》,上海辞书出版社,2002年版)

【交流之窗】

妻子生日之时,一般人都会想到要送些礼物。而诗人此时却在外漂泊,不能与妻子团聚,只能以诗相赠,诗人此时会是一种怎样的心情呢?作者写了哪些"心事"?用什么方法来写这些"心事"?最后两句,你能想象到一幅怎样的画面?词人白天亲自拾掇田园,晚上缀着星光的夜幔笼罩住四野的时辰,孩子们团团围在他身边,妻子笑吟吟地陪坐在一旁,阖家围炉欢聚。这样温暖与馨逸的场景,带给诗人的是喜悦还是悲伤?

第五节　风急天高猿啸哀，渚清沙白鸟飞回
（吟咏诵读，品味诗韵）

● 本节导读

还记得鲁迅先生在《从百草园到三味书屋》里提到的儿时读书的情形吗？

"于是大家放开喉咙读一阵书，真是人声鼎沸。……先生自己也念书。后来，我们的声音便低下去，静下去了，只有他还大声朗读着：'铁如意，指挥倜傥，一座皆惊呢……，金叵罗，颠倒淋漓噫，千杯未醉嗬……'我疑心这是极好的文章，因为读到这里，他总是微笑起来，而且将头仰起，摇着，向后面拗过去，拗过去。"

儿时老师读书的细节，多年后为什么还记得那么真切？鲁迅先生又为什么会"疑心这是极好的文章"呢？

是老师声情并茂、全情投入的朗读使他对这篇文章产生浓厚的兴趣，以致多年以后还印象深刻。由此可见诵读在语文学习中的魅力。

诵读吟咏，是中国人特有的读书方式。屈原的"行吟泽畔"，刘勰的"吟咏之间，吐纳珠玉之声"，杜甫的"新诗改罢自长吟"，都是一以贯之的文学创作、鉴赏的主流方法。

你也许会说，朗读谁不会？从小学开始，我们一直都在朗读，可是我们的鉴赏水平怎么没怎么提高呢？

其实，我们这里说的"吟咏诵读"和平时说的"朗读"还是有区别的。二者虽然都要求感情真挚、吐字清晰、节奏分明、行腔自然，但"朗读"要求清晰响亮地把文章念出来，一般要用普通话；而"吟咏诵读"则是吟唱和诵读的通称，声音可大可小，语速可快可慢，可唱可念可读，可用普通话，也可用方言，个性化色彩浓郁，形式风格多样。

吟诵是我国三千年来诗词文赋欣赏和传承的重要形式之一，借助反复吟咏诵读，能够充分调动口、眼、耳、脑等多种感官与文本进行对话，使诗歌入于目、出于口、闻于耳、铭于心。通过抑扬顿挫的语调、舒缓急徐的节奏，能逐渐领悟作者遣词造句的巧妙绝伦、抒发情感的恰如其分和表

达方法的匠心独运，培养了语感，造就良好的诗歌审美心境，进而领会诗歌的意境，品味诗词特有的韵味。

吟咏诵读虽然形式自由灵活，个性化色彩较强，但也有一些基本要求：

1. 读音要平长仄短。平声指现代汉语读音的1、2声，仄声是3、4声。五言诗歌以四行为一组，若为平起诗（即第一行第二个字为平声），则第一、第四行第二个字拖长，第二、第三行第四个字拖长。若为仄起诗，则相反。七言诗歌以四行为一组，若为平起诗，则第一、第四行第二、第六字拖长，第二、第三行第四个字拖长。若为仄起诗，则相反。

2. 节奏要依字行腔。中国所有的传统音乐都称依字行腔，而唯有吟诵最严。吟诵力求把每个字的涵义表达得最清楚，所以与字音最贴近。因此，吟诵调一般也是比较简单的结构，易学易记。

3. 重点要读准韵脚。作者用什么样的韵脚，对诗的情感基调影响较大。一般说来，韵字开口度越大者，越容易表现昂扬之情；开口度小，音阻大者，则易与凄婉之情吻合。平声韵合于慷慨之意，仄声韵合于悲抑之情。除入声字外所有行的尾韵拖长。入声字必须读得短而快。

4. 发音要讲究方法。吟诵当使用腹式呼吸，以丹田气发声，因而气度平和，意蕴深广，有彬彬君子之风。吟诵的唱法，在原则上是中国式的腔音，即音高、音强、音长不固定，始终以情而定，随时在飘动。

5. 诵读要摇头摆身。吟诵者不可僵立不动，感情到处，自然有体态。摇摆不是匀速的，而是体现着吟诵者对声音的高低、强弱、疾徐、曲直的控制，如声音大时向后，声音小时向前。因为是腔音唱法，所以体态的变化多是柔和的，因而以摇为主。

吟咏诵读不仅是我们鉴赏诗歌的一种重要方法，还是一种自娱、学习、健身的手段，是生活不可或缺的一部分，可以使人变得中正平和，精气内敛，荡涤乖戾之气，养成君子之风。按照以上几点认真练习，可使吟诵达至化境，成为人生一大乐事。

桃夭

《诗经·国风·周南》

桃之夭夭①,灼灼②其华。之子于归③,宜其室家④。
桃之夭夭,有蕡⑤其实。之子于归,宜其家室。
桃之夭夭,其叶蓁蓁⑥。之子于归,宜其家人。

【注释】①夭夭:茂盛,生机勃勃的样子。②灼灼:鲜艳的样子。③之子:这个人。于归:女子出嫁。④宜:和顺。室家、家室、家人:均指家庭。⑤有:语助词。蕡(fén):果实繁盛的样子。⑥蓁蓁(zhēn):枝叶茂盛的样子。

(选自《诗经译注》,中华书局,2002年版)

【交流之窗】

这是一首祝贺青年女子出嫁的诗。诗人以桃花起兴,为新娘唱了一首赞歌,祝愿她能够家庭和睦,生活幸福。四言诗每句一般读成"二二"拍,如"桃之/夭夭,灼灼/其华",体现出整齐匀称、朗朗上口的韵律美。"夭夭""灼灼"这两个叠词,应重读,音略拖长,吟咏之间,你的眼前会不会浮现出一个像桃花一样鲜艳、像桃树一样充满青春气息的少女形象呢?全诗三章,看似只变换了几个字,却分写"花""实""叶",反复咏唱,除了体会到重章叠韵的音韵之美,是否体会到这样写的别具匠心呢?

敕勒歌

民 歌

敕勒川，阴山下。天似穹庐，笼盖四野；
天苍苍，野茫茫，风吹草低见牛羊。

（选自《乐府诗鉴赏辞典》，中州古籍出版社，1990年版）

【交流之窗】

本诗写草原的壮阔。吟诵本诗应特别注意其韵脚字，都属于"洪韵"。"下""野"两字开口很大，注意"野"的古代读音近乎"呀"字。"苍""茫""羊"三字的读音不仅开口大，而且声音洪亮绵长。试着体会并读出这几个韵脚字，看能否领略到草原的壮阔无垠？

次北固山下[1]

王 湾

王湾（693—751），字号不详，洛阳（今属河南）人，唐代诗人。

客路青山外[2]，行舟绿水前。
潮平两岸阔[3]，风正一帆悬[4]。
海日生残夜[5]，江春入旧年[6]。
乡书何处达[7]，归雁洛阳边[8]。

【注释】①次：旅途中暂时停宿，这里是停泊的意思。北固山：在今江苏镇江北，三面临水，倚长江而立。②客路：行客前进的路。青山：指北固山。③潮平两岸阔：潮水涨满时，两岸之间水面宽阔。④风正一帆悬：顺风行船，风帆垂直悬挂。风正：风顺。悬：挂。⑤海日：海上的旭日。生：升起。残夜：夜将尽之时。⑥入：到。⑦乡书：家信。⑧归雁：北归的大雁。大雁每年秋天飞往南方，春天飞往北方。古代有用大雁传递书信的传说。

[选自《全唐诗（卷115）》，中华书局，1960年版]

【交流之窗】

五言诗在四言诗"二二"节拍的基础上，增加了一个畸零的单音节，其节拍一般是"二二一"或"二一二"。这样使诗歌显得灵活多变，吟咏时更能产生起伏、顿挫之美。朗读时，要先找到这个畸零的单音节，把它作为一个独立的节拍，重读，声音拖长，从而使诗意更显隽永。其他的音节，只要不违背意思，每两个音节作为一个节拍朗读。找一下，这首诗应该重读的音节是哪些呢？

早春呈水部张十八员外

韩　愈

天街小雨润如酥，
草色遥看近却无。
最是一年春好处，
绝胜烟柳满皇都。

[选自《全唐诗（卷344）》，中华书局，1960年版]

【交流之窗】

不管是五言还是七言，后面的三个字往往构成一个较大的间歇，俗称"三字尾"，在这三字尾的停顿处要"音断气连"，即前面的字音虽然断了，但气息要缓缓地连接后面的"三字尾"。这是一首描写和赞美早春美景的七言绝句。怎样才能读出赞美和喜爱的感情呢？第一句写初春的小雨，以"润如酥"来形容它的细滑润泽，"润"字重读，"酥"字声韵拖长。第二句紧承首句，写春雨过后春草滋生的景色。"草色遥看"语速略快,"近却无"三字轻而缓,中间要体现"音断气连"的特点。第三、第四两句是对初春景色的赞美,"最是一年春好处"语速要快,"绝胜"重读,"烟柳"后略停顿,"满皇都"三字语气加重,语速放缓,缓缓吐出。

蜀相

杜 甫

丞相祠堂①何处寻?锦官城②外柏森森。
映阶碧草自春色,隔叶黄鹂空好音。
三顾频烦③天下计,两朝开济④老臣心。
出师未捷身先死,长使英雄泪满襟。

【注释】①丞相祠堂:即诸葛武侯祠,在今成都市武侯区,晋李雄初建。②锦官城:成都的别名。③频烦:犹"频繁",多次。这句意思是刘备为统一天下而三顾茅庐,问计于诸葛亮。④两朝开济:指诸葛亮辅助刘备开创帝业,后又辅佐刘禅。两朝:刘备、刘禅父子两朝。开:开创。济:扶助。

[选自《全唐诗(卷226)》,中华书局,1960年版]

【交流之窗】

这首律诗在节拍上富于变化,首联是"二二二一,二二一二",颔联是"二二一二",颈联是"二二二一",尾联又变为"二二一二"。首尾两联用的是散句,颔联和颈联用的是整句。这种节拍上的交互变化,散句和骈句的交错运用,使诗歌既有很强的情感表现力,又有很美的阅读效果。请找出诗中应该重读的词语,运用适当的语速和语调,将本诗的感情充分的读出来!重点注意"三字尾"的朗读。

泊船瓜洲

王安石

京口瓜洲一水间①,钟山②只隔数重山。
春风又绿③江南岸,明月何时照我还④。

【注释】①间(jiàn):间隔,隔开。②钟山:今南京市紫金山。③绿:吹绿,拂绿。④还:回。

(选自《宋诗选注》,生活·读书·新知三联店,2002年版)

【交流之窗】

这首七言绝句在节奏上要按怎样的节奏来读呢?全诗四句都押韵,韵脚"间、岸"要恰当重读,而"山、还"的朗读力度应稍弱一点儿,避免重复乏味。"一水""只隔""江南""何时"等词语朗读时不能太短促,要适当拖长些,从整体上表现出回环起伏、委婉动听的音韵美。吟咏诵读时你有没有感受到作者对故乡的怀念之情,大有急欲飞舟渡江回家和亲人团聚的愿望呢?

声声慢·寻寻觅觅

李清照

寻寻觅觅,冷冷清清,凄凄惨惨戚戚。乍暖还寒①时候,最难将息②。三杯两盏淡酒,怎敌他③晚来风急?雁过也,正伤心,却是旧时相识。

满地黄花堆积,憔悴损④,如今有谁堪⑤摘?守着窗儿,独自怎生⑥得黑!梧桐更兼细雨,到黄昏、点点滴滴。这次第⑦,怎一个愁字了得⑧!

【注释】①乍暖还(huán)寒:指秋天的天气,忽然变暖,又转寒冷。

②将息：旧时方言，休养调理之意。③敌：对付，抵挡。④憔悴损：枯萎，凋零殆尽。⑤堪：可。⑥怎生：怎样。生：语助词。⑦这次第：这光景、这情形。⑧怎一个愁字了得：一个"愁"字怎么能概括得尽呢？

（选自《李清照集校注》，人民文学出版社，1979年版）

【交流之窗】

怎么读出这首词的"愁"呢？注意本词用字尤其是开头的叠字和全诗的韵脚字，这首词全是用的"细韵"字，体会"凄凄""戚戚""息""急""识""滴"等字的发音特点，这些都是"齐齿呼"的字，发音时，上下齿几乎是对齐的。"摘、黑、得"这些字在古代都是"入声字"，入声字的发音特点是声音似乎"欲发而发不出"。仔细体会这些字的感情表达，你一定会读出不一样的感觉。

第六节　沉舟侧畔千帆过，病树前头万木春
（超越意愿，推陈出新）

● 本节导读

莎士比亚有一句名言："一千个读者眼中就会有一千个哈姆雷特。"意思是说，每个立场不同的人可以在《哈姆雷特》这本书里看出完全不同的意境。诗歌鉴赏是不是也是如此呢？汉代董仲舒也提出了"诗无达诂"的说法，认为诗歌可以多元化解读。沈德潜说："古人之言，包含无尽，后人读之，随其性情浅深高下，各有会心。"性情不同的读者都会从文本中获取与自己相同的东西。

从某种意义上说，诗歌欣赏活动是一种再创作的过程。诗人创作出的诗歌，还只是一个半成品，读者解读作品，并不是被动地接受信息，而是主动的参与，以自己的经验去激活文本。不同时代、不同文化背景、不同经历、不同素养、不同价值取向的读者对同一作品的解读肯定是有某种不同的，就是同一时代、同一文化背景，也有个性之不同，甚至同一主体，在不同心境下，解读的结果也是不同的。

所以，我们在诗歌鉴赏中也完全可以根据自己学习、生活的情况，超越愿意，推陈出新，在全新的意义上借用古典诗篇、诗句来表达自己的意思和感情。

一、联系现实，升华主旨

优秀的诗歌以其凝炼概括的意象、优美隽永的语言、丰富强烈的感情，呈现出优雅深邃的意境，使读者能够在欣赏诗歌的同时，情感受到熏陶，心灵得以净化。我们在鉴赏诗歌时，要联系自身的现实，升华作品的主旨，不仅可以深入理解领悟某些哲理，更好地处理自己在成长过程中所出现的一些问题和矛盾，更能提升我们的思想境界和人格品味。

如读王之涣的"欲穷千里目，更上一层楼"，可以联系自己遭受挫折而情绪低落沮丧时的情境，体会诗人积极进取的精神、高瞻远瞩的胸襟，并从中体会站得高、看得远的生活哲理。当我们摆脱困境，攻克难题时，也就能真正体会到"会当凌绝顶，一览众山小"的道理。当我们不知所

措,茫然无助时,也可用"不识庐山真面目,只缘身在此山中"这一诗句加以开导,让我们懂得在认识客观事物、现象时要注意全面观察、整体把握,多作实践,跳出狭隘的圈子,从而进一步明白"纸上得来终觉浅,绝知此事要躬行"的重要性。

这些诗句,一旦与我们的具体生活现实结合,就会生发出新的主旨。

二、移花接木,拓宽意境

诗歌鉴赏中常常会遇到一些只可意会难以言传的妙境,我们该怎么办呢?这时,我们可以试着将在别的诗歌中学到的一些与之类似且为人熟知的情、景、人巧妙地转移到这些诗歌上,从而使原作的旨趣更加清晰明朗化。

例如《邶风·静女》第一章中写到女主人公相约却"爱而不见",男主人公"搔首踟蹰"的情景。我们就可以将"人约黄昏后,月上柳梢头","月墙花影动,疑是玉人来"等诗句移花接木,嫁接到这首诗上,互为诠释,拓宽原作意境。这样我们的眼前就会呈现出女主人公暗中窥伺、活泼顽皮,男主人公心烦意乱,焦躁不安的神情,男青年诚实而质朴、女青年纯情而沉稳的思想性格也就跃然纸上。

当然,移植别的作品,不能牵强附会,随意穿凿,或歪曲原作,致失其真,而必须真正体味原作的本质,找到与之相似的契合点,使其形与神、景与情达到完美的统一。

三、多向思维,多元解读

文学作品完成后,在一定程度上便会和读者发生联系,由于不同的读者在长期的社会生活中形成的审美趣味、情感倾向、人生追求、政治态度等不同,因此对文学作品的接受也会有一定的差异。在诗歌鉴赏的过程中,我们应鼓励多向思维,多元解读。应倡导个性体验,嘉许创造性的见解,鼓励个性化、创造性的鉴赏。

那么,怎样进行多元的个性化解读呢?

首先,我们可以从时间的角度进行条分缕析,多元解读。如白居易的《忆江南》:"江南好,风景旧曾谙。日出江花红似火,春来江水绿如蓝。能不忆江南?"大部分人都能理解读出诗的情感是对江南美景的喜爱。这是从"过去"的角度来解读的,当时白居易游江南时沉醉于江南的美景,自然是"喜爱"的。但如果从"现在"的角度看,白居易已离开江南,那么他对江南美景只有"回味和留恋"了。

其次可以从描述对象的角度细分，进行多元解读。诗歌都是通过描述或议论人、事、景、物来表情达意的，一首诗涉及的对象有时是多样的。有的比较显性，有的比较隐性，从每个描述对象都可以解读出一种情感。或者从描述对象来看，我们也可以分为描述主体即诗人或诗歌的抒情主人公，描述客体即描写到的人、事、景、物，不同的描述客体也有可能表达不同的情感。从这两个角度自然也能全面而准确地把握作者的复杂感情。如宋代周密的《夜归》："夜深归客倚筇行，冷燐依萤聚土塍。村店月昏泥径滑，竹窗斜漏补衣灯。"从抒情主体看，诗歌描述的是诗人自己在夜深人静时，披星戴月，回家途中的一幅画面，抒发的是怀乡思归的急切心情。如果从画面描述的客体——家中的妻子或者母亲的角度，就可以比较便捷地解读出家中亲人对游子的关切和思念之情。

第三，可以从内外因变化等角度多元解读。诗歌情感多元化常常也是因为内外因素的多元而引起的。如果我们区分开内外因的变化，分清楚人的造访、景的变化、事的发生，酒的刺激等等内外在因素，从而来感受把握抒情主体情感的变化。如唐代诗人刘长卿的《碧涧别墅喜皇甫侍御相访》："荒村带返照，落叶乱纷纷。古路无行客，寒山独见君。野桥经雨断，涧水向田分。不为怜同病，何人到白云。"从外在环境的角度看，山村荒凉、夕阳惨淡、黄叶飘飞，萧索落寞，作者的心情是孤寂消沉的。若从人事变化的角度看，在这样的特定时候，老朋友克服桥断水涨等重重困难，突然来访，作者自然感到格外的惊喜。

当然，对诗歌的推陈出新的多元解读，虽在一定意义上能够丰富诗歌的意蕴，提高对诗歌的鉴赏和审美能力，但也要恰到好处，不应该以自己穿凿附会的理解而违背作者的本意。虽然说"一千个读者眼中就会有一千个哈姆雷特"，但"一千个哈姆雷特"毕竟还是哈姆雷特，不能是贾宝玉或者李尔王。所以，多元解读诗歌需要一定的底线，要结合作者以及作品自身的特性，对作品做出合乎情理的解读。

登鹳雀楼

王之涣

王之涣（688—742），盛唐著名边塞诗人，字季凌，晋阳（今山西太原市西南）人。

白日依山尽，黄河入海流。
欲穷千里目，更上一层楼。

[选自《全唐诗（卷253）》，中华书局，1960年版]

【交流之窗】

这是一首写景抒情诗，诗人在登高望远中表现出来的不凡的胸襟抱负，反映了盛唐时期人们积极向上的进取精神。前两句写所见，由远到近，写了登楼所见的壮观景象。后两句写所想，告诉我们要想看到无穷无尽的美丽景色，应当再登上一层楼。我们读这首诗，常不局限于诗歌本身，而在于其生动形象地揭示的深刻哲理，你觉得它还可以怎样理解呢？

金缕衣①

无名氏

劝君莫惜金缕衣，劝君惜取少年时。
花开堪②折直须③折，莫待无花空折枝。

【注释】①金缕衣：以金线制成的华丽衣裳。②堪：可。③直须：只管，不必犹豫。

（选自《唐诗鉴赏辞典》，上海辞书出版社，2004年版）

【交流之窗】

这是中唐时的一首流行歌词。据说元和时镇海节度使李锜酷爱此词,常命侍妾杜秋娘在酒宴上演唱,歌词的作者已不可考,有的唐诗选本认为是杜秋娘作或李锜作。诗意简单而丰富,可以从不同角度理解,有人认为是告诉人们要"及时行乐",有人认为是要"爱惜时光""珍惜年华",也有人认为是对青春和爱情的大胆歌唱。联系生活实际,你有什么新的理解吗?

放言①五首(其三)

白居易

赠君一法决②狐疑,不用钻龟与祝蓍③。
试玉要烧三日满,辨材须待七年期。
周公④恐惧流言日,王莽⑤谦恭未篡时。
向使⑥当初身便死,一生真伪复谁知?

【注释】①放言:言论放肆,不受拘束的意思。②决:决定,解决,判定。③钻龟、祝蓍(shī):古人因迷信而用占卜的方法,钻龟壳后看其裂纹占卜吉凶,或拿蓍草的茎占卜吉凶。这里是指求签问卜。④周公:姬旦,周武王弟,成王的叔父。成王年幼为王,周公摄政,管叔等人散布流言,说周公要害成王,于是周公躲避了起来。后来成王发现流言是假的,便迎接周公回来,平定了管叔等人的叛乱。⑤王莽(mǎng):汉元帝皇后侄。王莽在篡夺政权之前,为了收揽人心,常以谦恭退让示人,后来终于篡汉自立,改国号为"新"。⑥向使:假如,如果,假使。

[选自《全唐诗(卷438)》,中华书局,1960年版]

【交流之窗】

这是一首富有理趣的好诗。它以极通俗的语言说出了一个道理:对人、对事要得到全面的认识,都要经过时间的考验,从整个历史去衡量、去判断,而不能只根据一时一事的现象下结论，否则就会把周公当成篡权者，把王莽当成谦恭的君子了。今天，当我们遭遇委屈、被人误解的时候，再来读读这首诗，是不是会重新燃起生活的勇气，充满信心，更奋然前行呢？

望江南·超然台①作

苏 轼

春未老，风细柳斜斜。试上超然台上看，半壕春水一城花。烟雨暗千家。

寒食②后，酒醒却咨嗟。休对故人思故国，且将新火试新茶。诗酒趁年华。

【注释】①超然台：在密州（今山东省诸城市），苏轼修造。②寒食：清明前一日或两日。古代清明前三天禁火，旧俗寒食节不举火。节后所燃之火称新火。

[选自《唐宋词鉴赏辞典（唐·五代·北宋卷）》，上海辞书出版社，1988年版]

【交流之窗】

苏轼"乌台诗案"后任地方官，自然心情郁闷。这首诗以乐景衬哀情，寄寓着作者有家难回、壮志难酬的无奈与怅惘。上阕的感情是忧伤的，结尾为什么变得洒脱了呢？原来写景的同时，词中出现一件重要的事情——喝酒。为什么要写喝酒呢？自然是想借酒消愁。"喝酒"这一行为是作者感情变化的外因，抓住这一外因，我们就可以解读出作者的另一种情感：极力想排遣苦闷心情的豁达与超脱。

鹊桥仙①·纤云弄巧

秦 观

纤云弄巧②，飞星传恨③，银汉迢迢暗渡④。金风玉露⑤一相逢，便胜却人间无数。

柔情似水，佳期如梦，忍顾⑥鹊桥归路。两情若是久长时，又岂在朝朝暮暮。

【注释】①《鹊桥仙》，词牌名，又名《鹊桥仙令》《金风玉露相逢曲》《广寒秋》等，双调五十六字，前后阕各两仄韵，一韵到底。前后阕首两句要求对仗。②纤云：轻盈的云彩。弄巧：指云彩在空中幻化成各种巧妙的花样。③飞星：流星。一说指牵牛、织女二星。④银汉：银河。迢迢：遥远的样子。暗渡：悄悄渡过。⑤金风玉露：指秋风白露。用以描写七夕相会的时节风光。⑥忍顾：怎忍回视。

[选自《唐宋词鉴赏辞典（唐·五代·北宋卷）》，上海辞书出版社，1988年版]

【交流之窗】

牛郎织女的故事大家都熟悉吧？古往今来，借牛郎织女的故事，以超人间的方式表现人间的悲欢离合的作品有很多。这些作品，虽然构思立意和遣辞造句各异，却都因袭了"欢娱苦短"的传统主题，格调比较哀婉、凄楚。而秦观此词却独出机杼，立意高远，揭示了爱情的真谛，成为爱情颂歌当中的千古绝唱。"两情若是久长时，又岂在朝朝暮暮"是千古名句，它揭示了一种怎样的爱情观呢？

蝶恋花·伫倚危楼风细细

柳　永

　　伫倚危楼①风细细，望极春愁，黯黯②生天际。草色烟光残照里，无言谁会凭阑意。
　　拟把③疏狂④图一醉，对酒当歌，强乐⑤还无味。衣带渐宽⑥终不悔，为伊消得人憔悴。

　　【注释】①危楼：高楼。②黯黯：心情沮丧忧愁。③拟把：打算。④疏狂：粗疏狂放，不合时宜。⑤强乐：强颜欢笑。强：勉强。⑥衣带渐宽：指人逐渐消瘦。

[选自《唐宋词鉴赏辞典（唐·五代·北宋卷）》，上海辞书出版社，1988年版]

【交流之窗】

　　这是一首怀人之作，词人把漂泊异乡的落魄感受，同怀念意中人的缠绵情思结合在一起写，采用"曲径通幽"的表现方式，抒情写景，感情真挚。"衣带渐宽终不悔，为伊消得人憔悴"为千古名句，表达了情有独钟、无怨无悔的执着精神。王国维却用它来指做学问的第二种境界：目标确立以后，还要舍得付出，乐于付出，努力做到心态平衡、不骄不躁。我们是否也可以用它来表达别的精神呢？

定风波·莫听穿林打叶声

苏 轼

三月七日，沙湖道中遇雨，雨具先去，同行皆狼狈，余独不觉，已而遂晴，故作此。

莫听穿林打叶声，何妨吟啸①且徐行？竹杖芒鞋②轻胜马，谁怕？一蓑烟雨任平生③。

料峭④春风吹酒醒，微冷。山头斜照却相迎。回首向来萧瑟⑤处，归去，也无风雨也无晴。

【注释】①吟啸：吟咏长啸。②芒鞋：草鞋。③一蓑烟雨任平生：披着蓑衣在风雨里过一辈子也处之泰然。④料峭：微寒的样子。⑤萧瑟：风雨吹落的声音。

[选自《唐宋词鉴赏辞典（唐·五代·北宋卷）》，上海辞书出版社，1988年版]

【交流之窗】

春日出游，路遇风雨，全身淋透，狼狈不堪，此时你的心情会怎样呢？词人却毫不在乎，泰然处之，吟咏自若，他具有一种怎样的胸襟？词中的"风雨"仅指自然界的风雨吗？读罢全词，你从词人的"一蓑烟雨任平生""也无风雨也无晴"的豁达超脱中感受到一种怎样的人生哲学和处世态度？对人生的沉浮、情感的忧乐，又会有一番怎样的体悟？

木兰花令·拟古决绝词

纳兰性德

人生若只如初见,何事秋风悲画扇①。等闲变却故人心,却道故心人易变。

骊山语罢清宵半,泪雨零铃终不怨②。何如薄幸锦衣郎,比翼连枝当日愿③。

【注释】①"何事"句:用汉朝班婕妤被弃的典故。班婕妤为汉成帝妃,被赵飞燕谗害,退居冷宫,以秋扇闲置为喻抒发被弃之怨情。②"骊山"二句:用唐明皇与杨玉环的爱情典故。唐明皇与杨玉环曾于七月七日夜,在骊山华清宫长生殿里盟誓,愿世世为夫妻。③"何如"二句:化用唐李商隐《马嵬》诗中"如何四纪为天子,不及卢家有莫愁"之句意。薄幸:薄情。锦衣郎:指唐明皇。

(选自《饮水词笺校》,辽宁教育出版社,2001年版)

【交流之窗】

此词借用班婕妤和杨贵妃的典故,营造了一种幽怨、凄楚、悲凉的意境,抒写了女子被男子抛弃的幽怨之情。初识的美好,结局的变化,总会带给我们几许淡淡的遗憾和哀伤。"人生若只如初见"会引发我们对人生和生活一些怎样的认识和感悟?